印象端午

文学大家谈中国传统节日

李浩——主编

贵州出版集团
贵州人民出版社

图书在版编目(CIP)数据

印象端午 ：文学大家谈中国传统节日 / 李浩主编. 贵阳 ：贵州人民出版社，2025. 5. -- ISBN 978-7-221-19061-1

Ⅰ. I217. 1

中国国家版本馆 CIP 数据核字第 20253E8E90 号

YINXIANG DUANWU：WENXUE DAJIA TAN ZHONGGUO CHUANTONG JIERI

印象端午：文学大家谈中国传统节日

李　浩　主编

出 版 人：朱文迅
策划编辑：陈红昌
责任编辑：张羽飞
书名题写：王　蒙
封面设计：耕莘文化
出版发行：贵州出版集团　贵州人民出版社
地　　址：贵阳市观山湖区中天会展城会展东路 SOHO 公寓 A 座
印　　刷：河北新华第一印刷有限责任公司
版　　次：2025 年 5 月第 1 版
印　　次：2025 年 5 月第 1 次印刷
开　　本：850 毫米×1168 毫米　1/32
印　　张：14
字　　数：194 千字
书　　号：ISBN 978-7-221-19061-1
定　　价：99. 00 元

序言

编辑一套“文学大家谈中国传统节日”的书是我的朋友于晓华持续了数年的想法，说是数年可能不确切，应当是十数年或者数十年——在数年的时间里他曾多次向我提及，而我出于种种的小顾虑一直拖着，直到 2021 年春节。他再次极度诚恳地谈到他的想法，并且一一打消着我的疑虑，我对他的用心和在意更加清晰了。于是，我也以极度诚恳的态度答应了下来，然后愉快的合作得以开始。按照计划，我们最先确定征集的是两大节日（中秋和春节），待成熟后再顺序出版其他与中国传统节日相关的图书。2023 年，我们几乎同时完成了《印象春节：文学大家谈中国传统节日》和《印象中秋：文学大家谈中国传统节日》的编辑出版工作，当时重点宣发的是《印象春节：文学大家谈中国传统节日》。后来，我们经过慎重考虑，在原有基础上重新修订，增加了九位文学大家的作品，于2024年中秋节前出版了《印象中秋：文学大家谈中国传统节日》一书。两本图书的出版颇受好评，作家朋友、批评家朋友和读者朋友的鼓励让我们兴奋而感动，也促使我们做出决定：抓紧时间，紧锣密鼓，继续做好《印象重阳：文学大家谈中国传统节日》《印象清明：文学大家谈中国传统节日》以及《印象端午：文学大家谈中国传统节日》的编辑约稿工作，《印象七夕：文学大家谈中国传统节日》和《印象元宵节：文学大家谈中国传统节日》也在同时推动。令我们颇感兴奋的是，“春节——中国人庆祝传统新年的社会实践”成功列入联合国教科文组织人类非物质文化遗产代表作名录。春节申遗的成功更坚定了朋友于晓华的信心，当然也更激扬了他和贵州人民出版社的雄心。拓展作者阵容、争取近百位文学大家的共襄就是在这一前提下提出的，要把《印象端午：文学大家谈中国传统节日》做得更为丰富、多彩和具有文化价值也是在这一前提下提出的，我承认，这也令我倍感压力。

1

中华民族历史悠久，农耕文明的特征相对明显，其文化传统也可谓“根深叶茂”，渊源宽博；而在那些凝结着民族情感和精神意蕴的传统节日中，更容易“窥见”这一地域人群的群体意志和集体无意识，更容易“窥见”传统文明、文化对于个人的赋予，更容易“窥见”这一地域群体中人们的精神底色和人文认知，以及他们在风俗习惯中的种种累积。窥一斑而见全豹，以传统节日为切口来观察和审视中华文化中的积余和延续，应是一个极有趣味、魅力和深入感的有效选择。

《关于实施中华优秀传统文化传承发展工程的意见》一文提出：“中华文化源远流长、灿烂辉煌。在5000多年文明发展中孕育的中华优秀传统文化，积淀着中华民族最深沉的精神追求，代表着中华民族独特的精神标识，是中华民族生生不息、发展壮大的丰厚滋养。”我们“需要深化对中华优秀传统文化重要性的认识，进一步增强文化自觉和文化自信”，需要“深入挖掘中华优秀传统文化价值内涵，进一步激发中华优秀传统文化的生机与活力……”这，也是贵州出版集团、贵州人民出版社愿意全力支持并倾力打造这一书系的核心缘由。

同时，我们也可以看到，在时代的演变中，在地域文化的区隔中，传统节日的共有会因时代的变化而有所变化，因地方风俗和自然条件的限制而有所变化，因民族性的差异而有所变化——这种变化当然值得考察，值得细细品啜。

我们也希望，“印象”系列图书的出版能为这种共有和差异留下有人文温度的记录。

2

“五月五，过端午”，端午节是集拜神祭祖、祈福辟邪、欢庆娱乐为一体的民俗大节，又有端阳节、龙舟节、重午节、重五节、天中节、夏节、艾节、上日、五月节、菖蒲节、天医节、草药节、浴兰节、午日节、地腊节、正阳节、龙日节、粽子节等二十多个别称，是汉族、水族、纳西族、藏族、彝族、傣族、仡佬族、普米族等民族共有的传统节日。据传，将端午设为节日的时间始于汉代，东汉应劭《风俗通义》中就有农历五月五日人们防避兵役鬼魅、防病防疫的记载。“端午”的“端”字本义为“正”，“午”为“中”，这天午时则为正中之正——仲夏午月午日，飞龙在天，此时龙星处在正南中天，为全年周天运行最“中正”之位，既“得中”又“得正”，乃大吉大利之象。把大吉大利的日子设为节日，包含着这个民族内心的期盼。

端午节的起源，从古到今说法不一，主要说法有：纪念屈原说、迎涛神（伍子胥含冤死后化为涛神）说、恶日说、龙的节日说（祭祀龙图腾说）、夏至说等。习惯上，我们也会把端午节看作“诗人节”或“诗歌节”，把端午与对诗人屈原的纪念联结起来——事实上，中华民族诸多的节日都包含对先祖和先贤的纪念之义，譬如端午和清明。将先祖和先贤看作精神标杆和价值尺度，见贤思齐，以先祖和先贤的行事做法和道德规范“校正”自己，是中华民族祖先崇拜传统中内含的渗透性教育，这一教育方式一直在延续着。在《印象中秋：文学大家谈中国传统节日》序言中我曾谈道：“也毋庸讳言，我们的诸多传统都在不断地‘减化’‘弱化’和‘空心化’，我们的情感寄托和寄托方式随着时间、时代的变更而变更，有些过度的娱乐化也浸入传统节日之中，让它经历着减损、丧失和重新填充……”对于端午节来说也是如此，它的本有气息在缓缓变淡，形式大于了内容，庄重的、仪式的、全民参与的和渗透性教育的部分渐被抽空，似乎只有独特的美食还在……这一现象随时代而变，是时代发展的结果，然而在仔细品啜之后，也颇含令人感慨的东西和况味。

我们的这套“印象”系列，希望留住的还有作家们在自我经历中尚存的旧有节日印象，希望它，部分地会在之后的历史言说中成为一种有趣而有效的弥补。

3

大家，名家。我们在发出约稿函之前预先确定了严苛的约稿范围，在某种程度上说它甚至苛刻得有些过分，但是为了保障质量，我和于晓华都愿意保持这种苛刻，坚持这种苛刻。

是故，入选本书（包括以后将出版的这个系列中的每一本书）的作者以获得过鲁迅文学奖、茅盾文学奖的作家为基本主体，部分获得骏马奖、全国优秀儿童文学奖的优秀作家在经历遴选后也会加入。有数位极有影响、极有创造力的作家经编委会审议，也被纳入。一般而言，我们对这些作家的纳入条件更为苛刻些，数量也更少。在本辑《印象端午：文学大家谈中国传统节日》一书中，我们的作者是刘醒龙、刘建东、包倬、胡学文、和晓梅、荣荣、庞余亮、肖勤、郁葱、王干、娜夜、李琦、徐坤、乔叶、梅洁、郭文斌、李约热、李元胜、海男、高兴、张学昕、穆涛、李晓君、王十月、葛水平、邢军纪、龙一、李浩，共计28位，排名不分先后。需要说明的是，许多作家，都是在约稿函发出之后根据我们的“主旨要求”命题而作，是专门写给我们这本书的新作品——在本书中，新写的作品占全书80%以上，甚至可能是90%。我们一直希望专门写给我们这本书的新作品更多些，再多些——它是编选，但不想同于一般的编选，不仅仅满足于“萃集”——我们更希望，我们的这一系列是“新的”，是这个时代中最为著名的作家、批评家、翻译家和学者们对于此时的“传统节日”的理解和认知，有着真切的历史感，也有着真切的当下性。需要特别表达感谢的是，本书书名的题写者王蒙先生（为“印象”系列前面几本图书题写书名的大家分别是著名书法家孙晓云，著名作家徐光耀，著名作家莫言）。在这里，我还想特别感谢所有赐稿给我们的名家、大家，你们的参与让我们备感温暖。

在本书作者中，有极具声望、极有影响力的中老年作家，有处于上升势头的中年和青年新锐，有南方作家和北方作家，有少数民族作家，有刚刚获得鲁迅文学奖、全国优秀儿童文学奖或骏马奖的作家……它呈现了作家的丰富性，也呈现了多样性，这种丰富性和多样性还体现于题材上、言说方式上，以及各自的侧重上。它呈现着我们在传统节日中的不同感受和不同面影，呈现着我们的不同思考，也呈现着它几乎所有可呈现的象征、寓意以及其他。它也呈现着不同作家（尤其是不同时代的作家）极为不同的端午理解、人生理解，以及文学理解——这是我们所看重的，也是我们编纂这本书乃至这套书的理由之一。同时，在编辑过程中，为了呈现作家作品的原汁原味，也为了尊重作家的创作意图及其独特的表达方式，包括其中的方言表述，本书没有对作家的原稿做较大改动。

我们可以在他们的文字中窥见自己。我们可以借助他们的文字，理解大致相同和不同的中国节庆，以及大致相同和不同的内心。我相信，这是一本值得阅读甚至反复阅读的书。

是为序。

李　浩

目录

汨罗无雨

刘醒龙

时值雨季，气象台预报有雨，肯定会有雨，气象台预报无雨，也有可能下雨。偏偏这一天，气象预报说有雨，却没有下一滴。

端午的天很蓝，端午的太阳很灿烂。

汨罗江上，丝毫没有云愁水浊的迹象。

甚至相反，江面上旗很红艳，江两岸人很快乐，水清得能将三十几条胜过云霞的龙船变成六十几条。

雨在昨天就下过了，从离秭归、九畹溪、乐平里最近的宜昌出发时，大雨便不离不弃一路跟随，直到听懂了我们要来汨罗江。大雨变成小雨，小雨变成大雨，有雨变成无雨，无雨又变成有雨。我们的意志不曾动摇，那雨却开始摇摆不定了：大的时候，惊心动魄；小的时候，润物无声。沿荆江，过洞庭，眼看就要抵达岳阳楼，那雨终于不再如影相随，前前后后的模样太像饮食男女的犹豫不决。雨的样子像是说，故乡已为屈原流干了能够流出的泪水，再无泪水可流。此去汨罗，没有了雨和泪水，该如何表达对故人的痛惜之情？

没有雨，没有雾，没有雷声，只有一声声喇叭在叫，再排演一遍，还有排演时单调沉闷无力的鼓点。此时此刻，还是有雨来临为好，冒着雨，努着力，就没有机会想着娱乐，而枉费精神。那些说是为了祭祀三闾大夫的龙船，如果有雨，也就看不见桨手的表情，也就将漫山遍野的雨丝当成从鼓手到舵手整条龙舟的表情，更不可能额外地选择一朵愁云作为我们的心情。

没有苦雨当哭，没有沉雷长啸。

阳光灿烂，暑气飞腾，舞台上有人独唱《离骚》，也有人在领诵《招魂》。

还没有放假，端午小长假要从明天才开始，大小道路上已变得如过年一般车水马龙。汨罗本地，早将端午节当成与春节、清明同等的必定回乡的重要节日。清明要返乡祭祖，春节必定回家团圆。汨罗江两岸村村都有龙舟，每逢端午，青壮男人都会从千里之外赶回来，吃几个清水粽子，洗一场艾叶汤澡，即便是没有想起屈原，心口之中没有吟诵诗章，也会纷纷操起木桨，一队队结伙到江上划起龙舟。汨罗江上“宁荒一年田，不输五月船”的节日精神，想必同于“慢啭莺喉，轻敲象板，胜读离骚章句”。“荷香暗度，渐引入陶陶，醉乡深处。卧听江头，画船喧叠鼓”，宋时人们尚且如此，又如何要求今日今时！

这是第一次来汨罗祭拜屈原，我有理由让自己显得肃穆，相同的原因，我无法让自己尽是娱乐之心。如果能读得屈子祠墙上的碑刻，就会发现，托寄三闾大夫灵魂的屈子祠也有被淫僧沾染的时候。这或许正是屈原的宿命，精于政治而为政治所毁，因为忧国忧民而死于忧国忧民。那漫漫之路哪里是求索，分明是君子舍身。同样的端午，本是因祭祀而成节日，又因为节日被拖累为满天满地的喜庆。

天不下雨也罢，只要心里湿润也行。谁会将两千三百年前的悲伤，用一滴泪水流到如今？连天地都不过如此，否则这时节，就该是雷鸣电闪暴雨倾盆。龙舟再多也载不起屈塘中的悲壮，粽子连天仍不及屈塔耸立的意蕴。

从天宝七年（公元748年）唐玄宗下敕修建屈原庙宇，唐哀帝李柷天祐元年（公元904年）九月二十九日敕封屈原为昭灵侯开始，八大帝王先后追封屈原为忠烈侯、忠洁清烈公，直至被清康熙尊为水仙尊王，身后获得如此厚待，竟与孔子平齐。与华而不实、好大喜功的皇帝相比，以个人之品格到屈子祠前三叩六拜九揖，聊表襟怀已是了得，如若真要当真，还不如转过身来，用心雨之笔写下心语：

八帝追封，纵然与孔圣齐名，不如离骚总天问；

千帆竞渡，只为个忠魂沉冤，从此汨罗永怀沙。

父亲的端午节

刘建东

有关端午的记忆是贫瘠和单调的。

这个来自南方的节日，在北方并不算隆重，没有得到足够的重视。但母亲似乎从来没有冷落过它，没有上过学的她，却清晰地记得每个节日何时到来，又该如何应对。按照邢台老家的叫法，母亲把端午节叫作端五。农历的四月底，母亲就开始催促父亲，让他琢磨着如何迎接这一年的端午。

20世纪70年代末期，人们的生活普遍捉襟见肘，要想非常体面地对待一个节日，还是有一定难度的。在物质条件艰苦的情况下，庆祝节日的主要内容大多会体现在食物上。还有一种说法是，民以食为天，所以，普通老百姓大多数是把节日与食物紧密地联系在一起的。按照母亲的说法，既然端午大小是一个节日，那就得对它足够尊重，另眼相看，一顿比平素里要好一些的饭菜是必不可少的。眼看着进了五月，母亲看着没有任何动静的父亲，就提醒父亲，不要忘了端午，想想怎么给孩子们改善伙食。父亲不紧不慢，故作神秘地说："到时候肯定让你们吃顿好的。"父亲的话，我和弟弟妹妹都听到肚子里了，因为我听到自己和弟弟的肚子都在咕咕作响。我们的肚子都在等待着这个叫端午的节日，因为我实在厌倦了天天吃棒子面窝头，虽然母亲变着法做死面窝头、发糕，炒着吃，炖着白菜吃，但终归还是窝头。接下来的几个夜晚，我和弟弟躺在床上，搜肠刮肚，胡思乱想着能吃上啥样的美食。

弟弟说："估计是饺子。昨天放学回来，我看到路边有卖韭菜的。”

我说：“别做白日梦了。这又不是过年，哪能吃饺子？”

弟弟不服气地说：“那你说吃啥？”

我猜不出来。那时候父亲三十多岁，正值壮年，乐观快乐，是个热爱生活的人。小楼上的邻居奶奶说，父亲下班时都哼着快乐的曲子。更让我们无法忘怀的是，父亲对于枯燥生活的想象力，在我记忆的深处，那是一朵朵盛开的扶桑花。邯山区陵西大街的东侧，市防疫站的对面，一幢砖红色的尖顶三层小楼，这是交运局的职工宿舍，楼上挤着 18 户人家，顶层最南边，一间 12 平方米的小房子，是我们的家。从窗户向下观看，能看到楼下的街道印刷厂，还有陵西大街两旁茂密的梧桐树。屋内的空间小，父亲把心思用在了窗外，为我们制造着风景，创造了一个小小的花园。他自己动手，在窗外安了一个方方正正的木架子，木架子上摆满了各种花卉——文竹、仙人掌、茉莉、米兰……给我印象最深的就是扶桑花。推开朝南的窗子，首先映入眼帘的便是扶桑那大而饱满的玫瑰色花朵，鲜艳欲滴，傲然怒放，在我童年的记忆里随风摇曳。

父亲的想象力四处开花，让我们觉得父亲无所不能，简直是个魔术师。家里地方小，但是父亲从来没有停止添置各种家具的努力，他时不时地会自己动手打一张小地桌、小木凳，过几日，又请木匠来家里打大衣柜。这让家里的东西越来越多。父亲不停忙碌的身影，陪伴着我们物质条件贫乏却快乐的童年，给我们留下太多美好的回忆。就是这样一个对生活有着无限想象的父亲，他能带给我们什么惊喜，根本无法预测。所以我实在无法回答弟弟的疑问。

端午前一日的傍晚，父亲下班回家时拿着一个大大的布袋子，脸上透着喜悦的笑容。我们纷纷围过来，不知道这里面是什么新鲜玩意儿。等大家都凑齐，并露出好奇的表情，父亲才不慌不忙地解开布袋的绳子，像变戏法似的掏出一个物件。这个物件有点像擦萝卜的礤床儿，但比礤床儿略大，中间银色的铁皮是平的，与平时的礤床儿不同的是，上面密密麻麻的小孔是圆形的。四边被木条紧紧地箍住。

弟弟嘴快："这不是礤床儿吗？"

父亲说："你去拿一个，看能不能擦萝卜。"

我连忙去楼道里拿了一根胡萝卜过来，天真地在上面推擦着，却白白费力，没有任何效果。母亲在一旁会心地微笑着，仿佛她和父亲有什么默契。母亲摇摇头说："别费劲了，我知道这是啥。"

我和弟弟妹妹都惊讶地看着母亲，她怎么会知道这个秘密武器？这是我们心中共同的疑问。

母亲拿过那玩意儿，说道："这是做抿曲子的工具，叫抿曲床，我在阳泉时见过，也吃过抿曲子。"

"对，明天过节就吃抿曲子。"父亲这才把谜底揭开。

抿曲子源于山西的抿圪斗，后来在邯郸地区发扬光大，成为那个年代可以替代白面条的一种食物。父亲刚从部队转业到地方时，在山西阳泉工作过两年，母亲也在那里短暂地生活过，这种食物肯定给他们留下过难忘的记忆。

第二天中午，父亲买了一小块五花肉，切成细细的肉条，和他腌制的山西酸菜炒在一起。我们兄妹仨，闻着铁锅里飘出的肉香、酸菜香，眼巴巴地站在母亲身边，看这个叫作抿曲子的东西到底是个什么鬼。母亲先舀出两瓢玉米面，用开水烫过，揉成金黄色的面团；然后添了半瓢一直舍不得吃的细白面，用凉水和成一小坨光亮的白面团。我们仨直咽口水，心里想着久远的白面条的滋味。母亲不紧不慢，她认真地对待两坨面团，很"残忍"地把白面团和黄面团捏到一起，很快就和成了一个黄色的大面团。锅里的水已经在蜂窝煤炉上滚沸，热气顺着敞开的窗玻璃飘向外面，瓦蓝的天空中懒散地飘着几朵白云。母亲郑重其事地把父亲拿回来的抿曲床架到锅上，从黄面团上揪下一小团，熟练地将其摁在银色的抿曲床上，用力向前推。随着母亲手上反复推的动作，面团滑过圆孔，变成一条条小小的面鱼儿，欢快地跃入滚烫的水中。母亲用手蘸点凉水，又揪下一块面团，反复在抿曲床上揉搓，黄色的面鱼儿越来越多。这神奇的一幕，勾起了我们强烈的食欲。

这个难忘的端午节，父亲给我们的惊喜其实一直持续了许多年。从那之后，抿曲子便成了我们常吃的一种食物，这也让每天吃棒子面窝头、喝棒子面粥的日子有了一些变化，有了一些期盼。它的口感虽然比不上白面条，但因为有了少许白面粉的加入，顺顺滑滑的，混合着玉米的甜味和小麦的香味。父亲说，这能让他吃出一些美好的回忆。我们不知道父亲的回忆是不是意味着他在山西值得回味的工作生活经历，我们只是被动地接受这样的现实——既然吃白面条的奢望不能实现，能吃上一顿抿曲子也可以聊以自慰。抿曲子，配酸菜，酸中带着甜，甜中还夹杂着酸，其实就是那个时代的真实感受。

后来，端午节在我们的生活中才渐渐有了些本来的面目。粽子开始进入我们生活的视野中，我们才知道端午节是要吃粽子的。我也从课本里渐渐知道了屈原的故事，以及端午的来历。在我国传统节日里，端午是一个比较特殊的节日，它和一个特定的古人联系在一起，唐朝文秀的《端午》一诗中有云：“节分端午自谁言，万古传闻为屈原。”那时候，我就觉得，能让大家都来纪念他的伟大爱国诗人是了不起的。它又以一个特殊的食物为纪念之物，因而，粽子也脱离了纯粹的食品之义，被赋予了更深的意义，欧阳修的《渔家傲·五月榴花妖艳烘》中说：“五月榴花妖艳烘，绿杨带雨垂垂重，五色新丝缠角粽。”李贽也有诗云：“解粽正思端午，怀沙莫问汨罗。”这均是以粽子寄托思念之情。

端午第一次吃到粽子时，父亲显然高估了我们的胃，他和母亲商议，要让我们好好地享受这种难得的美食。于是父亲买来了一小袋糯米，母亲买来了一大把粽叶。他们把提前泡好的白白的糯米、红红的大枣，包进绿绿的粽叶里，足足包了有一小铝盆。我们兄妹三人根本不知道粽子是什么味道，我们像期待着扼曲子一样，看着桌子上的座钟，满心欢喜地等待着分针来到父亲所说的时间刻度。时间一到，伴随着我们的欢呼声，母亲揿开了锅盖，一股清香立即从楼道里飘到屋子里，粽叶、红枣、糯米的香味掺杂在一起，是一种从来没有体验过的令人愉悦的陌生味道。我不等粽子凉下来，便顾不得烫嘴，迫不及待地抓起一个吃起来。或许我过分的期待盖过了胃的真实感受，我记得自己一连吃了四个。当天晚上，我这个北方的胃就开始闹别扭，像是有只粗壮的手在恶毒地攥着我的胃。父亲给我吃了两片胃复安，才压住了那只手的邪气，但是之后很多天，我一看到粽子就感觉到胃里那只手在挥动。那锅粽子，我们无福把它们全部享受，父亲把其中一部分送给几家邻居，才算是帮我们解决掉。从那之后，每年的端午节，吃粽子只是成了一种单纯的象征意义，按照我们兄妹的意愿，有没有粽子吃都无所谓，只要有饺子就够了。但是母亲从不懈怠，坚持在每年的节日来临前，包好粽子，也算是对端午这个盛大节日的礼遇。我后来才渐渐意识到，这可能是我们普遍的一种心愿，一种对美好生活的祝愿，而粽子代表的不仅仅是一种食物，更是一段历史，一个文化符号，一个普通的美好愿望。

端午在我的生活中反复地被提及与关注，还因为父亲的生日。父亲生于1943年农历五月初二，距端午节只有三天。为父亲祝寿，应该是我参加工作之后的事情。每到五月初，母亲便提醒我，问我能不能回去为父亲过生日。我想，父亲的生日只是一个借口，父亲和母亲更看重的是一家团聚。我17岁考上大学，去了遥远的兰州，那四年里，我还没有感觉到父母的不舍，因为他们知道，大学毕业后，我总是要回来的。直到工作之后，虽然与兰州相比，距离近了，可毕竟不在一座城市里，我觉得父母对我的惦念也日甚一日。每逢父亲的生日，他们对我的召唤，不是希望我去看望他们，其实是他们想看到我，看到我是否平安，是否一切顺利。所以，不管我工作多么繁忙，只要能抽得出身来，几乎每年我都会回到父母身边，在父亲生日那天，吃一顿相对隆重而又有仪式感的生日餐。桌上摆得满满的，母亲会反复地去数一数，菜的数量是不是吉利的双数。因为临近端午，所以，粽子也是必不可少的，只是，它退居其次。等我回石家庄时，必定会有一包母亲亲手包的粽子相随。粽子的内容从来没变，仍然是糯米红枣或者豆沙，粽子的样子也基本没变，这几只粽子会在以后不长的时间里，与父母的思念一起，慢慢地进入我的胃，然后弥漫进长久的岁月里。端午前，大蒜也成熟了，父亲总是早早地买来一头头大蒜，将它们整理好，编成一整条，让我带回去。所以，每一次我返回时的旅行包里总是满满当当的。

父亲年事已高，各种疾病纷至沓来。他住了院，我陪在他的身边，他的头脑依然活跃，思维敏捷，回首往事历历在目。母亲抱怨说："就是因为父亲时常忘记自己 82 岁的年龄，不停地做做这个做做那个，此次住院就是因为他琢磨着设计一个小桌子，累病的。"出院的那天，从来都走路如风的父亲，第一次小心地挽住了我的胳膊。那一天，我突然有些伤感，也突然间感觉到了自己身上的责任。我挺直了腰板，放慢了脚步，迎着寒风，与父亲一起，坚定地走进小区。

我时常陷入对过去的回忆之中，并经常想起那个端午节第一次吃捩曲子的经历，想起那个有时代感的食物。我才发现，已经有很多年没有再吃过抿曲子了。我突发奇想，从网上买了一个抿曲床，试着做了一次，却怎么也吃不出当年的味道了。我觉得不是因为缺少了当年父亲亲手腌的山西酸菜，而是时代变了，我们对食物的饥渴感已经消失了，所以才会胃口变了，心思变了。但是，对亲人的思念从来没有变过，每到端午，我仍然会踏上返乡的路途。

端午叙事

包 倬

当风从山外吹来，越来越暖。当枯草从地面抬起头，越来越绿。季节从春天到了夏天。可山里人并不把“春天”或“夏天”之类的词挂在嘴上，就像一个敲钟人不会亲口告诉你现在是几点几分，因为他敲出的就是时间本身。

山乡岁月有颜色。正月土黄色，风沙漫天；二月黄绿相间，草芽出土；三月绿意得了势，耕稼陶渔；四月春深似海，其实已经是夏天；到了五月，庄稼在地，听凭天意，不能拔苗助长，不能呼风唤雨，怎么办？稍微喘口气吧，端午要来了。

农历五月初五。一年的时间过小半，收成还藏在秋天的衣袖里。有端午，忙里之闲就名正言顺。靠山吃山，因地制宜。山里人过端午，只能是山里的样子。不能划龙舟，也没有鲜美的鱼虾。但是在一九九九年夏天，我们家从四月末就起心动念要好好过一个端午节。

整个一九九八年，我四下漂泊。年轻的鸟儿，遭遇风雨雷电，能想起的只能是旧巢。所以一九九九年春天，我无奈从外地回了乡。像是为了证明自己心意已决，第二日，我主动下地干活去了。

“这一生，再也不离开了。”

这话未出口，但在心里讲过百遍。不离开，不是因为热爱，而是因为离不开。深重的绝望和认命，提前抵达。

从此，我便是乡间一物了，与石头、草木、鸟兽、霜雪……并无本质上的区别，我们是兄弟和亲戚——我们，也将像亲人，在这片土地上相守一生。

像是挨了一记重拳，像是遭遇了霜雪，像是在行走途中掉进了深渊，总之，我们这个家庭，在那几年交了厄运：先是房屋在暴雨中遭了水患，基脚爆裂，随时可能坍塌；再是两匹马从圈里被盗，苦寻数月无果；最后，连我这个被寄予厚望的人，也灰溜溜地毕业了。像是一场梦醒来，像一个气球被戳破，一夜之间，生活改变。

出路由救命稻草铺成，连接着远方。像余华写的那般，十八岁出门远行。而我走得更远，更彻底。整整一年，辗转数省，为了活着，蜕下一层又一层皮。那一年，我在原始森林里遇见了猴子、狼，以及蛮不讲理的土著；在长江边上的小木屋里经历雨季，没被冲走已是万幸；梦游般地去了一趟西北，至今只记得兰州冬天瑟瑟发抖的火车站。我们世居乡野，对外出有着宗教般的敬畏。乡间有言：人不出门身不贵，火不烧山地不肥。事实证明，这话错了。我坐几天几夜的绿皮火车，奔走数千公里，归来后，像一只瘟鸡。

确实没法了。我们需要提振一下家庭氛围，不能再这样死气沉沉。哀叹和抱怨解决不了任何问题。我像一只愚笨的时钟，浑浑噩噩地划过阿尼卡的春天，心灰意冷，磕磕绊绊。毋庸讳言，如果没有奇迹发生，这将是我一生的缩影。

“好好过个端午吧。”父亲说。但这并不容易。当时农村的状况是：温饱解决了，但囊中空空如也。

像我这样出生于一九八〇年的人，可算是中国乡村发展的见证人。懵懂的童年，穷得连猪狗都夹紧尾巴。好不容易上了学，破衣烂衫中认得文字千八百。凤毛麟角者去县城试探命运，但多数像我一般，羽翼未丰，扑腾几下又跌回了乡村。

整个九十年代，在我的印象中总是灰尘滚滚。露天电影、流行音乐以及收音机里的新闻，惊醒了沉睡大地。人们蓦然发现，世界远非阿尼卡那么大。只需翻山越岭，怀揣胆量，找一个十字路口，选一个方向，走出去。山路上原本走的是马帮，现在，来来去去的都是阿尼卡人。大路朝天，命运的通道上，一切未知。那是骚动的年月，我的很多小说由此开篇，因为这个时间点意味着命运的变数。

但是很显然，我的第一次折腾失败了。一九九九年的阿尼卡，土地上多了一个年轻农民。身子单薄、满腹牢骚，被生活的乱麻缠住，所谓前途，不过是一个无法兑现的命运筹码。认命吗？不！怎么办呢？不知道。

外面并非传说的遍地黄金，不过是换一个地方流汗而已。春天，我告诉自己，就当自己是一条懒蛇，颠倒了季节，找一方土地，开始冬眠。可我想错了。辛劳的农民啊，一朝握住了农具，那些地里的庄稼就惊醒了，它们排着队，等着你去安抚。浇水、锄草、施肥、打药……玉米、土豆、烟叶，它们在地里迎风招摇，挤眉弄眼。

告诉你吧，庄稼也会仗势欺人。特别是像我这样的新手。面对庄稼，手忙脚乱，不得要领。那些一生未曾离开村庄的人，会在汗流浃背的农活中告诉你，想读书改变命运？想外出寻找机会？做梦去吧。而我这个大活人，正在无声地证明这些乡巴佬儿此言不虚。

农历五月初四，父亲再次提出要好好过一个端午，母亲便将我从繁重的农活中解脱了出来。

“去磨面粉吧，”她说，“楼上还有两袋麦子。”

阿尼卡产小麦，但每家仅仅是象征性地种一两块地，仿佛只为了证明我们那里能出产。我们的麦子，一般用来跟走村串寨的小贩换面条。和磨成面粉相比，换面条更省事。所以，磨面粉就意味着节日的仪式拉开了序幕。

也确实，山里既比不上城市，也比不上海边。农历五月，山里最好的东西便是刚收获的小麦。但是磨面粉的工序比较麻烦，需要三次经过粉碎机。

可供我们使用的磨房有两处，相隔五六公里远，分属两个生产队。这两处磨房离我家，也有五六公里远。换句话说，我家和两处磨房之间，呈一个等边三角形。那时的阿尼卡，家家养马，能骑能驮。那时的阿尼卡，电，奄奄一息，所以，磨只能是水磨。

磨面虽麻烦，但比农活清闲，相当于捡了个便宜。

洗头，换上干净衣服和皮鞋，牵马，扛麦子，绑驮子。临出门时，母亲给了我五块钱。她在心里预算过：磨面大约需要四块钱，我还能剩一块钱买香烟。她必须得给我钱，因为我身上连一个钢镚儿也没有了。

情况确实是这样。在阿尼卡的土地上，有山有水有阳光有雨露有春花秋月花草树木，就是没有钱。人们管赚钱叫找钱，就像钱会捉迷藏一样，必须手持放大镜满世界寻找。而且，一旦家里有点钱，人的心态转瞬即变——都希望钱有隐身功能，乖乖躲起来，不被发现，不被花掉。在我们家，能把那些皱巴巴的纸币一张掰成两半使用的，只有我母亲。

那时，我已经学会抽烟。可一九九九年的阿尼卡，你掘地三尺也很难找到一支不论什么牌子的香烟。这里的男人抽旱烟，夏天时蚊子不敢近身。可我不一样。在去磨房的路上，我已经做了打算：无论如何，今天这两袋麦子，我只付三块钱，我要抠出两块钱买一盒香烟。

我已经两天没烟抽啦。前天（五月初二）下午，我在村口遇见一个赶集回来的人，他好心给了我一支香烟，我只差没把过滤嘴吞进肚里。大口吞云吐雾，让我眩晕得差点儿倒下。可烟瘾再次袭来时，我开始怀念那种眩晕。我努力回想——烟雾像春风拂过我的舌头——不，应该是像一个浑身瘙痒的人遇见了手，多么惬意。

想抽烟的时候，我就走路。低着头，匆匆行走，嘴里发出咝咝声（就像牙疼一样）。遇见男人，我就问一句："有烟吗?"有时候，我们会同时问对方："有烟吗?"然后，一起摇头。

想抽烟的时候，我就唱歌。随便什么歌，张嘴就唱。唱着唱着，唾沫横飞。唱着唱着，眼泪流出来。这么一个大男人，如此窝囊为哪般？有人在这仰天长啸的愤怒之下，戒了烟。也有人，烟瘾上来，口水咆哮，直接提了杀猪刀，拦在国道上，向过往司机要烟抽（抢劫）。

五月初四，想到即将可以抽烟，我的嘴里像是含了一枚青橄榄。口水汩汩冒出，一次次浇灭我从骨头缝里透出的青烟。两块钱一盒的绿攀西，属于烟中末级，那烟丝相当于冬天落地已久的腐叶。当然，还有一块钱一盒的索玛牌香烟，名字取自凉山随处可见的索玛花。但不管是什么牌子的香烟，对那时的我来说，都如同天上的星星。

去磨房，连马都高兴起来。大概是许久没驮东西了。马和骡子一样，久不上驮子它就要发狂。若论在人间的待遇，农民未必比得上骡马。骡马自有闲暇时，而农民除了仅有的几天节假日，谁也不敢放下手中的活。

也或者是因为，背上的麦子还不够重。总之，我家那匹能骑能驮的建昌马，行走在山路上时，一点儿也没有受压迫的感觉，而是走得虎虎生风。

如假包换，确实是夏天了。抬头望远，所见之处，除了白云，就是绿意。神在春天打翻的绿漆桶，一直倾斜着，颜料在大地上蔓延，夏天时绿色已经铺到了天尽头。磨房在河边，四周是稻田。河流向下，流经峡谷和田野，积极参与着人们的生活。河流不宽，连个像样的名字也没有，人们就叫它小河。在它几十公里的流程中，沿岸有磨房六七座，良田若干。

我牵着马，吹着口哨，穿过土地、森林和水田，走向磨房。磨房前面的空地上，挤满了人、马和粮食。河对岸的草坪上，还有几匹马在啃草。二三十袋粮食在磨房门口按先后顺序排队；十几个人三五成堆打扑克，脏话满天；两匹马闲得无聊，打起架来，一时之间马蹄翻飞。磨房里机器轰鸣，潮气和粉末飞舞。

我的麦子，只能排到最后。照这个进度，天黑也未必轮到我。有几个人，我是认识的，但也仅仅是认识。出于乡邻之间的礼貌，我和他们打了招呼，此后便无所事事。

烟瘾澎湃。再不抽烟，这一天怎么过？人堆里飘荡着旱烟味，即使是在这空旷之地，也足以让我昏厥。但他们都习惯了，甚至有人夸这旱烟味道好，分而享之。我呢，感觉到自己多余，飞身跃马，逆流而上。

上游有什么？磨房和村庄。去那里，要经过水田、山地、森林、木桥，以及一段快被荒草湮没的路。那个村庄里有一家小卖部。我去过。一间光线昏暗的土坯房屋里，陈列着几个笨重的木架子，上面摆放着油、盐、酱、醋、糖、茶、香烟，以及袜子、手套、风油精和感冒药。可别小看了这么一家小卖部，它远近闻名，俨然世界的中心。

不管怎样，先买一盒香烟吧。这是我此行的真正目的。至于说来看看上游的磨房是否空闲，仅仅是一闪而过的念头。端午即将来临，每一家磨房都人满为患。

确实要过节了。小卖部的窗外围着几个顾客。他们边问价边谈起粮食和蔬菜，买东西的样子像是在割肉，疼得龇牙咧嘴。有人离开，我趁机挤到窗前。我一眼便看见了货架上的香烟，说："来一盒烟，绿攀西。"但伸手一摸衣兜，傻眼了。

母亲给我的五块钱，丢了。

接下来的一分钟，我在浑身掏钱。那一分钟，我是世界的焦点。我面红耳赤，手忙脚乱。后来，我听旁边一个人说"给我来两斤盐一瓶酱油"，我趁机从窗口狼狈而逃。谈不上是晴天霹雳，但我确实是在十九岁那年夏天，站在五月初四的太阳下，有种眩晕感。我又摸遍身上的兜，再次确认，那像命一般的五块钱丢了。各位，这绝不是笑话，更不是杜撰。我十九岁了，我见过钱，也花过钱。可是，那五块钱，在当时，相当于我的心脏或者肾。

没有那张脏兮兮皱巴巴的纸币，那一天怎么过？这已经不是烟瘾的问题。现在，我开始痛恨自己抽烟的恶习。若不是因为想买烟，我就不会来到这里。若不来这里，也不会丢了钱。这钱，在我刚到达磨房的时候还在兜里躺着。一定是我骑马的时候，颠掉了。这么想时，我又开始恨马："这该死的畜生啊，你跑那么快干什么？是要累死自己，还是要颠死我？"可这些心理活动都已没有意义，我唯一能做的，就是原路返回。

不再骑马，改成走路。不再想着香烟，而是紧盯着道路两旁。黄泥路上，绿草丛里，快出现一团紫色吧。路啊，你变得更长些吧。反正离天黑还早，我有大把时间。路不会变得更长，但我可以走得更慢。我的双眼变成了篦子和筛子。紫色，紫色。我从脑海里调动起色彩认知，想象世间紫色的东西，花朵、房屋、衣服、纸币。

我牵着马，东张西望的样子，刚好被邻村的一个姑娘看见。她比我小两岁。她正在成为方圆百里的月亮，享受着星星的包围。有那么一两次，我们有过短暂交流。有两粒种子落在心里，但还没有生根发芽。究其原因，还是穷。

她从路的另一端向我走来，问我在干什么。我面红耳赤，说自己在走路。她问我为何不骑马，我无言以对。她大概觉得我是个傻子吧，笑着与我擦肩而过。不对！她在笑什么？是不是捡到钱了？

由此，我陷入了两难：是仔细寻找？还是快步走？如果前方继续有人向我走来，他们极有可能抢在我之前看见那钱；可如果我走得太快，也有可能忽略掉在路上或草丛里的钱。我不知道，在我之后，有多少人从这条路上走过。

这让我明白：我是在和别人赛跑。这场比赛不光拼速度，也拼运气。我们的终点，是那五块钱。当然，也有一种可能，它被风吹走，永远不被人发现；当然，还有一种可能，它现在已经进了某个欣喜的口袋。

我穿过村庄，有狗叫声传来；我穿过田埂，吓得青蛙入了水。五月初，刚下过雨，地面热浪滚滚，一切都在向上拔节。难道我的钱，掉在地上，长翅膀飞走了？

前方还有几公里路，我不能放弃。即使走到终点，我也应该再返回。如此反复，直到精疲力尽，心如死灰。我已经做好这样的打算，但没有实施。因为再往前走几百米，路的右边，草丛里，闪现着一团紫色的光。是我眼花了？站住，定睛，走近。啊，紫色的纸币。是它，我没有看错。可我突然停住脚步，心里怨气萦绕。我高声问：“你为什么要逃窜？”它没有回答。风吹着，它像一只蝴蝶，就要飞去。我后退两步，突然朝它冲去，将它踩在脚下，嘴里叫嚣：“你跑啊，你飞啊。”它当然不跑了，就在我脚下，皱成一团，一言不发。

好了，现在，我将它重新拾起，抚平皱褶，让它享受一张纸币该有的尊严。如果你有过失而复得的经历，就该知道，钱应该放在贴近心脏的地方。不光如此，还要不时摸摸，看它是不是乖乖躺着。

磨房前，已经换了一茬人。我的麦子，被移动到了门槛上。我回来得正好，若是晚了，就要被人插队啦。我奉上五块钱，磨房管理者看看那两袋麦子，找补了一块钱。我没做争辩——总比丢了要好。

这下好了，我想，可以赶在天黑之前回家吃饭了。明天就是端午。端午，我们叫端阳。这个季节，雨水落地，大地松软，天气骤热，湿气腾腾。怎么过节并不重要。重要的是心里无事，轻松自如。这天赐闲时，别无事生非。

可我听见磨房里的机器慢了下来。起初像幻听，后来被证实。磨房管理者从粉尘中抬起头，说：“没水了。”我心里一沉，无可奈何。这乡村水磨，水是第一生产力。没水，磨房里那一堆机器不过是废铁。

没水了。磨房里，刚才的汹涌之声现在变成涓涓细流。磨房管理者到池塘边堵住了出水口。磨房前的空地上，打牌的人吵吵嚷嚷，丝毫不在意太阳的位置。如果天黑了，那就用松明子或手电筒照明。总之，无论多晚，都要将麦子磨完。谁都知道，第二天就是端午。天一亮，白花花的面粉就要变成包子，端上桌，被讨论，被品尝，被欣赏。

阿尼卡的端午吃包子，和其他地方吃粽子一样。吃什么并不重要，重要的是仪式。为了过节，我们尽力了。我们只有麦子，只有水磨，只有一片赤子之心。至于包子做得怎样，桌上有几个菜，不重要。

端午节，连土地也要休息。没有谁会愚蠢到要在那天下地干活。天一亮，山路上就开始有人在行走。他们三五成群，腰间挂着小竹篼，手里拿着小锄头。他们要上山挖草药。传说这一天，山上所有的植物都是药。无论大人孩子，无论你是否认识草药，挖回来便是。在那天，即使是毒药，也要收敛三分；而良药，则要加倍报答天地雨露之恩泽。

那天，我被人潮卷入了山林。阿尼卡人说，这山望着那山高。这话听起来像是批评，实则暗含对事物的希望。这山与那山，不同的视角和视野，风景也必然不同。这山和那山，不光是地理位置上的此与彼，也是时间上的现在与未来。

我们一生都奔走于这山和那山。即使是在我的肉身于故乡做短暂停留的一九九九年，我的心也并未停下对远方的幻想。终究要再次离开，终究是一去不回。从这山到那山，花了二十几年，而且还有更多的山在等着我翻越。

只是，再也回不到一九九九年的端午。

端午艾叶香

胡学文

1

尽管在睡梦中，我还是能感觉到母亲的小心翼翼，她把沾着露水、香气浓烈的艾叶卡在我耳边的时候，极轻极柔。倒不是怕弄疼我，而是想让我多睡会儿。可我立即就醒了，猛地坐起，艾叶随之掉落。温和的母亲顿时板了脸，仿佛我犯了多大的错，她语气少有的严厉。我一向惧怕父亲，对母亲是不怵的，但倘或她生气，我也会紧张，赶紧捡了艾叶，重新卡在耳朵上。母亲的目光没那么硬了，如风吹拂的树枝。我意识到可以“反击”了，便埋怨她没在父亲采艾时叫醒我，昨晚我和她讲过要早起，跟随父亲去采艾蒿，她都应了的。母亲说天太黑了，明年吧。母亲给了理由，还给了念想，我还能说什么呢？怏怏地躺下，并用手触了触艾叶。天亮了，但太阳尚未升起，还可以睡会儿，到了饭点，母亲自会叫我。与寻常日子一样，不同的是我在吃早饭的时候耳边仍卡着艾叶，如若掉了，母亲会示意我重新戴上，直至饭毕出门。

端午采艾，户户如此，既为风俗，也是仪式。

乡野大地，遍生花草，蒲公英、马兰早春即开，如遇倒春寒，甚至落雪，花瓣极易凋零，但坝上的花草都极耐寒，天气稍暖，便迎风绽放。然后是车前草、委陵菜、苦荬菜、田旋花、草木樨、野鸡花、飞廉，直至八九月的沙参、翠雀、补血草、野豌豆。有的艳丽妖娆，有的姿色平庸；有的气味芬芳，令人清爽，有的气味熏蒸，令人晕眩。至于草就更多了，蓝羊茅、披碱草、萹蓄、蕨麻、地锦草、老鹳草、蛇葡萄等，单只蒿类家族，有黄蒿、灰蒿、苦蒿等，艾蒿只是其中一种。所以，无论从哪方面说，艾蒿都是寻常的，可因为端午，因为艾蒿传统的寓意，它有了别样的光芒。

我渴盼采拔艾蒿，想享受亲手触碰鲜枝的感觉。艾蒿生命力强韧，田埂地头、村路边侧皆有生长，水边的高一些，旱地的矮一些，年幼如我，只要想采，随时可以。可平时采的艾蒿，就是普通的蒿草；于端午日采，就不仅仅是艾叶了。乡间有种种说法，十岁之前采艾叶只是我的一个梦而已。

采艾蒿要早起，据说第一个采摘到手的可有头福。我不知如何描述这个头福，只能想象它巨大的引诱力，就如站在供销社的柜台外凝视红澄澄的蜜枣一样，即便空想，舌尖也有甜味。这个头福没有身份限制，不分男女，只要不懒，够早即可。为了争得或抢得头福，比赛似的，你摸黑起，我三更就出门了。更有甚者，午夜就开始了。彼时有表的人家不多，我不知人们都是怎么计算时间的，因为至少要零点之后，不然就是昨日之艾了。后采当然也有福，只不过不是头福罢了。但也不能随随便便，马马虎虎，日上三竿才去，有时辰的，须在日出之前出门。而且，要在旭日跃出地平线前赶回，将艾叶嫩枝插于孩娃耳侧，可保四季康健；再于门上吊悬一束，可驱邪避祸，阖家平安。

可能有人不在乎，但母亲虔诚。我信母亲，信福气同随，乐得戴艾草。艾草插于耳侧，心里是欢喜的。而且我喜欢艾叶的味道。猛吸一口，如清风入肺，极是舒爽。至今依然喜欢艾草，岁月流转，我还能嗅出陈年的味道。

母亲不只端午虔诚，其他节日亦是。如二月二剃头、中秋供月、腊八熬粥、除夕守岁、初五送穷土。平时也有说法，比如吃完饭，筷子搁于碗口，横放竖放均可，但绝不能十字交叉。我或弟弟妹妹犯规，她定然更正。还有比母亲讲究得多的，能拉扯出一大堆故事。

回到采艾蒿的梦上。

母亲不叫醒我，天太黑只是表面的借口，我在更小的时候闹过毛病，昼夜哭闹，搞得一家人都睡不好。即使睡着，也时有惊厥。父母除了求医问药，还按乡俗为我招魂。可以说，所有的法子都用上了，包括端午日在耳边插艾蒿。老天保佑，我得以康复，在母亲心里，哪个法子都是重要的。她还认为，幼龄魂魄虚弱，荒郊野外，游荡着不干净的东西，容易招祸，她不肯用我的平安冒险，即使与父亲同行也不可以。如果她像以往那样坚决，我头晚就绝了起早的念头。被我磨不过，她应了，没想到只是缓兵之计。我多睡了一会儿，醒来后仍有些许情绪，且都挂在了脸上。母亲讲了中午要吃什么，吃也是端午节的重要内容和环节，这自然也是抚慰我的妙招，出门时我的不快已荡然无存。

渴盼日久，心愿终成。我至今记得第一次端午拔艾蒿的情景。我十周岁了，按村里的说法，邪祟难近了。我没与父亲同行，他起得太早了，是我不知的时辰。独自外出，乐趣亦多。东方刚刚发白，我有足够的时间和十足的把握。白日里我常采挖野菜，喂兔饲猪，村西村北数里之内的田野和草地几乎走遍了，像熟悉自家院落一样。生什么花，长什么草，甚至于某些隐藏甚密的鸟窝，我都能说得清清楚楚。哪块地有艾草，长得高矮疏密，我就更清楚了。可以说，有几片艾蒿，我是看着长大的。如果能做记号，我会做标记宣示主权。我惦记的那丛艾蒿在菜地西侧的沟渠内，头天下午我还去视察过。艾蒿边是更为茂密的苍耳，苍耳比艾蒿高，因为有苍耳护卫，我相信艾蒿会被过往的人忽略掉。因而，这片艾蒿只属于我，就该归我。

待我兴冲冲地赶至沟边，瞬间就傻了。那个位置空空荡荡，只有翻起的泥土提示我，这里曾经长满艾蒿。没想到这片领地早被人盯上，且捷足先登。我的心突突乱跳，既惊又慌，就像闯了大祸。古代将领，突遇不测，兵卒溃亡，应该就是这种感觉吧。

我茫然四顾，没看到人影，还好没有一味犯傻，呆愣片刻，疾步往北。某块莜麦地头也有一片艾蒿，虽没有沟渠的长势好，但也不差。后由急步改为奔跑，我体质差，几十米之后便气喘吁吁了。

终于赶到。谢天谢地，没人光顾，艾蒿好着呢。彼时，这些艾蒿于我就是珍宝。我先掰了一个枝杈，卡在耳朵上。太阳还没有升出地平线，我抓到了自己的福运。拔了不是很多，捆成两束。当我左右臂夹着往回走时，双脚轻飘飘的。用一句套话，那是我人生的第一桶金。

自此，年年端午我就“亲力亲为”了，且一次比一次起得早。不知有没有抢到头福，但就抢早论，应该是排在前面的。

在世代相传的寓意之外，艾蒿还有许多现实的妙用和功效。中医认为，艾蒿可温经止血、抗菌消炎、改善睡眠等，具有药用价值。

少时常燃干艾绳熏蚊子。秋日蚊子多且凶，特别是黄昏时分，别无他法，唯有燃艾驱赶。但野外干活，燃艾不便，而且太过浪费。我学别人的样子，将干枯的南瓜叶揉碎，裁纸为条，卷成烟状燃吸。瓜叶不像烟叶那么易燃，点燃之后要不停地吸，然后喷吐，烟雾游荡，蚊子就不轻易近身了。故乡在内蒙古高原的边缘，俗称坝上草原，地广人稀，挖菜割草常常要走出很远，吸一支瓜叶烟不足以驱蚊，要一支接一支地吸。我不知道吸瓜叶烟也是会醉的，头晕、目眩、干呕，比醉酒还难受。终于体力不支，我就地躺倒，蜷曲如虾，在一阵又一阵的扭曲和抽搐中，忽闻到熟悉的艾香。彼时，我的眼睛都睁不开，但我断定近旁有艾蒿。我凭着本能往艾香处挪，让自己的脸置于浓香之中。过了一会儿，脑袋不疼了，五脏六腑也不再翻江倒海，我缓缓坐起，看到了混于杂草中的那一丛艾蒿，灰白矮瘦。但于彼时的我，它和白娘子为许仙盗取的灵芝无异。

草原物产丰饶，就草地所生所长，有的经蒸煮烹炒才可食用，如黄花、蘑菇之类；有的可直接生吃，四季皆有，单就秋日，有辛辣的野葱、野韭，香甜的巧瓜瓜。所以，每至草野，目光巡睃，总期待有意外收获。端午之后，艾蒿没那么引人注目了，除非成片。对隐没于草丛中的孤艾，基本是无视的。没想到，竟然是一株孤艾救了我。

那次教训可谓惨痛，自此，我再未吸烟，哪怕上好的烟卷。但我对艾叶的情感由此更深。

母亲晚年，腿脚经常浮肿，吃药之外，还用混拌了艾叶的温水浸泡，这是父亲讨来的偏方。确有效果，虽未能根治，但睡眠还算安稳。那时，父母住在县城，人多艾少，我和父亲讲，既然有效，提前拔一些。父亲的语气不容置疑，端午拔的艾蒿才有效。我未与父亲争论，父亲的坚持自有其道理。

因为这些温馨的记忆，我时有书写。在长篇小说《龙凤歌》里，单有一个章节写端午采艾蒿。过程、场面及由此引发的风波，无须虚构，那是植于大脑深处的记忆。

2

“粽子什么样？”我问。

父亲讲端午的来历，讲到屈原，讲到跳江——他没有准确说出江的名字。故事挺曲折的，但我更感兴趣的是粽子。

“粽子样。”父亲如是说。彼时，父亲没见过，自然更没吃过粽子。连狡辩都谈不上，等于什么也没说。我没追问，因为吃，还是不可能吃到的东西刨根究底，很可能被父亲训斥。父亲一向脾气大，但我没掩饰自己的失望。父亲肯定瞧得出来，部分原因也是不愿意被我问住吧，于是用他抡锤拉锯的手比画了一下。极具魔幻色彩，我虽然没看清，不知具体形状，但我看到了，或者说，父亲的演示让我有了想象的方向。我半张着嘴，露出了馋相。父亲去干活了，我仍沉浸在虚妄的甜蜜中。

没有粽子，但有别的。每逢端午，母亲必做凉粉，土豆粉面。土豆出粉率低，而且过程极为烦琐，研磨、过滤、沉淀、晾晒，一半靠晒，一半要靠土炕暖，用时要两三个月。所以，土豆粉挺珍贵的，不是天天可以吃的。一部分于春节期间压成粉条，是新年和正月餐桌上的重要菜肴；另一部分待来年端午用。

少时生病，可有此口福。感冒之类的症状，多用土法，若无效用，再去求医。比如身蒙厚被，捂得通体冒汗，我就蒙过双层被子大睡过，确有部分效力，只是有时不但不起作用，还耽误病情。另一个常用的法子叫"刮霍乱"，类似现在的刮痧，但很痛。用硬币或顶针蘸水，在前胸、后背、臂窝、腿窝等部位一通猛刮。像关羽那样疗伤，谈笑自如的没几个。少儿多哭闹不配合，成人也多龇牙咧嘴。母亲独自不能完成，她就喊了二姨。二姨人高马大，她单膝抵压，我便动弹不得，只是号哭。母亲给二姨打下手，拉胳膊拽腿，还不停地给我做思想工作。

刮完，母亲会打凉粉，作为对我的补偿或者说奖赏。自然，也有犒劳二姨的意思。我在哭叫时，嚷着不吃。确实，我心里有气恼和违拗，但母亲刚将凉粉拌好，我脸上尚有泪痕，便把碗抢过来。

端午吃凉粉，无须付出代价。节日，须配美食。不吃粽子，吃凉粉，非风俗走偏，恰恰是因地制宜的创举，形式变换，寓意恒久。

母亲端午日打粉，我会帮着烧火。水至温热，将土豆粉缓缓撒入，边撒边搅。与搅莜面拿糕有些类似，火不能大，用力要匀。然后将滑溜的粉团摊平于木板上，冷却切条，浇卤即可食用。卤汁制作极为简单——酸菜汤或醋，佐以葱叶、麻油。凉粉清白，葱叶碧翠，色彩极为明丽。

苦菜也是端午餐桌上的美味。苦菜顶芽即可采挖，其茎通白、鲜嫩，口感爽脆。坝上春来晚，及至端午，苦菜的根茎遍生毛须，已难入口，但嫩叶仍可食用。如艾蒿一样，苦菜生命力强韧，不惧旱涝。今年挖了，甚至踪迹全无，但来年春风拂过，它们便又破土而出。

第一次吃粽子是在考入张北师范后。我的许多第一次始于师范：第一次阅读世界名著，第一次睡上下铺……因而，那些石头房子给我留下了许多甜美的记忆。伙食也好，起码在我看来如是。入学不久，中秋便至，学校给我们发了月饼、梨和苹果。次年端午，各发两个粽子。或是粽叶紧裹之故，我没闻到米和红枣的味道，嗅到的皆是田野的清香，青草、苦菜，还有艾叶。解绳剥壳，有着窥探秘密的小心翼翼。初食的好奇与曾经的魔幻想象，于此刻叠加在一起。是甜的，相当甜。后来才知，粽子有多种味道。

端午的内容，因年龄而变，随岁月而丰。吃粽方便，随处可以买到，就懒得做了。其他更方便，端午临近，网上线下，都是齐全的。

但有一样，相当时期内没有变化，那就是采艾蒿。

刚成家，住在乡镇，学校的排子房，屋后就生有艾蒿。田野，林带，几十米之遥，比少时采艾蒿的距离还近。搬至县城，住在城边上，距野地也不过百余步。调到市里，我住在西太平山脚下，日日爬山，至顶也就半小时。山顶长城绵延，烽火台清晰可见。万里长城第一门——大境门就在太平山的东侧。山顶林木繁密，鸟雀众多，比如啼鸣嘹亮的长羽山鸡，甚至能近距离亲密接触。自然也有不出众的艾蒿。至省城，亦可在公园的角落见到，稀稀拉拉，羞羞答答。

“你怎么知道？”儿子问。

第一次带儿子采艾蒿是住在县城的时候。起得晚了些，近处的艾蒿只余残茎，遍地踏痕。我指着西北方向，树木与田野相接处，对儿子说去那里，那里有。于是儿子如是疑问。

同为一家，疑惑均涉端午，但问题不同。每每想起，都觉有趣。与年龄个性无关，实是时代环境变迁之故。

我不知如何回答，说过去看看。果然有，且尚未有人涉足。经验只是一点点，更多的是本能或第六感觉。

如上有关端午的记忆，皆在北方。迁至南方，自有别样体验。

如果给行程做记号，我会以花草为标志。坝上野花多，除上文列举的那些，还有多种。寒冬时节，沙蓬、八条腿随风乱滚，苍茫的大地因而有了动感。这些是冬之花朵。石家庄多槐树，与槐树相关的路也多，如槐安、槐北、槐中、槐岭等。我住在槐中路，单位在槐北路，六至八月，槐花由绽而谢，来来往往，花香相伴。另有凌霄、玉兰、月季、石榴等。特别是作为市花的月季，丰美而妖娆。但若论个人记忆，仍以槐花为最。

南京的花朵更繁，初令我惊叹的，当属山茶。一夜雪来，花枝皆被覆盖。眼见得枝弯叶垂，不禁叹惜，以为就此枯谢了，待冰融雪消，明艳如初。还有梅花，凛冬绽放，俏立枝头，引得市民、游客竞相拍照流连。而论香气浓郁，当属桂花。“广寒香一点，吹得满山开。”

桂花品种甚多，金桂、丹桂、银桂、四季桂……灵敏的人还能嗅出差异。我识辨不出，不是嗅觉迟钝，实为不懂，另外或许是不像艾香那样生长在身体里。

论说起来，平凡却野性十足的，该是紫茉莉，因在傍晚时分盛开，又被称为洗澡花。房前、屋后、墙角、池塘、路边，到处都有。花谈不上艳丽，但多数成片。今年一枝，明年便是一丛，有着强劲的扩张能力。平凡也实用，叶、花、根、果皆可入药。作为耐性植物，它可以修复重金属污染的土壤，吸收空气中的有害物质。紫茉莉的种子可制成胭脂粉，所以又名胭脂花。清朝沈青崖在《陕西通志》中引《山阳县志》“紫茉莉，花形似茉莉，色紫，香不及茉莉。女子取花汁匀面，子肉雪白，作粉，冬擦面不皱人，呼胭粉花”。明朝高濂所撰的《草花谱》中也有类似记载。我居住的小区，紫茉莉也是成片生长。紫茉莉是我在南京认识的第一种花。

从北至南，花草有变，艾香依然。

未及端午，我便嗅到了。南京有食五红的习俗，相比记忆中的端午凉粉，何止是丰盛，简直是奢侈。食物其实也是因时因势而变，传统的端午美味是五黄：黄鳝、黄鱼、鸭蛋黄、黄瓜、雄黄酒。后演变为五红：烤鸭、苋菜、鸭蛋、龙虾、雄黄酒。万变不离其宗，就是图个吉利。我初不知此俗，以为吃粽子才是端午的环节。艾蒿作为主角，无须他人告知。不过采艾不便，当然也可能是我没找对地方，城外的山野定然是有的。对面几家菜店，端午前就开始售卖，我于端午日买了一把，悬于门侧。江南气候温润，艾蒿差不多有一米高。刚搬至南京，我就注意到，每家门侧都有悬挂。尽管茎叶已干枯，甚至蒙尘，但香味并未削减。这是艾蒿独有的味道，南北并无差异。

总有岁月灿如烟火

和晓梅

1

我的记忆并非完全准确，但还是能够清楚地记得，在我生活过的那座小城，端午的开始，来自清晨的阳光。

由于端午节所处的时间，正值盛夏，它的所有环节，都关联着一个火热的季节。夏至将至，雨季还没有到来，这一天的阳光，通常是灿烂明媚的。

明媚的阳光催生出凤仙花的热烈绽放，远远望去像一团燃烧的火焰。

幼儿园快毕业的那一年端午，清晨，等我赶到那丛最为旺盛的凤仙花旁边时，周围已经有很多人了，多数是上学的小女孩，但是也有垂着两条辫子的大姑娘和烫着鸡窝头的阿姨辈，她们正在采摘凤仙花的花瓣，用来染指甲。人人都知道，这一天的凤仙花汁液饱满，分泌出的红色色素艳丽且经久不褪。

染指甲不是一种传统的习俗，但也不是单纯为了好看。小城里很少有人关注到端午节是用来纪念屈原的，更多的人会把注意力放到这个节日驱邪祈福的功能上，火红的指甲让人觉得喜气。

于是，年年如此，端午的第一个环节，就是女孩子们自发地用凤仙花的汁液把自己的指甲涂得通红。当然，这是在指甲油诞生之前。几年后，指甲油进入普通女孩的生活，用花汁染指甲这种行为就彻底消失了。

2

但凡有很多人在，我就需要仔细观察一下，那个小我三个月的“小丈夫”有没有出现。

小城的生活是相似的和共通的，难免就显得刻板，总得生出一些乐子来打破这刻板。于是在那条唯一的街道上，始终活跃着一些能制造乐子的人民群众，把两个没有关联的孩子配成一对“小夫妻”，是他们最热衷于做的事情，这既不得罪人，也没有什么责任，有的只是单纯的快乐。

我被许配给这位“小丈夫”，成为大家打趣的对象，已经有一段时间了。那段时间，我们是不能同时出现的。但凡同时出现，就会被大人逮住开玩笑，玩笑虽然无伤大雅，但足够让人窘迫和无言以对。

我那时候除了觉得这些人可恶、无聊，也无计可施。总之，我和他原本是手牵手从幼儿园里走回家的好朋友，现在变成了互相躲避的小冤家。这一点上，我们年纪轻轻就有了心照不宣。

那天，不幸的是我看见了他圆圆的脑袋，在凤仙花从中一闪而过。我还看见我姐姐和他姐姐站在一起，窃窃私语。但她们是不会拯救我们的，当我们成为大人乐此不疲的玩笑对象时，她们通常表现出事不关己高高挂起的态度，一言不发。

我没有办法，只好放弃了染指甲，自己上幼儿园去了。

那时候我们总是自己上幼儿园，即使是小班的孩子也如此。小城很小，只有一条街，从来就没有发生过丢孩子的事件。

一路上我都很懊恼，不知道该生谁的气。

3

不久以后，我这位“小丈夫”也走进幼儿园了。

自从被无聊的玩笑困扰以后，我有点讨厌他，但他委实是个一点都不令人讨厌的小男生。他很聪明，也很漂亮，是小城里唯一会在夏天穿白衬衫、七分裤和塑料凉鞋的男生。他从来不欺负别人，也不会被别人欺负，是个体面的小孩。

他走到我的身边，一言不发，从他七分裤的一只裤兜里掏出一把凤仙花花瓣，交给我，然后又从他另一只裤兜里掏出第二把。这些花瓣有点枯萎了，很多汁液染在他的裤兜上，我不知道他回家后会不会挨打。

他给我花瓣的时候眼睛是看着斜上方的，非常不屑一顾。然后还有第三把和第四把，最后他把两个裤兜都翻过来检查，确信一片不剩之后就双手插进裤兜里离开了。

刚好这时候我的好朋友邹钟惠被她妈拖着进来，由于她非常抗拒上幼儿园，她妈不得不每天提着她的衣领把她拎进大门。看见我，她立即停止和她妈的缠斗，我们俩开始坐在台阶上染指甲。

我们不如大人染得好，很多汁液涂到了指甲外面。但是等我们互相帮忙，涂好十个指甲的时候，有一种盛夏专属的火热的气息，从我们通红的指尖热气腾腾地升起来。

4

老师也要过节，上午的课草草结束。

我们一窝蜂地跑出幼儿园，但不会回家，我们要到集市上找自己的父母，参与一个叫“游百病”的环节，它是端午节最为热闹的部分。

这座名叫洱源的小城虽然很小，但它隶属大理，被认为是洱海的源头，地理位置非常重要。我们在这里度过了四五年的时间。那时候我母亲随军。她是个护士，每当我父亲换工作单位，她就会跟着调到离部队最近的医院。

作为频繁搬迁的外来人，保持自己的传统是有难度的，于是我母亲带着我们入乡随俗。她有一个异常开放并乐于接受新事物的性格，所以每次，她都很积极地出现在“游百病”的队伍中。

所谓“游百病”就是全家出动逛集市，不为升官发财，就图健康平安。

端午的集市平日里是没有的，集市上有的东西，只有这一天才看得到。

我和邹钟惠都不急于寻找父母，反正迟早都能见到。我们一个摊一个摊地逛，看到喜欢的东西就拿在手里把玩，半天不放回去。她身上有五分钱，打算用其中的两分买两个老虎香包，送给我一个。

这时候，我们俩的额头上和耳朵后都已经涂上了雄黄粉。因为有个邻居见到我们，惊呼了一声："你们俩怎么搞的，到现在也不涂雄黄?"不由分说就把我们拉过去，各自涂了一遍。集市上看到的人，大部分也涂过了，脸上有横七竖八的黄色痕迹。端午涂雄黄是用来驱蛇的，保佑任何邪祟无法近身。

蛇一定是有的。洱源是一座紧挨着山的县城，有无数的台阶和陡坡连接着紧靠的后山，在台阶的最后一级设置了一道小门，常常锁着，就是怕小孩随意上山，被蛇惊吓。

集市上，老虎香包占主要份额，可以说应有尽有。老虎香包里面放着"五子五香"，有奇异的香味，用来防蚊虫毒蛇；做成老虎的图案，是为了凸显驱邪的功能，更有力量感和操控感。

我觉得这些手绣的老虎图案，每个都很好看，有鲜艳的颜色和憨态可掬的造型。但邹钟惠不这样认为，她很挑剔，不是觉得这一只的耳朵大小不一，就是觉得那一只的味道很奇怪，搞得我对她不再抱希望。

5

既然这样，最好就是看点别的东西。我们去看炸米花、做糖人、捏面偶，看了一会儿大人打气球。然后我们找到一个卖螺蛳项链的摊位，看这个从江尾来的渔民小心翼翼地在白螺蛳上打孔，用线穿成串。

江尾是个小镇，紧邻洱海，有大量的滩涂和湿地，这些大小均匀的白螺蛳壳就来自那里。这个渔民非常小心，因为用来做项链的螺蛳壳很小，而且脆弱，一不注意就会破裂。

我们看了好大一会儿。这时候，我突然在熙攘的人群中看见了“小丈夫”，他一个人，双手插裤兜，正漫不经心地在人群中东张西望。他和我们一样，在找父母，但不急于找到。

他没看见我们，正缓慢地朝着这个方向走来。我开始紧张，这位卖螺蛳项链的渔民倒是不认识我们，但是他旁边一位卖蒸糕的、再旁边一位包粽子的，都是小城街上最好事的人民群众，我们周围也还站着好几个我母亲单位的熟人。我感觉情况不太妙，因为他们脸上甚至已经浮现出不怀好意的笑容。

我想我还是应该撒腿跑开，但是邹钟㥁死死拉着我的手，她被螺蛳链子迷住了。“小丈夫”终于看到了我们，也看到了那群危险的大人。穿过人群缝隙，我俩的目光短暂地对上，只见他快速把手从裤兜里拿出，斩钉截铁，扭头就跑。

果然我们周围爆发出一阵愉快的笑声。

“小弟，跑什么跑？”他们高声叫着他的小名，尽情地嘲笑他，“还不快点过来，给泥呀媳妇买串螺蛳项链！”

洱源话里说“你”，听起来就像是“泥呀”，每回听到“泥呀媳妇”，我的脑袋就会轰一下炸开，我会悲哀地有一种还没有长大就已经老去的感觉。

这位小我三个月的“小丈夫”有没有同样的感觉，我不得而知，但他消失得很迅速。因为端午的集市人群熙攘，摩肩接踵，他不可能跑得很快，但是很灵活，我看见他的身影在人群缝隙里拐来拐去，很快就消失不见了。

我也当机立断，在“泥呀丈夫”的矛头转向我之前，拉着邹钟惠朝相反的方向跑，我听见了更大的笑声在我们身后爆发、扩展，成为这个短暂的夏季里最热烈与最持久的部分。

6

邹钟惠有点莫名其妙，她问我们为什么要跑。正好这时候有一支踩高跷的队伍进来了，我就说我们可以去看踩高跷。很快，这些身穿花花绿绿衣服、脸上涂着油彩的人吸引了我们的注意力，当一个戴胖娃娃面具的人蹦蹦跳跳地到我们跟前时，邹钟惠就把我们为什么要跑这件事情彻底忘记了。

这时候有人叫我的名字，我看见我母亲和姐姐在远处朝我挥手，她们手里提着好多东西，有粽子、艾叶、香包、五彩线，脸上的雄黄，经汗水的冲刷，早已经七零八落。

在给我缠上五彩线的时候，我母亲反复交代，不要弄丢，一定要等到火把节的时候才能取下来，在火焰里烧掉。

“你这个人，就是有点心不在焉，要是弄丢了，上了小学谁来保佑你好好学习，天天向上。”我母亲总是会说一些令人吃惊的话，所以，她现在把我的学习成绩和一根五彩线联系起来，也不是很奇怪。好在这根五彩线里有一根是金线，混合在其他颜色的线里闪烁着金黄的光，缠在手腕上很好看。我肯定会尽全力保护好它。

现在我们已经集齐了端午节的全部要素，在“游百病”的队伍中，显得很有底气。

我们的快乐也在持续延展，因为白天还很长，节日的盛情正随着逐渐上升的气温扩散，一时间很难消淡。

7

这一天的午饭是在集市上解决的，内容是些杂乱但深受我们喜爱的零食。这期间我母亲有点不安，她觉得那位住在后山半山腰的“彝族阿玛”可能已经到了。

小城里生活着好几个少数民族。县城里唯一的那条街走完以后，有一个类似集镇的地方，是回族同胞的聚集地；穿过那道老是锁着的小门，往后山走，爬到半山腰会看到彝族人居住的木楞房；更多的则是白族，县城往外延宕的坝子，无限多的村落，无限广阔的田野，居住的都是白族人。

我母亲非常善于结交朋友，她的病人在住院期间受到照顾，出院之后就会邀请她到家里做客，她也会邀请他们，不分彼此，年年如是，维持着长久的友谊。

这位“彝族阿玛”就是其中一位。自从医院治好了她儿子的大脖子病之后，每年端午节，她就会来看我母亲，手里拎着一小袋苦荞面，外加一些土豆。端午节，她们是不过的，她们过火把节和更为盛大的彝族年。但她总能精准地记得这一天，我不知道她是怎么做到的。

于是我母亲叫我下午别去幼儿园了，赶快吃东西，吃完后不要贪玩先回家，把艾叶挂在门上，然后把“彝族阿玛”带来的东西放进家，再回赠给她一串粽子。至于她自己，得回单位先上一会儿班才能回来。

我当然很乐意接受这样的任务，因为完全不需要按照流程来做。虽然手里拿着一把艾叶和一串粽子有点麻烦，但我还是先跑到集市外的一个荷花塘。在那里，我又遇到了邹钟惠，她已经把脚浸在荷塘浅浅的清水里，等着我了。

这时荷花开得正艳，每一朵都在正午的阳光下尽情绽放，散发着脉脉清香。我们是不会放过这一年到头难得的玩水时光的。

在云南的西北部，海拔超过 2000 米的地方，夏季常常是短暂的。只有在端午这个时节，在盛夏的荷塘边，我们用脚背撩起的清水落在荷叶上，变成圆滚滚的水滴四处滚动时，我们才像荷塘里那些花朵一样，感受到可以为之绽放的热忱。

8

我们肯定忘记了时间，但情况没有变得太糟。等我上气不接下气地跑回家的时候，那个“彝族阿玛”还坐在我们家门口。

她是一个看不出年纪的老人，有着古铜色的皮肤和一口向外突出的牙。她的衣服臃肿而繁复，头上是一块黑色的支撑开来的方形头饰，异常硕大，把她的脸衬托得很小。黑色的百褶裙一直覆盖到脚面，裙底裹挟着泥土和草屑，当她坐下来的时候，巨大的裙摆会形成一个圆圈。除去黑色，她身上有其他颜色的是领口和袖口，有一些玫红色的绣花，连缀成纹路。

我们住的房屋是过去有钱人家的院子，非常破烂，经过改造之后，中间的院落变成通道，房屋排在两边，再分别加固扩建，呈现出一个微型巷道的格局。她就坐在这个微型巷道的中央，吸着一根长长的烟管，等着我们。

她一定是等了很长很长时间，因为她的身边烟雾缭绕，周围有很多烟灰和口水的印迹。她们总是很擅长等待。因为我曾经看到过和她一样装束的彝族妇女，她们来医院看病，喜欢排成排坐在医院大门的台阶上，一坐就是漫长的一天。

由于语言不通，我们自创了一种沟通方式，她看着我咯咯发笑，露出整个牙床，我也看着她咯咯发笑，我们看上去可能很傻，但不知道为什么，心里有说不出的快乐。

她很聪明，看见每家门口都挂着艾叶，就帮助我把艾叶挂起来。这时候，我才发现，我们家的门扣上挂着一串螺蛳项链，为了防止它掉下来，项链被小心地缠了两圈。

我很快意识到这应该是我那个“小丈夫”的杰作。

“彝族阿玛”没有更多逗留，她帮我把一小袋苦荞面和土豆拎进厨房，没有推辞我母亲回赠的粽子，转身走了。

我看着她庞大的裙摆拂过地面，裹挟着地面的灰尘，沿着台阶，慢慢消失在一条灰白色的、空无一人的小路上。

我把螺蛳项链挂在自己的脖子上，我的心又被轻轻地啄了一下，那种小小年纪就有的心照不宣，再次降临。

9

黄昏慢慢来临了。天空出现了火烧云。

端午前后，总是会频繁地出现火烧云，就是一种光线异常灿烂的晚霞，出现在洱海方向，染红整个天空。我们虽然看不到海，但天空看得到，天空会把海上释放的光线，经由云霞的辉映，铺撒在大地上。

这时候会出现一个不同于往日的世界，山峦、田野、树木、瓦房，以及视野能看到的物件，笼罩在霞光里，投射出又扁又薄的剪影，有点陌生，有点虚妄，还有说不出的诡谲。

在云霞最为灿烂的时候，一场室外的宴席已经准备就绪。那些年，似乎每一个节日都是在集体的欢庆中度过的。即使是那些融合度很差、行为举止乖张孤僻的人，也会受到热情的邀请。

桌子也是从各家的厨房里端出的，方的方，圆的圆，上面的佳肴美食，每家都尽量做到慷慨和体面。当然，私下里的说三道四还是免不掉的。只是说归说，做归做，慷慨的、体面的、吝啬的、怨怼的，全都搅裹在小城的烟火气里，年年如是，生生不息。

当我那个不擅长烹饪的母亲端出两盘油炸牛干巴的时候，桌上都有点摆不下了。这时候会细微地体现出来每个家庭在传统上的差异：有一家人习惯在端午做包子，统共要用七种馅料，每种馅料都用特殊的记号标记出来。另外一家姓方的老太太，是个裹着小脚的外省人，她包出来的粽子一律都很小，形状像她的小脚，两头都很尖。

我们家没有传统，我母亲做什么菜取决于当时有什么食材。那几天有一个德钦的亲戚要去大理，路过小城时顺路给我们带来一块牦牛肉干，这在当时是很珍贵的礼物。母亲在端午那天罕见地表现出制作美食的耐心，在盘子底部铺上一层茴香，然后在肉干上撒上薄荷叶。

这道做法简单的菜香气四溢，很快就被小朋友抢光了。

这时候我母亲才注意到我脖子上挂着的螺蛳项链，她问我是不是买的，花了多少钱。我撒了一个谎，我说是邹钟惠借给我戴的。

在这场面热烈的室外宴席上，毫无悬念，我和我的“小丈夫”将被那几位热情洋溢的街坊邻居安排在同一桌。与往常的逆来顺受有所不同，我们有了新的默契，两人都死活不同意。

在反抗和挣扎的过程中，我们的目光又一次短暂相遇。这时候他看见了我脖子上的螺蛳项链，显而易见地高兴起来。他一边笑一边像条泥鳅一样，从抓着他的大人手里滑落，一副死皮赖脸的样子。场面顿时变得很滑稽，好多人都笑得前仰后合。

我则是毅然决然不上桌。我母亲先是从唇舌之间弹出一声“啧！”，大声说我：“你这个小气鬼，人家是跟你开玩笑的！”但是总算也为我解了围，她笑着跟周围的人说：“这回是真的长大了，晓得害羞了。”

于是我们如愿以偿，坐到了宴席的两头，最远的地方，中间隔着无数的桌椅，隔着无数的幢幢人影，隔着无数的欢声笑语，终于，彼此再也看不见对方。

10

自此，我们真的再也没有见过对方。始料不及的是在我幼儿园毕业之后，我们家以一种极其仓促的方式离开了小城，没有来得及说再见。

多年以后，我经历了很多事，遇到了很多人，我越来越清楚，在人的生命中，重逢需要跨越山海的缘分，离别却只需要瞬间的转身。有些事，过去了便是往事；有些人，走散了便是永别。

我因此而常常想念那个盛夏的节日，想念在节日里因为忙碌而生机勃勃的每一个人。

于是我问自己，人生是不是应该学会好好告别，在每一个人头攒动的集市内，在每一场觥筹交错的宴席上，在每一个云霞灿烂的黄昏里，在每一次孤寂而持久的等待中，在每一天、每一刻、每一次心动时，在每一次与众不同的相逢，以及每一次奋不顾身的奔赴中……

毕竟，每个人的生命中，总有时光值得留驻，总有岁月灿如烟火。

菖蒲、端午与复仇之剑

荣　荣

1

新新人类喜欢过节，古今中外什么节都一并拿来，老节过，新节也过，过得不过瘾了，创造个节再过，只为多图一点热闹开心，或者有各种送礼或收礼的理由。比如恋爱中的男女必定要隆重地过一过西方的情人节，若没有玫瑰花和红包，含情量似乎就得仔细斟酌斟酌了。但一个情人节是不够的，于是传统的七夕节也被列入中国式的情人节，也得有玫瑰花和红包。还不够怎么办？真爱没有止境，送礼没有限度，于是又有了类似“520，我爱你”等特殊日子。只是那些老节，因是农历计算，也因没能像那些新创造的节日，是因需而风行的，所以就需要提醒，比如立夏，比如重阳，比如端午。

每年我是到了菜场看到有人专门摆摊卖菖蒲，才想起来——哦，端午要到了。

在所有民间节日里，端午很特殊，一整套丰富、独特而又神秘的节日习俗，让它成为中国首个入选世界非遗的节日。各地五花八门的过节方式，各种传说，几乎让我有一个错觉——端午就是一个巨大的篮子，只要你愿意，什么东西都可以往里面装，怎么装都合适。

而菖蒲，就像是这个篮子的提手。

这个比喻尤其适用于南方的端午，如果你是南方人，如果你在南方过端午节，若你没在门楣上挂上一束菖蒲，你就不能说你的端午过得正经又正宗，你也似乎有点对不起国家特定给你的那一天神圣的假日。

菖蒲就是这么神。因为菖蒲在民间一直被视作神草，《本草纲目》载曰：“典术云：尧时天降精于庭为韭，感百阴之气为菖蒲，故曰：尧韭。”先民们还将该草人格化了，说它先百草于寒冬刚尽时觉醒，“不假日色，不资寸土”“耐苦寒，安淡泊”，生野外则生机盎然，富有而滋润，着厅堂则亭亭玉立，飘逸而俊秀。还给它安了一个生日，这是人间所有的花草里独有的殊荣。它的生日是每年的四月十四。到了那天，种植菖蒲的人就会像模像样地给菖蒲过生日，他们会为菖蒲“修剪根叶，积海水以滋养之”。意思就是让菖蒲在生日那天像人庆生一样，理个发，泡个澡，吃点好吃又有营养的，认为这样，有神性的菖蒲就高兴了，一高兴，则“青翠易生，尤堪清目”。

被神一样尊崇的菖蒲，自然对人类的生活多有关照，它青翠青绿的，怎么看怎么好看，一直是中国观赏植物和盆景植物中不可缺少的一种。好看还不够，它还有特殊的香味。好看好香还不够，它还特别有用，比如驱虫、作香料，比如入药、泡酒，比如辟邪。说菖蒲辟邪，那是因为菖蒲的叶子形状似剑，民间方士称之为“水剑”，说它可“斩千邪”。反正菖蒲是千般的好。还有一个重要的好，是好养，因为好养也“长寿”，作为水生植物，菖蒲只要一点水，只要水不枯，它就会一直绿给你看，数十年数十年地绿给你看。

2

因为菖蒲的样子像剑，这个外形自然也成为它能驱邪避害的有力佐证。传说八仙里的吕纯阳，就是拿菖蒲作宝剑的。有一次他路过钱塘江，看到一只成精的癞头鼋兴风作浪为害沿海百姓，他就拿着蒲剑与它打斗了几天几夜，终于打败了它，并与它约定，端午那天，不许它用潮水淹没门上挂了菖蒲的人家。随后，吕仙人作法，将他用来做宝剑的菖蒲撒到了沿海居民的房前，那些菖蒲在端午那天都变成了一把把闪亮的宝剑，人们觉得这些宝剑可以保护他们，就都将其挂在了门上。癞头鼋乘着浪头来了，看到所有的人家门上都挂着菖蒲，作为一只守约的妖精，它只好退走了。这个传说的结尾句就是：从此，钱塘江两岸的老百姓，每年端午节都要在门上挂菖蒲，海岸线也基本上一直保持在今天的位置上。

作为宁波人，我自然还想转述一则独属于宁波的，端午节家门口挂菖蒲的民间传说。

很久以前，宁波一个穷秀才的妻子，名叫青英，口才很好，还会吟诗。有一年端午前一天，青英看丈夫还未回家，就思量着如何让端午节过得热闹一些，可家里一贫如洗，怎么办呢？突然，她看见房屋边她阿公栽种的药草菖蒲，在烈日下碧绿青翠，就挖了几棵菖蒲挂在大门上，觉得这样，家里就有了点生机和喜气。她又触景生情，用红纸写了一首诗，贴在大门旁边：

自嫌薄命嫁穷夫，明日端阳祭礼无。

莫叫良辰错过去，聊将清水洗菖蒲。

傍晚，秀才回家，看到大门旁妻子写的诗，既羞赧又惭愧，觉得自己无脸再见妻子，就离开了家。走了一会儿，他抬头看见一只老黄牛在田埂上吃草，周围一个人影都没有。他想，何不把牛牵去卖掉，弄一些钱回家，让妻子高兴高兴？

这个傻秀才，自然像俗语里的秀才一样，造反不成，偷牛也是不成的。这不，他牵了牛还没走几步，就被牛主人抓住送官了。

知县问秀才："你为何青天白日偷牵牛？"秀才就把自己的妻子如何贤德，家境如何贫困一一告知。知县听了，不信一个乡下女子会作诗，立马传了青英来。知县问她："你家大门旁的诗是你写的吗？"青英急忙跪下回答："大人在上，诗正是民女所作，未知触犯何法？"知县说："你作诗不犯法，只因你丈夫偷牵牛，被人抓来见本县，你看要如何判处？"

青英听后，泪如泉涌，马上就表态说："相公知法犯法，理应重判！"

知县点了一下头，对她说："妇人言之有理！本县看你是弱女，丈夫坐牢，今后你要如何度日？既然你会作诗，本县命你再作七绝一首。如成，本县就赏你白银五十两，给你回家去度日。”

青英一听，就点头答应。取过笔墨纸张，略加思索，当场就写了这样四句：

滔滔黄水向东流，难洗今朝满面羞。
自笑妾身非织女，郎君何事效牵牛？

知县看了，哈哈大笑说：“你虽然不是织女，但本县判你丈夫坐牢，你夫妻二人不就成牛郎织女了吗？”知县说着，就叫人取出五十两银子，叫他们二人快回家。

这个民间传说是这样结尾的：青英在端午节那天挂菖蒲，竟得到如此好运。此事传开后，每年端午节在大门上挂菖蒲的人家越来越多，以后广为流传，就逐渐形成了一种民俗。

3

宁波人过端午的由头是很杂的，纪念诗人屈原说，只是其中之一。还有纪念孝女曹娥说，曹娥为寻翻船入江的父亲，在江边号哭七天七夜，最终于端午那天投江而死，五天后她的尸体抱出父尸，孝行感天；还有迎涛神之说，涛神就是伍子胥，因为他含冤而死，尸体被装在皮革里，于五月初五那天投入大江，化为涛神，世人哀而祭之，故有端午节；也有更久远的与南方气候特点相关联的“恶日”说，因为五月被视为“毒月”“恶月”，五月初五是九毒之首，因此历代流传下来许多端午习俗，都与驱邪、消毒和避疫有关，比如门上插菖蒲、喝雄黄酒、祭五瘟使者等，端午节也因此成为人们去毒避疫的日子。

还有源自远古时期的祭龙说。我更相信这个古老说法是正宗的。

据考证，五月初五是古代吴越地区“龙”的部落举行图腾祭祀的日子，其主要理由是，端午节两个主要的活动——吃粽子和竞渡——都与龙相关。粽子投入水里常为蛟龙所窃，竞渡用的是龙，而且竞渡与古代吴越地方的地理环境关系尤深，况且吴越百姓还有断发文身“以像龙子”的习俗，并有五月初五日用“五彩丝系臂”的民间风俗，这应当也是“像龙子”的文身习俗的遗迹。

宁波还是中国“龙舟竞渡”的发祥地之一，这也是有考古实证的。河姆渡遗址和田螺山遗址的史前文化证明，早在7000年前，先民们就使用独木舟和木桨。而中国龙舟最初原型是单木舟上雕刻龙形的独木舟，后来发展为木板制作的龙形船。专家公认的中国最早的“龙舟竞渡”的图形，就发现于宁波鄞州区云龙镇甲村，那是1976年出土的国家一级文物——战国时期的斧形铜钺，器物上雕刻着“羽人竞渡”画面，图案生动清晰。这器物是古代部族权力的象征，曾被作为竞技体育历史悠久的理由之一申办奥运会，并在北京亚运会、奥运会期间专调北京展示。

宁波近海，宁波人的脾性颇有点海纳百川的意味，过端午节就是一个很好的例证。宁波人真的将端午节过成了一只装着各种传说和习俗的大篮子，那是屈原祭得，伍子胥祭得，曹娥祭得，龙祭得。那是粽子吃得，菖蒲挂得，雄黄酒喝得，香袋佩得，龙舟划得。一个传统的节日在宁波要多热闹有多热闹，要多缤纷有多缤纷。这样天长日久的海之纳之，更延伸出宁波人独有的端午乡风，比如旧时宁波人过端午，还会在辟邪驱毒方面，时兴画“端午老虎”与吃蜒蚰螺（蜗牛）。

民国张延章的《鄞城十二个月竹枝词》中，有关端午的诗句有：“五月端阳老虎描，艾旗蒲剑辟群妖；雄黄细蘸高粱酒，苍术还须正午烧。”至于为何要描端午老虎，是因为人们想用“百兽之王”的老虎来镇住蛇、蜈蚣、蜥蜴、蜘蛛、蝎子这“五毒”。

在这一天，大人会用雄黄在孩子的额上写上虎头上的“王”字；有的给孩子穿虎纹的衣服，缝制布老虎和老虎枕头；也有的将端午老虎印在四五寸见方的纸上，上面绘有虎和孩子，有李存孝七岁打虎、杨香扼虎救父等故事图，虎、孩姿态各异。小孩子将黑色版画“端午老虎”纸填上各种颜色，就是“描端午老虎”，描好后贴在门或墙上，说是可辟邪。据说在端午日午时前（尤以午时为佳）将捉到的蜒蚰螺炖蛋吃，吃后可清凉解毒。具体做法是将蛋钻个小孔，把蜒蚰螺肉塞进蛋内，封口后清炖。又比如在端午节这天，宁波人给小孩手臂系上五色手绳，叫“健绳”，待以后弃绳时，要粘上糯米饭，抛至屋瓦上让飞鸟粘去，这样孩子就可以无病无痛、长命百岁了。

又比如旧时宁波人过端午独有的街上一景，那就是表达女儿孝心的送“吭吭鹅”，这估计也是纪念曹娥为女之孝而演变来的习俗吧。端午那天，出嫁的女儿要回娘家，女婿要挑“端午担”，少者四色，多者八色，其中鱼要成双，鹅头颈涂红颜色，路上鹅叫得越响越好，称“吭吭鹅”。挑着一只“吭吭”直叫的鹅招摇过市，然后听着旁人评鹅肥啦瘦啦，女儿女婿孝啊不孝啊，等等。这当是街坊邻舍快意嚼舌之重要内容。而同样的端午吃粽子习俗中，宁波人也会有自己的花样，除了别处都有的肉粽、豆沙粽、蜜枣粽、蛋黄肉粽，宁波独有的一种粽子是豹纹碱水粽。粽叶就与别的粽子不一样，不是青壳的，不是那些芦苇叶、箬竹叶，甚至芭蕉叶、荷叶，而是以宽大的有暗红色斑点的笋壳为叶，这种粽叶包起来的粽子看上去更挺括，粽米黏性更足更香，比起北方的清水粽，豹纹碱水粽因为放了碱，更助消化，蘸着白糖或红糖吃，绝对是一道外观好看、内里甜糯的舌尖美味。

4

著名作家李敬泽先生在南方周末 N-TALK 文学之夜的演讲中，以《跑步、文学、鹅掌楸》为题，将看似浑不搭的跑步、文学和鹅掌楸三者生动又深刻地串在一起。他说，文学就是要把世界上各种风马牛不相及的事，各种像星星一样散落在天上的事，全都连起来，形成一幅新图。

我将这篇文章取题为《菖蒲、端午与复仇之剑》，也试图将这三者做一个串联。因为我也想在这篇文章里做一件比较文学的事。菖蒲与端午的连接，民间文学早已经完成了，我前面的三段文字也算是努力做了一个复述。复仇之剑与端午和菖蒲，似乎还得好好地连一连。连接的纽带就是伍子胥。

作为端午节纪念说里的伍子胥，在史书里一直是一个复仇者的形象代表。

伍子胥的故事也因此流传很广。他原为楚国人，因父亲被奸臣陷害，父兄被杀，伍子胥逃到吴国成为吴王阖闾的重臣，最后受人谗害，被阖闾的儿子吴王夫差赐死。

在伍子胥的传奇里，我注意到了两个或大或小或重要或渺小的人物。一个是在他逃往吴国途中，经过濑水时遇见的在水边浣纱的史贞女。伍子胥向史贞女讨食，史贞女把浆纱的半桶面糊给他吃了，并为他指明了道路。伍子胥临走时再三叮嘱史贞女不要讲出他到过这里，以免追兵知道他的去向。史贞女为了使伍子胥放心，立即抱起一块大石头，投水身亡。多年后伍子胥伐楚成功，他回到当年与浣纱女相遇的溪边，将三斗三升共千斤的金豆子撒在溪中。据说这也是女子被称为“千金”的由来。

另一个人物很关键，那就是春秋时期的著名刺客专诸。专诸是伍子胥专门为公子光篡位，刺杀吴王僚而物色的。因为吴王僚最爱吃太和公做的炙鱼，所以专诸专门前往太湖拜师学艺，三个月之后，尽得太和公的全鱼炙手艺。而刺杀的凶器为鱼肠剑，这是一把在相剑师眼里逆理悖序的剑：“逆理不顺，不可服也，臣以杀君，子以杀父。”鱼肠剑生来就是用来弑君杀父的，这似乎是此剑的宿命。

所以，在伍子胥的复仇事业中，我一共看到了三把剑。一把是伍子胥自己。从他逃离楚国的那一刻起，他就成了一把复仇之剑，只是这把剑握在他自己的手里，有他自我的谋略，自我的意识，自我强烈的目的。

一把是专诸。屠夫出身的他，去刺杀吴王僚，他的内心没有恩怨，也没有目的，他只是伍子胥手里的一把剑，一件杀人的利器。如果说志士献身是为杀身成仁，这个仁绝对不会出现在刺客专诸的认知里。

第三把就是鱼肠剑。它藏在鱼腹里，握在专诸的手上。相比于伍子胥与专诸，它不像是剑，更像是复仇之剑的手段或途径。

史贞女遇到伍子胥，帮助他或不帮助他，她都没有活路，因为追兵就在后面，无论如何都逃不过一个死，就像同样帮助过伍子胥逃跑的人。所以，与其说史贞女投水自沉，不如说是为伍子胥这把复仇之剑的剑气所杀。谁能否认这把剑的剑气万丈呢？

所有复仇之剑，一走在复仇的路上，终究会一去不返。只有菖蒲留下来，在每年的端午节，准时出现在百姓的门前。现在，我眼里的菖蒲就是一把神之剑，人间的恩怨和是非与它无关，它的使命就是在天地之间握紧自己，为百姓辟邪守正，同时守住自己所有的锋芒与剑气。

开水中翻滚的粽子

庞余亮

人家过端午的时候，饭桌上总是有“五红”“十红”甚至有“十二红”的说法，一种“红”就代表一盘带有红颜色的菜。如果这样的话，我们家的小木桌上肯定放不下十盘菜。

母亲对我这个莫名其妙的担心很不以为然：“谁规定的？‘十红’？还‘十二红’？不要吃了五谷想六谷，能有粽子吃就烧高香了。”从母亲的话音里可以听得出来，今年还是有粽子吃的。

在我们家，关于吃饭的事，母亲的话就是规定。平时连饭都吃不饱，过端午的时候，能吃上粽子真的就不错了。如果因为嘴馋惹怒了母亲，很可能连粽子也没有了。毕竟，包粽子需要米，还是比饭米更高级的糯米。端午的米，都是去年从嘴巴里一点点省下来然后存下的米，何况是产量不高的糯米呢？“饭”和“米”这两个词对于只吃饭不干力气活的我，是没有任何话语权的。

接下来，就是盼望粽子的日子了。在那些日子里，我的表现必须足够良好。我不会在母亲的面前提起“五红”“十红”“十二红”，也不会跟我家猪圈里的“猪八戒”说。那只黑头白身子的“猪八戒”实在太精明了。我只要在打猪草的时候稍微偷懒，没跑到远处的芦苇荡边割更鲜嫩的猪草，“猪八戒”就会向母亲告状。

好在端午的门楣上需要挂艾草和菖蒲叶。芦苇荡边就有长得比我还高的艾草和菖蒲。这肯定是我的事了，我会选拔出这个季节里生长得最泼辣的艾草和菖蒲。同时我也要去芦苇荡边割鲜嫩的猪草，我也怕我对于“五红”“十红”“十二红”的渴慕被这个会告状的“猪八戒”看出来。母亲曾骂过“猪八戒”：“谁不想吃点好的呢？连笨蛋都知道要吃好的呢。”母亲也是指桑骂槐地敲打我。

我去芦苇荡探险，还有一件特别大的工程，就是想采集到今年包粽子的新芦苇叶。想，表示一种可能性；也有一种不可能，那就是我从芦苇上采集到的新粽叶不符合母亲包粽子的要求。包粽子的粽叶最好是新芦苇叶子，最好很阔很长，是长得很结实了的芦苇叶。阔和长，才能包成粽子。结实，是因为包裹粽子的时候新芦苇叶需要有足够的韧性，否则会断裂开来。父亲采回来的芦苇叶，向来都是符合母亲要求的。

多年以后，我读到了苏童的短篇小说《祖母的季节》，喜欢得不得了，倒不是因为他的叙述，而是觉得苏童就是我们村庄的。小说中有许多包粽子和采粽叶的细节。

“有一只洗澡的大木盆装满了清水，浸泡着刚从湖边苇地里劈下的青粽叶，我家屋前屋后都是那股凉凉的清香味。”

我们家包粽子也是用洗澡的大木盆，里面浸泡的也是我从芦苇荡里采回来的大芦苇叶，每每这个时候，我是骄傲的，连采集芦苇的时候遇到青草蛇的恐惧也忘记讲了。那些恐惧还是在读苏童的《祖母的季节》之后想起来的，小说里的祖母看到了小青蛇，我看到的则是竹篙长的青草蛇，它在芦苇的顶部像绿色闪电样弹飞过去。它们真的是在风中借着芦苇的张力在飞。又过了几年，苏童又写了部小说——《蛇为什么会飞》，我直接确信，这个写小说的苏童肯定是和我一起去过芦苇荡采过粽叶的。

最要命的是，只要是青草蛇飞过的芦苇们，叶子既阔又长。我必须在无人的芦苇荡里等好久好久，才能按住那扑通扑通乱跳的恐惧，涉水过滩，抓住那些芦苇，让它们弯下来，以便采集那些可以用来包粽子的芦苇叶，可以和父亲比一比的绿裤带一样的芦苇叶。

有了粽叶，核心问题还是糯米。我们家种糯稻的时候，我是出过力的。糯米好吃，虫子也是知道的。它们爱吃糯稻的新叶子，父亲就让我蹲在糯稻田里捉虫子，一些虫子捉得到，一些虫子的速度比我更快。糯稻田里还有许多蚂蟥，那些小小的蚂蟥叮住我腿肚子的时候，根本不疼不痒，等发现的时候，它们已吸饱了血，像一颗颗血豆子。母亲一边给我摘血豆子，一边笑着说："哎呀呀，这么多血啊，要吃多少碗饭才能补得回来?!"

母亲越是这么调侃，我就越是想吃饭补回我的血，甚至想干嚼米粒。家里为数不多的米是不能动的，母亲总是记得清清楚楚。母亲藏米的地方，我是知道的。

但我不知道糯米藏在什么地方。在我们家，父亲是种稻子的好手，母亲则是藏米的好手。母亲说是防老鼠，我当然也属于母亲心中认定的偷粮食吃的“老鼠”中的一种。

我认识很多糯米的品种，比如羊脂糯，比如姜黄糯，比如竹梗糯，比如粉皮糯，比如香糯，比如血糯。在所有的稻子中，我最偏爱糯米。糯稻们是平原上最有君子风度的，稻粒饱满，枝叶整洁，尤其是那种叫作血糯的糯稻，每片稻叶不全是绿色的，都有一道精美的绣金边。开始写诗的时候，我起码为糯稻写过不下十首颂歌。

糯稻的宝贵不仅体现在种植上，在收割的时候也是小心翼翼的。人工脱粒，一把稻一把稻放在稻床上甩。糯米的全身都是宝呢：糯米圆子有纯粹的甜气；糯稻壳轧碎了做猪食，“猪八戒”都吃得特别欢；就连铺了糯米稻草的床都有糯米的香气。

至今我都不知道当年母亲把糯米藏在什么地方，但每到包粽子的那天早上，母亲手中的淘米竹箩里还是变魔术般出现了满满一竹箩糯米。那些在我们家的某处睡了一个冬天加上一个春天的糯米们，我盯着它们看，它们也盯着我看，我觉得它们都把我认出来了。

白花花的粽子啊，香喷喷的粽子啊，想象力丰富的口水们在我的全身咕嘟咕嘟地蹿行。

那些从芦苇荡采来的芦苇叶，现在该叫粽叶了，被洗干净的它们，先被母亲放在“尺二锅”里煮了一遍，又被顺得整整齐齐的，一一浸泡在洗澡桶旦的清水中。

煮熟了的粽叶熨帖而更有韧性，但它们还需要等待，等待淘洗完的糯米们。包粽子的糯米们，要淘洗，再沥干。沥干后的糯米们像洗完了脸似的，精气神一下子就出来了。那些淡淡的糯米香气，钻到了我的鼻孔里，也钻到了猪圈里那只“猪八戒”的鼻孔里，母亲淘洗糯米的水一点也没有浪费，全部倒进“猪八戒”的猪食盆里了。有糯米水的午餐超过所有芦苇荡边的鲜嫩猪草。

如果只包单一的糯米粽子，粽叶和糯米就够了，母亲从来不会这样简单处理。尽管每年我们家的桌子上没有“五红”“十红”“十二红”，但我们家包的粽子肯定是与别人家不一样的。单一糯米的粽子就像素颜的生活，只剩下一个主角的生活。再贫穷的日子里，母亲也会给自己种下一棵栀子花，还有一盆蘼芜。就是我在《母亲的香草》里写过的蘼芜。蘼芜是学名，是我寻找了几十年之后才寻找到的学名，它在我们家的名字叫作“穿英”，是一种香草，母亲每天都会把一片蘼芜叶子插戴在脑后的发鬏上。

给单一糯米这个主角做配角的，不是什么蛋黄，什么火腿肉，那是富裕人家的配角。我们家的糯米配角都是母亲在“十边地”里种的。“十边地”是农村人才懂的词语，指的是不占土地指标的路边、沟边、池塘边等大田之外的零星隙地，和它们生长的土地一样，从“十边地”收获来的果实也是配角。和那些糯米一样，它们也一直被母亲藏在我不知道的地方，直到包粽子的那天上午，它们也才在那只老搪瓷茶缸亖惊艳亮相。母亲对它们进行的淘洗和浸泡也完成了，恢复了刚刚从籽荚中出来的颜色。

在我的童年记忆中，担当过糯米们配角的“十边地”果实有：豌豆、红豆（赤小豆）、绿豆、紫盘香豇豆，也有过蚕豆瓣，且必须是剥了蚕豆衣的蚕豆瓣。花生和黄豆都没有做过配角。因为它们都要用来换油，是要做关键角色的。

雪白糯米，青翠粽叶，红豆，绿豆，豌豆，紫盘香豇豆。

全身蹿行的口水里又多了无数带着色彩的想象。

母亲从来不在上午包粽子。母亲每天很早就起床，她先把家里的事忙完了就下田干活，一个上午可以做的农活太多了。包粽子的时间放在了下午，母亲和我一起把装满粽叶和水的洗澡桶抬到了阴凉处，母亲没让我拎盛满糯米的淘米箩，也没让我碰装有“配角”的老搪瓷缸，但她还是坐在了我准备好的、放在她屁股后面的小凳子上。

阳光正好，阴凉也正好，满是粽叶的洗澡木桶清水里晃动的黑头颅也正好，都在等待母亲取出那根闪亮的粽针。那闪亮的粽针，就是特大号的绣花针，有针鼻，有针尖，不过针身不是圆形的，而是扁平的。有了粽针，我们家的包粽子工程就正式开始了。

这些年的端午，我们见到的粽子都是由线和绳子束缚的，每每见到这样的粽子，我就想起了母亲和她手中的粽针，以及那些没有任何外来的绳线的粽子。母亲首先会用四片粽叶裹成粽子的主体工程：空粽壳。待向空粽壳里填满了糯米和豆子后，还要把负责封口的最后一片粽叶的尾部穿进粽针的针鼻里，然后由粽针带着粽叶无声地刺穿过粽身，完成最后的自我束身任务。

在我的心目中，没有任何绳线加盟的粽子才称得上纯粹的粽子。有那些纯粹粽子的端午，才是纯粹的端午。

记得母亲包粽子的下午，婶娘们会主动来到我们家义务折叠空粽壳，她们都会像母亲一样，左手摊开，右手取粽叶。一张，两张，三张，四张。被水浸润得十分柔顺的粽叶们很听话地排在她们的掌心里，折叠，再折叠，然后抽出大拇指，大拇指抽空的部分便是空粽壳的嘴巴。

四张粽叶做空粽壳的收尾是件技术活，我总是学不会，可我偏偏想学。母亲没办法一直责怪我，那些婶娘们总是帮我说话，说我从小就想做巧手男人。母亲肯定不喜欢“巧手男人”这个词，但她没有继续反驳，只能任我在洗澡桶边反复练习四张粽叶的收尾技术。

因为有好几双手帮忙，一桶粽叶很快变成了空粽壳。帮完忙的婶娘们很快就回家了，余下的事项全是由母亲一个人完成的——往里面灌米和豆子，用粽叶封口和用粽针束缚，尤其后两项是硬功夫，如果做得不好，粽子要么就软，要么就会在煮的过程中松散开来。

母亲有天生的分配能力，她往空粽壳里分配糯米和豆子时，糯米和豆子们都是成比例减少的。给粽子封口之前，母亲还会用一根筷子将里面捣实，彻底装满之后再封口束身。

包好的粽子们被母亲放在竹筛里，我负责给它们排队，它们几乎是一模一样的，就像是孙悟空变出来的一模一样的孙悟空。如果粽叶恰好多几片的话，母亲还会用一片粽叶包小粽子，几个小粽子相互系在一起，成为粽子铃铛。我很盼望有属于我的粽子铃铛，但更喜欢那些大粽子，大粽子更能喂饱我的肚子啊。现在看来，我真的是母亲没有看错的、饥饿的、没有美学意识的“老鼠”。

煮粽子用的是母亲一直舍不得用的棉花秆，棉花秆最经烧，火力大而持久。最能让猪圈中的“猪八戒”心态平衡的是煮粽子的铁锅。我们家的灶上一共有三口铁锅，最小的叫“尺二锅”，中间的叫“尺三锅”，最里面的也是最大的叫“尺四锅”。平时我们家烧饭，只用到“尺二锅”和“尺三锅”，“尺四锅”一般是用来煮猪食和烧洗澡水的。

我一直记得那口煮猪食的“尺四锅”里的粽子们，那些在开水中翻滚的粽子们，还有在那口锅里翻滚过的玉米棒子，以及那些开水翻滚的气泡。糯米的香气，豆子的香气，芦苇叶的香气，总是会把我紧紧裹在一只叫作童年的粽子里。

绵延的疼惜

肖　勤

在中国传统节日里，端午节是一个清香扑鼻的节日。这时候的南方大地草木繁盛、江水碧绿，菖蒲长得高高的，一掐仿佛能滴出水，声音清脆悦耳，艾草的叶子笼着一层月色般的浅白色绒毛，鲜嫩得像细娃的脸。我的老家通常将过端午说成“打端阳”，之所以用“打”，是因为端阳节的动静挺大，不是一个平铺直叙浅淡安静的“过”字就能涵盖得了的。打端阳首先要去野外打粽粑叶子，贵州包粽子多用箬竹叶。箬竹多长在山林里，高不过一两米，但叶片密集，采摘时人在叶间走过，窸窸窣窣的声音在幽静的林中悠然响起，有一种别样的安详。箬竹这个说法，老人们一般是不知道的，他们就叫粽粑叶。包粽粑是女人特有的权利，男人很少插手。在家务活儿中，包粽粑是少有的乐趣，家中的奶奶外婆或者是妈妈婶婶姨妈，都把它当作一件很恬意的事情来做，大抵是因为糯米的圆润光滑和粽粑叶的清香，还有季节的和熙。

小时候，每年端阳到来之前，外婆都会早早泡好糯米。清晨挑来的井水微凉，倒进木盆里，泡着的糯米一颗颗又圆又糯又白，带着玉一样的质感。我喜欢把小手插进被水泡着的米粒间，感受那一份浸心入肺的清凉和宁静，然后陪着外婆到林子里去采粽粑叶。并不是我有多勤快，而是因为外婆家的竹林很深，夏天走进林子里，绿汪汪一片，天上地下的空气全都是绿色的，像是不小心走进了绿色的梦境或水底。山林里很安静，外婆别断叶梗时发出的清脆的啪啪声，偶尔会惊动一两只松鼠，它们刚换好毛，带着晚霞般的浅赤棕色，像细小的火星一样在竹枝间逝过，很耀眼。这样一个闪着金色阳光和绿色竹影的端阳，成了我不可多得的梦幻般的节日。采来的粽粑叶也需要用井水清洗，每次当水浇在粽叶上溅起哗啦啦的水花时，那错落的光影间都会让我产生错觉，感觉外婆溅落的不是水珠，而是满天翡翠。

除了打粽叶包粽子，端阳必不可少的环节是上山打艾草和菖蒲。外婆包过小脚，虽然包到一半就放了，但脚还是有些变形，尤其是大脚趾，几乎完全贴在脚底。勤劳的她走在山路上的样子像一只胆怯温柔的小鸟，一跃一跃的。我跟在她后头，拿着一把细镰刀，阳光洒在刀锋上，光芒如箭，晃得人睁不开眼睛。我按照她的叮嘱，将月牙般锋利的刀口下执——不光是镰刀，外婆拿剪刀或锄头等器物时，都会将刀口或刀尖向里向己。其实外婆并不是一个特别温柔的女人，生在大山的女人和生在水边的女人最大的不同就是性格——一个是刚硬的，一个是柔润的。外婆生在山里，性格像辣椒，也像山里的石头，但这些并不妨碍她内心的善良和情感的细腻。艾草和粽叶不同，大都生在荒坡野草丛中。端阳时节的艾草长得已经和我差不多高了，秆子比我的手指还粗，但是汁水饱满，很脆，一刀下去便轻易割断。艾草是个好东西，山里人用它和其他的中药和草料来做熏蚊香，也用作端阳驱邪。外婆打了艾草和菖蒲，用茅草打结，拿回去挂在木门上，有了这个东西，端阳的仪式才算真正完成。用她的话说，吃粽粑吃的只是过节的滋味，挂艾草和菖蒲才是真正的打端阳。外婆不识字，她不知道屈原，也不知道端阳节是为了纪念谁，她的端阳有她狭小而特殊的意义——为了给孩子祈福。山里缺医少药，她却知晓不少古老神秘的药方，比如灶心土可以治小儿积食厌食，门后蜘蛛结的小白网可以给我们的伤口止血消毒，用端阳的艾草和菖蒲熬水后给我们洗澡可以预防皮肤生疮，野棉花根擂细后兑淘米水喝可以给小儿退烧……

记忆中，从小到大我家一到端午都会挂艾草和菖蒲，因为母亲忙的时候会有外婆操心，外婆老了后亦有母亲打理。每当它们高挂在门框旁时，节日便有了一种很正式、很隆重的质感，进门出门都能看到艾蒲青绿，能闻到它们独特的清香。艾草和菖蒲都是好东西，本就是药，尤其是艾草，它的香不会随着枯萎而消失，而是越发温和沉静，异乡人闻着这香会想起端阳节的家，就像点燃的艾能带着你找到水源……有一年，我家门上没挂艾蒲——代替年迈外婆操持家事的那个人去世了。姨妈说，三年以内我们家都不过端阳，也不能包粽子，只能吃别人家包的粽子。我想，可能外婆会给粽子，可外婆却不说话，她的悲伤比我深，我失去的是母亲，她失去的是女儿，白发人送黑发人，外婆从未曾想到她的三姑娘会走在她前头。那年之后，外婆再也没有打过粽叶包过粽子，也没再上山打艾草和菖蒲，她突然就老了，再也不像以前那样跳跃着走在山林里，笑眯眯地去采摘那闪着露珠的绿色的叶子。她的眼神也暗淡下来，淡成艾草叶上那层白茫茫的绒毛的颜色，像打霜后的月光，像朦胧的泪光，像一缕缕褪色的时光。

在黔北老家，打端阳还有一层习俗，女婿要在端阳节去妻子的娘家拜节，表示尊重和对妻子的疼爱。母亲走后，父亲一直保持着这个习惯，总是很正式地去看望外婆，但外婆已经对端阳提不起兴趣。端阳是一场生命的接力和疼惜，她失去了三女儿，再没有力气去挑哗啦啦的井水，去泡白花花的糯米，去摘绿油油的粽叶，去煮又浓又香的艾草菖蒲水。

端阳节渐渐变成了别人的节日，与我们无关。母亲和粽香、艾蒲香一起消失在我们的生活中。

艾草枯了又绿，割了又长，后来，我渐渐长成了外婆的三姑娘的模样，脸圆圆的，用外婆的话说是“脾气俏得很，鼻尖翘翘的”。我出嫁时她没有太多的情绪，不像电影和小说里的外婆那样欢喜或伤感地流泪，她静静地坐在藤椅里，细瘦佝偻的身体深深陷进去，像嵌在过往时光里的一根藤蔓，不愿走出来，她明明看着我，可我知道她想着的不是我，她眼角的湿润也不是因为我。再后来我生了女儿，抱去给她看，她的表情依然淡淡的，母亲的离开如同一场破门而入的飓风，卷走了她对生活的热爱和专注，她依然活在那把藤椅和那段旧时光里，每天长长久久地凝视着某个角落，一言不发。

女儿满一岁时开始牙牙学语，学会了单音字节“婆”。又是一年端阳到，那天，外婆睁开浑浊的双眼，久久地看着曾外孙女，突然她开口对我说：“去打点新鲜的艾草和菖蒲，给孩子熬洗澡水，洗了驱蚊解毒。”

“她满一岁了，要洗艾蒲水，吉祥如意。”外婆说。

一瞬间我呆怔了，母亲曾经告诉过我，我和妹妹满一岁时是洗过艾蒲水的，但她没洗过，因为那时外婆忙着田里土里家里的活儿，没工夫给她熬艾蒲水。

母亲曾瘪着嘴说：“要是洗过了，我就不会老是生病。”

我能听出母亲言语间怪罪外婆的意思并不多，只是撒娇而已。

可外婆却牢牢记在心里，事隔多年以后，隔着两代人的吉祥如意，外婆惦记着，续上了。

我很慎重地回到家，给孩子熬了艾蒲水，孩子的奶奶也很慎重地参与了这场仪式，她说："是的，端阳的毒要用端阳的草来解，人生而有毒，也要有东西解。"

我想这个"东西"就是爱吧，它一代代转续下来，以节日的名义，以两种植物的名义，在女儿一岁时的端阳节重新回到我们身边，蓬勃而持久，湿润而深沉。

如今女儿已经长大，我成了母亲那样的中年妇女。有一年端阳停电，我提着一束长长的艾草和菖蒲，用了很长的时间爬上楼，靠着墙喘息。我一手搭着酸软的膝盖，一手紧执着艾蒲，温热的体温氤氲出清凉的药草香，伴随着这香，我仿佛看到了记忆深处的母亲——那是她病后唯一一次从医院回家，她喘息着坐在家门口，也是我这样的动作和角度。我和她隔着生死的篱笆重逢，躯体和灵魂安放的位置竟然那么熟悉一致，连放在膝盖上的手指伸开或者并拢的角度都相差无几。于是我开始想她，在心里用很响亮的声音叫她的名字。小时候这种连名带姓响亮的叫声，一般预示着强烈的长大的抵触：此时我发现，今天这响亮的呼唤，这样肆无忌惮连名带姓的挑衅，却是始于葳蕤恒久的爱和想念。

感谢岁月，感谢端阳，你不再担心失去她们，伤痕是时光给予的礼物，疼痛是提醒不曾忘记，而一个节日存在的意义，是将疼惜和爱不断绵延下去。

那天夜里我梦见了外婆，梦见她在端阳节的清晨，用小脚悄悄踩破晨雾，她粗糙温柔的手牵着幼年的母亲，说她要去好好请回一束艾蒲。太阳照在山岗上时，她回来了，手里的艾蒲又嫩又长，她把它挂在干裂的老门框上，古旧的门框陡然清香扑鼻。梦里的我不识得这束草，外婆说：“它们是庙宇和尚打坐的草团子，敬佛的香线子，也是世上所有混沌小儿端阳洗身水里荡漾的香味子。”

醒来的时候，我听到震耳欲聋的鼓点声，窗外是清澈宽阔的㵲阳河，一艘艘龙舟正待时而发。贵州的初夏山绿水蓝，东南西北的端阳节各有不同，龙舟赛的是激情，粽粑包的是爱，那是外婆、外婆的外婆传下来的技艺，无论是布依族的草灰粽，还是仡佬族的腊肉粽，都是长辈对孩子最深沉的爱。还有那束青绿的艾蒲，越过长路漫漫、思念茫茫，挂在故乡的门上。

感谢这束艾蒲，它让我在没有外婆和母亲的端阳，依然能感受到绵延不断的疼惜和芳香。在清晨的菜场买下一束艾蒲，挂在门上，我对着时光深处的两个女人说：“你们好呀，打端阳了。”

我相信很多年后，我的孩子也会隔着河流，对着被时光带走的我们如此这般淡淡地呼唤，从容饱满地微笑。

端午记

郁　葱

在我们这一代人当中，对端午最初的印象，一定是源于粽子。我生长在华北平原一个幽静的小镇，端午节在我们那里也被称为“端阳节”“五月节”或者“五月端午”。每到初夏，家家户户都会包各式各样的粽子，粽子一般是三角状或者四角状的，有红豆沙馅、枣泥馅的，更多的是直接往里面放两颗红枣。粽子叶也就是比较宽的芦苇叶。先把江米（南方叫糯米）或者黄米（学名叫黍，一种形似小米的黏米）泡上半天，再用粽叶将其与馅料包起来，用细绳捆紧，放到锅里煮。一开始用大火，水开了之后便用文火，江米不好熟，煮的时间会长一些。每当闻到粽子香味的时候，我都盼着粽子能快点出锅。还有一些年因买不到江米和黄米，妈妈就用大米和小米包粽子，那时特别想吃的，就是粽子里面两个很甜很甜的大枣。记得头一年买了新粽叶，吃完粽子以后粽叶是舍不得扔的，洗干净挂起来晾干，等到第二年再用。我还记得妈妈用春玉米叶包过粽子，虽然跟粽子叶包的味道有很大区别，但吃起来依然是那么香甜。

后来，就知道了屈原，那是在我十岁左右读了他的《离骚》之后。当时许多图书是被封存了的，县里的图书馆也长期闭馆。我的父母与图书馆的一位阿姨认识，那位阿姨知道我爱读书，经常从图书馆悄悄拿出书来给我读。有小说，像《青春之歌》《风雷》《卓娅和舒拉的故事》等，也有古典名著。当时我读的第一本有关屈原的书应该是郭沫若先生的《屈原赋今译》，20世纪50年代由人民文学出版社出版，淡黄色的书皮，很淡雅。阿姨给我的时候书还很新，估计是没有多少人借阅过。实际上我当时看《离骚》《天问》《九歌》《九章》是不大懂的，但觉得那样的作品很有气势，就把其中我喜欢的段落抄在了日记本上。当然我更喜欢《离骚》，《离骚》是屈原最具代表性的作品，也是中国古代文学史上最长的一首浪漫主义政治抒情诗，每每吟诵，都会让我感奋不已。按说十几岁不是理解《离骚》的年龄，但我那时候就感觉，不说它的内容，就是它的音韵，也会让人感同身受，黯然神伤。后来我逐渐了解了屈原，也更多地理解了《离骚》，并且喜欢上了写诗。我小学时的班主任叫杨广达，初中老师叫倪洪寿，他们都是语文老师，也都是文学爱好者，但当时是不能给学生讲屈原的。记得有一天放学后，我收了同学们的语文作业（我是语文课代表），交到倪老师的办公室兼宿舍，看到老师的办公桌上放着一本《离骚》，就随口背出了其中的几句。倪老师很惊讶，问我："你读过《离骚》？"我点了点头。那天倪老师的话多了起来，看得出来他有些兴奋，他对我说：“中国的诗歌作品在屈原之前多为短诗，自屈原始开鸿篇巨制之先河。《离骚》通篇有两千四百多字，既豪放又抒情，充满着浪漫主义色彩，它抒写了诗人的经历、思想以及空有一腔热血而报国无门的境遇，把抽象的个人品德、政治理念甚至性格与复杂的社会现实用诗句生动地呈现出来，实际上这是屈原生活和心灵的记录，因此也可以称之为诗人的诗歌体自传。而《天问》是古今罕见的奇特诗篇，它向苍天连发172问，涉及了天文、地理、思想、文学、哲学等诸多领域。何谓‘天问’？王逸《楚辞章句》说：何不言‘问天’？天尊不可问，故曰‘天问’。那时的屈原身处逆境，放逐山泽，忧心愁惨，他徘徊于楚先王之庙及公卿祠堂，看到壁上有天地、山川、神灵、古代贤圣、怪物等故事，因而‘呵壁问天’。这种说法未必是屈原写《天问》的真实起因，但既然一直被传说，也一定有它的道理。《天问》中除问天地、日月、山川、灵异之外，所涉及的大多是楚国当时的人和事，因此屈原之‘问’，是发自他内心最深处的。这篇包含着屈原思想结晶的《天问》，是他‘呵壁问天’的经典之作。”坦率地说，当时老师讲述这些的时候，我依然有些茫然，似懂非懂，但从那时起我便从老师的神情中感受到，写诗，一定要有“问天”之作。记得倪老师还对我说：“如果有人问我中国古代最伟大的诗人是谁，我肯定回答是屈原。”这句话，我一直记在了心中。1978年党的十一届三中全会之后，思想解放，人心向善，古今中外的文学作品陆续开始解禁，记得最早看到的香港影片就是《屈原》，由著名演员鲍方、朱虹、鲍起静等联合主演，这部影片成为“文化大革命”后第一部在内地放映的香港电影。当时是省文联发的内部电影票，电影在石家庄八一礼堂放映。那天的八一礼堂里座无虚席，那场电影的放映时间比较长，深夜走出影院时，脑海里依然回荡着影片插曲《橘颂》的旋律。那一夜我失眠了，眼前总是出现那位“举世皆浊我独清，众人皆醉我独醒”的诗人形象。

端午节还有一个名字，叫作“诗人节”，这就与我有了更多的精神维系。随着阅读量的增加和理解能力的提升，我也逐渐懂得，在中国古代，能被称为“伟大”的诗人有很多，李白、杜甫自不必说，像白居易、李清照，甚至近一些的龚自珍等人，也丝毫无愧于这两个字。但我一直以为，其中最为伟大的诗人，应该是屈原。我所说的伟大不仅仅在于他的《离骚》《九章》和《天问》，更在于他用自己的文字和身躯留给了中国诗人和文人一种“场”，一种气场、一种气韵，那种气韵塑造了文人的精神和品质并一直延续至今。屈原的气质、行为、语言都太像一个诗人了——活得、写得都像一个诗人，浩然大气，飘逸洒脱。而最终愤而投江，虽让人扼腕长叹，但如果不如此，也就不是屈原了。所以鲁迅称赞屈原：“逸响伟辞，卓绝一世。”我觉得何其芳先生评价屈原的一段话也很精准：“《诗经》中也有许多优秀动人的作品，然而，像屈原这样用他的理想、遭遇、痛苦、热情以至整个生命在他的作品里打上了异常鲜明的个性烙印的，却还没有。”

之后一些年，我几次到湖南长沙、株洲等地采风，让人觉得神奇的是，一踏上楚地，竟然感觉这里的每一条江都像汨罗江。2015 年 5 月，我参加诗刊社“青春回眸”活动到株洲的炎陵、茶陵、醴陵等地采风，28 日深夜，我独自坐在湘江边，那时候，这条江似乎是平静的、从容的。望着浩浩江水，恍惚中我似乎看到了屈原的身影，那些经典江河淌走了多少光阴和一代代人的命运，也冲刷了多少历史的辉煌与尘埃。屈原，这位战国时期的楚国诗人、政治家，《楚辞》的创立者和代表者，一直深远地影响着历代文人墨客甚至是普通百姓的生活。每年端午，人们必然会想起这位伟大的爱国主义诗人。自屈原开始，诗歌从集体歌唱转变为个人独立创作，这无疑开创了诗歌写作的新纪元。屈原是我国浪漫主义文学的奠基人，他的浪漫是骨血里的浪漫，浪漫里渗透着近乎极致的豪放。这也是屈原成为“世界四大文化名人”（另有波兰的哥白尼、法国的拉伯雷、古巴的何塞·马蒂）的原因之一。有时候想起屈原，我就总是感慨：时代造就了屈原的伟大，时代也必然造就我们这一代人的平庸。每每想到这里，总是一声轻叹。

说到端午，就一定要说粽子。我查了一些资料，历史上关于粽子的记载，最早见于汉代许慎的《说文解字》。“粽”字本作“糉”，“芦叶裹米也”。晋代名士周处所作的地方风物志《风土记》中有“仲夏端五，方伯协极。享用角黍，龟鳞顺德”之说。粽子最初应该是用来祭祀祖先神灵的供品，南方、北方的叫法也不同，古时候在北方称为“角黍”，因北方产黍，用黍米做粽，角状，故称“角黍”。之后，南朝梁文学家吴均在《续齐谐记》中叙述道：“屈原五月五日投汨罗水，楚人哀之，至此日以竹筒子贮米投水以祭之。”从南北朝以后，民间开始有粽子源于百姓祭奠屈原的说法，说是当年屈原不甘国破家亡，愤而投身汨罗江，之后，百姓莫不感叹哀伤，空有一腔抱负的屈子就这样以一种决绝和不甘离开了楚地，让人悲愤不已。百姓纷纷将米粮投入江中，期望这些米粮能使鱼虾饱食，而不至于伤害诗人的躯体。亦有古书记载，屈原投江后托梦给百姓，米粮投入江中之后，大多为江中的蛟龙所食，如果用艾叶包裹，再绑以五色绳，则可以免遭蛟龙吞食，这便有了后来的粽子。还有民间传说是另外一种阐释：包粽子实际上暗示屈原是被捆绑着抛进江中害死的，而并不是自杀。关于粽子的传说还有很多，我的姥姥大字不识几个，但她很有智慧，经常给我讲一些民间故事。记得她给我讲的有关屈原的故事是："很久以前，楚国有一个大官叫屈原，因为他生性耿直，不说假话，得罪了楚王，于是被贬了官，流放到乡下。那些年大旱，百姓饥寒交迫，食不果腹，他便用积攒的钱买了地，种了稻子，有了收成之后便蒸米饭分给当地的百姓吃。但饥民众多，饭碗不够用，有一次他顺手摘了几片芦苇叶，把米包起来蒸熟送给乡亲们，味道居然特别好，大家纷纷效仿，于是逐渐形成了以后的粽子。"这当然和传说中的故事完全不同，但都是百姓们各自对粽子由来的演绎，民间流传着不知道多少这样的故事，无论故事的情节怎样，但大多与屈原有关。

以后逐渐知道了，端午节不仅仅是粽子节，知道了其时楚国朝廷中佞臣左右朝政，与屈原同列的上官大夫等人深知屈原的才华，心怀嫉妒，与屈原争宠，而楚怀王庸懦昏聩，不辨忠奸，听信谗言，屈原逐渐被疏远。这对于满怀政治抱负的诗人来说，的确有些残酷，以致屈原无奈之中，只能感叹世事的不平。当时秦昭王提出秦楚两国联姻，并借此提出与楚王会面，屈原看透了秦昭王此举实为一计，于是极力谏阻："秦，虎狼之国，不可信，不如毋行。"而楚怀王之子子兰却力劝其赴秦："奈何绝秦欢!"楚怀王终于听信了子兰赶赴秦国，结果被秦昭王扣下，直至客死于秦。其长子顷襄王继位后，子兰仍然不思其过，唆使上官大夫向顷襄王诽谤屈原。顷襄王一怒之下再次把屈原流放到江南地区，使得屈原只能辗转流离在沅、湘一带达九年之久。远离故国，对国家、宗族之事无可奈何，只有悲伤、悲叹而已。眼看着"百姓震愆""民离散而相失"，他慢慢地顺着沅江，向长沙走去。屈原回楚都既不可能，远游、求贤又不成，这时他“被发行吟泽畔，颜色憔悴，形容枯槁”。顷襄王二十一年，秦将白起攻破郢都，屈原自知国破，悲愤难挨，遂自沉于汨罗江中，以忠贞之躯献身于自己的政治理想。

应该说，这样的逆境又恰恰成就了屈原诗歌的风格，使他在空有一腔热血而不得其所的情形之下纵情高歌，以宣泄自己内心的压抑和愤懑。我说过，几乎所有的诗人都有政治情结，这大概自屈原始。政治使得屈原成为一个生命的悲剧，但也成就了他在中国文学史上的地位，使之成为最具有中国诗人独立、入世、率真等典型特征的文人形象。我觉得，在生命和诗歌这两点上，屈原都走到了极致。屈原是关注现实的诗人，他还在自己的诗篇里反映了现实社会中的诸多矛盾，其中，以揭露楚国黑暗政治的篇章尤为深刻。

现在回忆起来，我写的第一篇散文就与端午有关。1981 年 6 月，河北省作协和承德地区文联在承德联合召开了“端阳诗会”。当时许多经典诗人都还在世，会上，著名诗人田间、曼晴、流沙河等着重就新诗的民族化、大众化，倡导新诗发扬屈原的爱国主义精神，继承诗歌的浪漫主义传统做了发言。那是改革开放以后河北省规模最大的一次诗会。我们那批相对年轻的诗人思想活跃，当时我和边国政住在一个房间，他的诗刚刚获得了全国中青年诗人优秀新诗奖（1979—1980），我们更多探讨的是诗歌如何在借鉴与继承之间找到一个最佳路径。那些天，望着避暑山庄的夕阳夕照，听着外八庙的暮鼓晨钟，我有了许多感慨，于是写下了散文《端阳落日》。那篇散文虽然不长，只有三千多字，但凝聚了我对现世及诗歌本身的思索。如今写作这些文字的时候，我又找出来当时发表《端阳落日》的那一期刊物，重新再读，虽然文字有些稚嫩，但依然感受到了改革开放年代一个年轻人的理性和激情。

屈原当时为三闾大夫，担负着教育贵族子弟之责。这在《离骚》中有很清楚的表述："余既滋兰之九畹兮，又树蕙之百亩。畦留夷与揭车兮，杂杜衡与芳芷。冀枝叶之峻茂兮，愿竢时乎吾将刈。"他可谓"尽职尽责"，为培养贵族的后人呕心沥血，但结果却是"兰芷变而不芳兮，荃蕙化而为茅”。他倾尽心力培育的那些贵胄后人，最终竟然成为自己思想、追求的政敌和反对者，这是他从情感上最不能接受的。屈原政治理想的内容是“美政”，即圣君贤相的政治，他信奉的是民本思想。他颂扬古代的圣君如尧、舜、禹、汤等，颂扬古代的贤臣，他想借以说明楚无圣君贤相对国家的危险性。“彼尧舜之耿介兮，既遵道而得路”，“耿介”即光明正大，是屈原对国君的最高期待。所谓贤臣，就是主张楚君要用品德高洁之人，屈原说到贤臣时，往往用忠贞、忠诚、忠信这些言辞。屈原就是在这样的思想和理念涵盖下，真实、正义、不屈服于邪恶，“亦余心之所善兮，虽九死其犹未悔”。显然，他的这些思想虽至纯至善，但恰恰是孤独的。古往今来莫不如此：一个诗人的理想主义，最终要么毁掉身躯，成就文字，要么把身躯和文字都毁掉。

2017 年 6 月 8 日，从湖南采风回来不久，记得那个傍晚霞光横溢，不远处的太行山若隐若现，如诗如梦，在那个瞬间我似乎有了诗兴，于是写下了一首

《端午记》，其中写道：

端午的时候，灼日寒夜，
三山风薄，一江水远，
日叶正阳，时至仲夏，
端午称为天中，
然而无天。

这一天，一位诗人死了，
死过那么多的诗人，
只有他，死得地冻天寒。
他顺着沅江，向长沙走，
颜色憔悴，形容枯槁，
自知国破，遂自沉于汨罗江，
他死了。
我不想评价那个年代是好年代还是坏年代，
一个诗人以这样的方式死了，
它就一定是一个悲惨的年代。

但这样的年代会被人记住，
它摧残了屈原，也造就了屈原。
我们想象那一夜血雨腥风，乌啼猿啸，
然而不是，那一夜没有声音，
那一夜之后，再没有了声音。

是啊，再没有了声音。那个年代的喧嚣与静寂，都是那么极致，写作这首诗的时候我想，端午，这个节日是由于一个人，在中国，似乎只有这个节日是由于一个人！那半月的夜晚，我觉得屈子离我很近，沅江的江水，有隔世的微凉。屈原曾经写道："余将董道而不豫兮，固将重昏而终身。"我相信，他说这句话时声音并不大，甚至是缓缓的，他显然是想说：我试试，我撕不碎这黢黑的幕布，就被它撕裂！然后，我接着写：

今天没有风，风这个词本身就很冷冽，
叹沅江之空渺，
悲楚地之干枯。

哪个时代也没有缺少过写诗的人，
但是缺少用身躯撞门的人，
缺少清醒理性、欲求寡淡，一直用血写诗的人，
我不是，我这一代人，
都不是！

时空博大，人渺小虚无而且瞬间，
记起来2016年的时候，
我站在湘江边，想无论这条河是涨满还是干涸，
从远处看，它都平静。
大江大河知道什么时候放纵，
也知道什么时候回头，
不急不缓就浩荡成了经典。
所以，每当看到湘江的时候，
我就强迫自己想：世界是干净的，干净的。

但是不是，但是不是！
这是这个世界的痛点，触碰不得。

"沧浪之水清兮，
可以濯吾缨，
沧浪之水浊兮，
可以濯吾足，
遂去，不复与言。"
遂去，不复与言……

何问地？何问天？
天地乃不变的天地，
江水为不息的江水，
路漫漫，路漫漫兮……

我在湘江，看高天明月，
竟然依旧是几千年前的模样。

屈原是中国诗歌史上真正走向民间的一位诗人，在他去世后，人们包粽子、赛龙舟纪念他，以至形成了五月五端午节，这种影响是任何一个诗人都不能企及的。

我曾经在湖北江汉观看过一次赛龙舟，当时觉得异常震撼，让我想起自己家乡场面宏大的舞龙舞狮，后来我知道了舞狮也有南派、北派之分，但在我眼里，都是那么风云壮阔。那时候，看着龙舟疾驰，听着鼓声猎猎，我就想起了屈原的诗句：“路漫漫其修远兮，吾将上下而求索。”（《离骚》）、“长太息以掩涕兮，哀民生之多艰。”（《离骚》）、“吾不能变心而从俗兮，固将愁苦而终穷。”（《九章·涉江》）、“苟余心之端直兮，虽僻远其何伤？”（《九章·涉江》）。屈原，在中国诗歌史上，只有屈原如此恢宏大气，飘逸洒脱，若结局不如此，他就不是屈原。惊天之问，忧心愁惨，彷徨山泽，诗人叹沅水、湘江、汨罗，看天地、贤圣、灵异，潇湘九年苦雨，空有一腔高歌。是啊，我一直觉得，真正具有屈原那种精神气度、个性品质、政治抱负、艺术探寻的诗人，不多，如果有，那他也必定是伟大的。

2023 年端午，我是在滹沱河边一个静谧的村庄度过的。那天晚上，万籁俱寂，群星璀璨，我感觉，天上闪烁的每一颗星星都是一位逝去的故人。那时我细数着或者绮丽耀眼或者若隐若现的星星，不知道哪一颗是我心中那位伟大的诗人。这时候，风声松声，暮鼓磬音，融入了滹沱河水轻叹一般的音韵，厚土苍茫，一瞬间穿越了岁月千年。

在汪曾祺家过端午节

王　干

城里人是不怎么过端午节的。

城里的农历节日的氛围总是比乡下要淡很多。这“淡”是城市文明对农耕文明的遗忘，也是人与人之间的疏离。春节大家都愿意回家、回老家乡下过年，是因为那里年的气氛比城里的浓，人与人的联系紧，一大家人聚到一起，才有年的样子。

端午节不是一个非过不可的节日，但在里下河地区，端午的气氛依然很浓，汪曾祺先生在《端午的鸭蛋》里写到的那些民俗民风基本还在流传。北京的端午节除了看到食品店里在卖粽子，其余的很难让人想起有这么个节日。有一年端午前夕，太太在怀柔红螺湖的路边看到了一丛茂密生长的艾草，她兴奋地拔了三五棵带回家挂在门框上——这是老家的习俗，端午节要在门前挂上艾草。一直到冬天，这把艾草枯干了，依然挂在那里，像一蓬守望岁月的钟表的锈油丝。

在北京过的端午节印象最深的一次是在汪曾祺先生家过的。

1988 年的端午节，是个星期六。那天上午，我坐着 43 路公交车去位于蒲黄榆的汪曾祺家。这一年我在文末经常有“写于 43 旅馆”的字样。有一次在南京一个朋友问我：“你是不是住在一家用代号的保密旅馆?”我说：“不是，是因 43 路公交站在此，所以叫 43 旅馆。”当时 43 路起点站是团结湖，终点站是刘家窑，刘家窑的前一站是蒲黄榆。而汪曾祺先生的家就在蒲黄榆。其时我借调到文艺报社工作，每逢周末有机会我总是去看望汪先生夫妇，很大原因在于43路为我提供了极大的便利。当时北京的交通非常拥挤，高峰时刻可谓“针插不进，水泼不入”，平常也是拥挤不堪，出门是件必须慎之又慎的选择。现在说“非必要，不出门”，当时如果不是上下班，不是工作需要，一般都是害怕出门的。我当然愿意去汪先生家串门，既能吃到美食，也能聆听教诲，世上好事莫过于此。但是，如果去一趟的路上很折腾，我也是不会去得那么勤快的。43路的起点站在团结湖，我每次上车都能有座位坐，回来的时候也基本有座位，对于一个挤公交的人来说，有座位是一件太幸福的事情。这也是我不厌其烦去汪先生家的一个动因。

43路公交车悠悠晃晃，一路到了蒲黄榆，我下车了，到了新华社宿舍，然后坐电梯到了12楼。敲门，汪先生夫妇已在恭候，刚坐下，汪先生想起了什么似的，说：“今天是端午节，在家乡要吃‘五红’，我要去做‘五红’。”他起身去厨房忙碌午饭。起初我还有点不好意思，也起身准备去帮忙，汪夫人施松卿老师拉住我说：“他一直这样，他喜欢做菜。别人买的菜拣的菜他用不惯。”汪先生自己在文章里也说过，做菜就得从买菜开始，这才是一个完整的构思。

施松卿老师是马来西亚归国的华侨，回国后读的又是西南联大英文系（汪先生在国文系），对国内的风俗民情所知甚少。她饶有兴趣地问我：“为什么高邮人要吃‘五红’？”我说：“五个菜必须都是红颜色，据说是为了避邪，吃‘五红’的习俗主要源于民间驱邪避毒的传统，民间传说五月是‘毒月’，端午时节蛇、蜈蚣、蝎子、壁虎、蟾蜍等‘五毒’活跃，而红色在传统文化中象征阳气和吉祥，能震慑毒物。吃五种红色食物，如咸鸭蛋、苋菜、河虾、红萝卜、黄鳝等，寓意以‘五红’克‘五毒’，高邮人吃‘五红’是为了驱‘五毒’、防‘五毒’、克‘五毒’。‘五红’食物因地制宜，每家不一定相同，就地取材，看方便。”

我们聊着，汪先生在厨房里“创作”，不一会儿“作品”完成，几盘菜便上桌了。施松卿老师像个孩子一样认真地数起来：红萝卜，河北女作家前几天带来的红枣粽子，咸鸭蛋，红烧肉……她数来数去，只有“四红”，说：“老头子，还少‘一红’呢。”汪先生灵机一动，将前一天做好的茶鸡蛋端出，说：“这儿，昨天就准备了，第五红。”我们都乐了。

汪先生打开一瓶绍兴加饭酒，说：“现在有‘六红’了，高邮讲究的人家要做‘十二红’呢。”施松卿老师告诉我，这瓶黄酒是前几天林斤澜托人送过来的，他们俩老酒鬼，好吃的好喝的总相互惦记着。

汪先生抿了一口黄酒，对我说：“这个代替雄黄酒吧。”我也喝了一口，味道醇厚浓郁。他问我：“家乡端午节的风俗还浓吧？”我说：“城里主要吃‘五红’‘十二红’，乡村还是把端午节当作一个‘节’过的，大多数人家还是要在门前挂艾草辟邪，孩子还是要挂蛋络子去上学的，富裕人家的孩子蛋络子里一般有两个蛋，一个鸡蛋，一个鸭蛋，不过您小时候用鸭蛋青壳装萤火虫的游戏，好像没人玩了。”

接着，我很认真地向汪先生讨教一个问题：“您在《端午的鸭蛋》里写到吃高邮鸭蛋，选择空头，筷子扎下去，‘吱——红油就冒出来了’，这吱的一声是想象还是写实？”汪先生又抿了一口黄酒，笑而不答。我恍然大悟，怎么问这么傻的问题，记得《故乡的食物》（《端午的鸭蛋》是其中的一节）刚刚在《雨花》发表的时候，我就写了评论《美丽的梦，感伤的诗，文化的画》。诗无达诂，梦无达诂，画无达诂。后来我在《一往情深到高邮》的歌词“鸭蛋进口滋溜溜”化用了汪先生的意境。

餐桌上的鸭蛋是切开的，汪先生说：“这北方的鸭蛋和高邮鸭蛋没法比，没有油，蛋白也不像高邮鸭蛋那样滋润。”

无语。

汪先生想念故乡了，我也在想。

我打破沉默，说："下次我回高邮，带些咸鸭蛋来。"汪先生说："咸鸭蛋食用周期短，放久了就变咸了，味道也差一些，不用带。"又说，"吃咸鸭蛋还是要到高邮去。"

到高邮去。

一个诗人，被以食物的方式纪念

娜　夜

将米和水变成粽子的过程，即与山河一起默诵了一次《天问》。

——题记

1

沙枣花开，端午节来。

在干旱、光秃、多风沙的西北高原，这一天，空气中弥漫着三种香气——沙枣花，粽子叶，孩子们的欢喜。生命的欢喜当然散发着香气。

在一篇小学作文里，我曾这样把它们联系在一起：沙枣花开了，端午节来了，吃粽子时，我就想起了伟大的爱国主义诗人屈原……

我第二次用“伟大”这个词，就给了屈原。语文老师在作文本上用红笔圈了“伟”字——我多写了一横。那篇小作文里还有一个字，也被老师圈红，“武器”，我写成了“武哭”。之后，这两个字，我一生都没再写错过。

这一天说来就来了。不用像春节，扫房子，擦玻璃，拆洗被褥……各种焕然一新的劳作，让盼望显得漫长。

物资短缺的年代，孩子们对节日的盼望主要是吃。母亲揭锅盖前，我们早已围成一圈，热气升腾的粽子香瞬间飘散。我们贪婪地吸着、笑着，想到下一次的这一刻要等到明年，吸得更加用力、深长，每个人的肩膀都耸到了极限。

那时的粽子好吃，日子缓慢。

那时的人心简单，月光明亮。

成年后，我们四姐妹在母亲家重演过一次，我的眼镜瞬间被开锅的热气笼罩，完全模糊。我大声笑着，擦拭镜片的手，也悄悄抹去眼角的泪。时间滚滚向前，重新围在粽子锅边，我多了一副眼镜，姐妹们多了儿女，父母添了白发。

凡被时间拿走的，都不会返还……

或许，这就是一切艺术诞生的理由吧。人类的艺术皆源于人的心灵对时间的知觉，对此刻的眷恋，瞬间成为往事的无可奈何。

一次性生命的人类，活着，就是和每一分钟告别。

而诗人，无疑是对时间敏感的人。只要按下幻灭感这个开关，诗就有了。

在近四十年的诗歌写作中，我写过的有关屈原的诗屈指可数，且大都在中年之后。我知道为什么。对那些该写却至今没有写出的诗，我也知道为什么。

一生都在写短诗的我，2018 年的这首《汨罗江畔·独醒亭》，完成在湖南汨罗江诗歌节之后，洋洋洒洒百余行，删至现在的行数，在我的诗集里仍算长诗了。

祭奠的活动并没结束，我是怎么离开屈子祠，一个人绕到了独醒亭的呢？

这个亭子离屈原的故宅有一里多路，他生前常来这里和渔民交谈，也从路过的官员那里打探当时楚国朝廷的消息。屈原投江后，百姓为怀念他，将这个风雨亭改名为“独醒亭”。

古木掩映，六角形的亭子翘首飞檐，檐额下挂着茅盾和赵朴初分别书写的“独醒亭”横匾。我没有坐下来歇歇脚或想点什么，只有站立着，才能和此刻融为一体。

“独醒亭”，这三个汉字，有一种魔幻的力量：使不在场的历史，在场；使不在场的未来，在场。

屈原留给世界的最后一个表情是怎样的呢？

这问题折磨过历史吗？

他独醒亭般的存在，必定启示着一代又一代的诗人。

你的魂灵会来此坐一坐?
从屈子祠的铜像里起身

绕过天井和桂花树
后人凭吊的诗文辞赋

……仿佛生死可以重逢

独醒亭　只有亡灵一次次返回
只有风

白发如雪　愿从70公里外的山路上
走来叫杜甫的人　写出杜甫

血就热了　平江县小田村

他是自己坟头的荒草　断碑　那只

前世是诗人
今生依旧一身冷汗的龟趺

一条汨罗江
两个老魂灵

有时　他们同时从汨罗江起身?

江水无声
人形的伤口迅速愈合

皓月当空与天降大雪　独醒亭
你选哪一个?

屈原执手：大庇天下寒士俱欢颜?
杜甫抱紧自己散架的老骨头　无语凝噎

必定有一场大雪
需要这两个老魂灵的脚印

一场低声交谈……

一只学舌的鹦鹉告慰春秋　盛唐
舞台上的追光：

与天地兮同寿，与日月兮齐光

——这样的想象鼓舞着我键盘上的双手
然而——

这注定是一首失败的分行　山河如梦
谁又能写好这三个字：独醒亭

也无论你将闪电捆成多少狼毫
也无论你将舞台搭在天空之上

写完这首诗，我清理了凌乱的书桌，点了两炷香，致敬两位伟大诗人的馈赠。几次努力，两炷香并不紧靠在一起，哦，死后的重逢已经在诗行里完成，现在他们已返回了各自分属的时代。

2

遥远的小树林，空地上，孩子们各自带来了自家的粽子，先把大一些的树叶铺在地上，再放上一层报纸，报纸上面才是摆成了一个圆的粽子。你尝尝我的，我尝尝你的，故意张合着牙齿，把糯米的黏性表达得有过之而无不及。

安静的沙枣花，叽叽喳喳的我们，自由而放肆地磕碰着齿，吧嗒着嘴。

被我们欢天喜地吃进肚里的米粒也应该是欢喜的。这么一想，我们的嘴就吧嗒得更厉害了。

荒凉的黄土高原，几个女孩子，还不能流利地背诵《橘颂》。不知道《天问》都问了天地些什么。《离骚》的“骚”字也许还不认识，读不出声。买不起香囊，每人插一串香喷喷的沙枣花，我们席地而坐，把粽子里的一颗红枣分成七八份，把一小点白糖，一粒一粒数着，分在每个人的手心里。

“融化了蘸，会更甜。”

我们都这么说着，手心里攥了一会儿，就都等不及了，一下子全部蘸进了嘴里。

贫穷使人自卑？

是的，去河边洗手的时候，几个带不来红枣和白糖的小伙伴，会把河边踩上去稳当的石块或不会湿鞋的位置让给带来红枣和白糖的我们，并用她们的衣服擦干我们的手。

母亲严厉地教育了我：绝不能有下次，穷不是她们的错。

那是谁的错呢？

我当然不知道。在课本上我理解了劳动致富，可他们的父母用尽了力气，为什么依然无法摆脱使人丧失尊严的贫穷？还没长大的我，只能简单地认为，贫富的差异仅仅来自一个家庭是双职工还是单职工，以及孩子的多少。至少在小站是这样的。

那个叫白银西的铁路小站真小啊。

在甘肃省地图上，用放大镜看，它也不会超过一只麻雀的大小。

小站的人对我们很友善，叫我们“李老师的孩子”。

读过师范学校的母亲，始终游离在这个小站——她的生活现场之外，无论是装束、言谈，还是对左邻右舍的态度。她从不与她们亲近、交好，更不会串门，总是浅浅一笑。但她从不限制我们和谁家孩子一起玩，也喜欢听我们讲小孩子之间的事。只要进门前把衣服上的尘土拍干净，鞋子上的泥巴刮去，就好。

母亲一直保持着和同学通信的习惯，每封信都不薄，又在一张邮票的重量之内。她们互寄照片，诉说生活。开始的长辫子，渐渐都成了短头发。

小站的人尊敬她，当面夸她的衣服好看，背后却议论她架子大，看不起劳动人民。

小站是小的，我家小院是宽敞的。

有一个储藏煤炭的煤池，一方用砖头砌出好看边线的菜园，栽种最多的是芹菜、韭菜、香菜，都是剪了一茬，还可以继续生长的。地窖口的外沿是用河边捡来的小石子围拢的，从房上往下看，像一朵花一年四季盛开着。当然少不了花，母亲喜欢花，大丽花、旱金莲、月季……院墙上爬满了各种瓜藤，干枯了也不舍得拔掉，等它们自己脱落。

荒凉的黄土高原，绿色是艰难的，珍贵的。

凡是到我家来的人，一进院门就开始夸奖小院的布局和整洁。父亲的大学同学夸得最有文化：有诗意。他从南方来，给我们带来了南方的肉馅粽子和咸鸭蛋。

他们就着咸鸭蛋、花生米，喝了酒，谈了很多天下大事，气氛有些凝重。频频举杯，渐入佳境后的两个老大学生脸上的表情只剩下“何以解忧？唯有杜康”。

而自然是不会因人的喜怒哀乐的变化而变化的。沙枣花香和鸟鸣也不会。

小院里，夕光暖照，偶尔有蜜蜂嗡嗡着，蝴蝶来了一下就飞走了。父亲和同学一起唱诵了岳飞的《满江红》。激情，昂扬，抒怀，此时的父亲是我们平日很少见到的。小板凳上的我，始终仰头看着他的脸，生怕错过了哪一个表情。那一刻，他像换了一个人，每一个表情都是陌生的。

父亲先是被分配到沈阳铁路局，然后主动请求支援大西北建设，接着落户在这个小站，相继成为各种运动的对象，他对自己的选择后悔过吗？

“您后悔过吗？”我无数次问过他。

无论是玩笑时，还是认真态，父亲的回答从来简短：“命运。”

还有哪个词，比这两个字更玄妙，更悲欣交集，更荡气回肠？

命运，这个词承担了一切！

3

母亲说：“你去小卖部买半斤红糖。”

我端来白糖罐子：“够了，这么多。”

母亲说：“你们都长大了，女孩子要吃红糖。”

“哦。”

我上初一那年，我们没包粽子。母亲班里的男学生打架，母亲拉架时扭了胳膊。家里的粽子都是学校老师们送来的。

小站唯一的小卖部，应该比麻雀的一只眼睛还要小。

它是我们张望和想象外面世界的唯一窗口。

他是什么时候进来的呢？声音冒着热气：“给我拿一双35码的。”

他指着第二排的黑色方口女布鞋。

戴着草帽，打着补丁，眉毛粗重，整个小卖部都散发出他热气腾腾的汗水味、阳光味、泥土味、田野味。

交了钱，他把两只鞋子揣在了胸前的衣服里，一边一只。

我第一次看见有人把鞋揣在怀里，偷偷笑着。

小卖部里的几个女孩子也笑得咯咯的。她们是专门来看新来的女售货员的。目不转睛地看，明目张胆地看。售货员被她们看笑了，也笑得咯咯的。

小卖部换了售货员，当然是小站的一件大事。

妇女们已经陆陆续续去看过了。她们借着打酱油、买火柴和针头线脑的理由，在小卖部里流连忘返。现在正围坐在谁家大门前一边择着韭菜，纳着鞋底，一边各抒己见。每个人脸上都洋溢着迎来新事物的兴奋。

“还是之前那个好看，一笑俩酒窝。”

“这个面善，辫子又黑又长，言语也轻。”

这里除了天上的云朵、小卖部玻璃柜里的东西和电影院里的电影是变化的，其余都是一成不变的。

懂事的女孩子并不经常往小卖部跑，她们自尊、穷。即使来了，也是买了东西就走，生怕售货员看出她们对柜台里那些东西的渴望，更不会往门口花花绿绿的糖果处多瞥一眼。她们坚定的步伐似乎在告诉售货员——我们不喜欢吃糖。

买鞋的青年农民大步离开了，并没对新来的长辫子售货员多看几眼。

更没注意，一个小女孩不远不近地跟在他身后。

他的外衣背后是几行五线谱。

我小声哼唱着图案上的音符，都是我小提琴课程里的。他也拉小提琴吧。

他好闻的汗水味一阵一阵地飘过来。

他迈一步，我必须走两步。他是高大的，影子很长。

他回过头看时，我就赶忙假装整理手上刚买的红糖。

他站住，我就假装往后看。

在一个大水库前，他站在了我面前。

“小姑娘，你去哪儿啊？”他讲普通话，用了哄小孩的语气。

“去前面。”他向我手指的方向望去。

“前面哪个村？”

“那个。”我指着有树的地方。有限的生活经验告诉我，有树就有村庄。

“叫什么名字？”我哑了。

“太阳快落山了。”他像自言自语。

我朝夕阳的方向望着。

转头时，他并没望向夕阳，而是看着我。我低下了头。

我低头时，他在干什么？

他一定看见了我的头缝，分得一点都不直。我左边头皮上那块黄豆大的疤，还没长出新头发，看见我辫子上两根发旧的头绳。我的头更低了。

因为紧张害羞，我的胸脯微微起伏着，胸前的两个小馒头也微微起伏着。

“家里人一定在等你吃粽子。”他拉起我的手，开始往回走。

迎着风，他好闻的汗水味，又加入了山风味、晚霞味、烧秸秆味。

“哪个村的都不是，你是吃商品粮的小姑娘。”他是怎么知道的呢？

戴着草帽，穿着印有五线谱图案的衣服，一身汗水味、阳光味、泥土味、田野味……他是哪个村的呢？

13 岁的我，希望回去的路更长一些吗？他拉着我的手。

“你也会拉小提琴吗？”我当时不开口，就没有机会再开口。

这是我跟着他走出一里多路的缘由吗？还是其中之一？

那以后的端午节，这些场景也在我的脑海里出现过，也只是一闪而过和低头一笑。

许多年后，和母亲说起，母亲说应该是上山下乡的知识青年。

一件事，没有被反复回忆、诉说，就不会被磨损，不会因美化或丑化而失真，以至于最后连自己也忘了哪些是发生，哪些是被发生。

有些事不是为记忆而发生的，只是发生。

一次完整的抒写，是把一些遗漏的细节重新想起。

五月初五

李　琦

有一个人，特别了不起。他卓尔不群，与众不同。少时长相俊美，才华出众。虽出身于贵族，衣食无忧，却心系苍生，忧国忧民。他浪漫、清正，气质高洁，形貌、品性与学问，都是人中翘楚。在他的那个年代，他是一位忠诚的臣子，也是大文学家、杰出的诗人。他不知道，他将被后世子孙深刻铭记，乾坤历史，将诞生一个由他而来的节日。

他叫屈原。

两千三百年前的五月初五，是他一生中最悲怆的一天。身为楚国大臣，他热爱自己的国家，披肝沥胆一心报国。面对君王，他言辞恳切。对内，主张举贤荐能，修明法度，削弱贵族，福泽贫民；对外，他慷慨陈词，陈明利弊，力主联齐抗秦，保家卫国。可是，在昏庸的君王面前，他的见地，他的纯粹，他的诗人气质，非但不招待见，反倒屡屡招黑。小人环绕，同僚排挤，屈原在自己深爱的国土上，走投无路。失望复失望，流放再流放。心急如焚的屈原，眼睁睁看着穷途末路的朝廷终遭灭顶之灾。国破山河在，而山河失色；道路千万条，没有一条通向人生梦想。他享受过才华带给他的荣耀和风光，但此时，梦想破碎的痛感，早已千倍于那个重量。面对滔滔流淌的汨罗江，“举世皆浊我独清，众人皆醉我独醒”。万念俱灰的屈原，绝望心碎，这个混沌破碎的世界，他不要了，于是纵身一跳，下沉，却也是飞升。他在最后的时刻完成了一个诗人作品的最后一笔，那种贵重的言行一体的特质，把他的生命带向了极致。

投江而亡，非为一己私利，也不是缘于软弱或者怯懦。这是一个感天动地的诗人以身殉国，是倔强到底，是宁折不弯，是最后的明志。老百姓敬重这位三闾大夫。那是《诗经》刚开始流传的时代，整个世界都还没有今天这么老练。百姓们还没经过漫长的封建王朝，天性里的质朴良善，尚未经过更多的磨损。见怪不怪的世俗之风还没有形成。面对这个非正常死亡的坦荡君子，他们无法做到不议论，不悲伤，不作为，平静木然。诗人的决然一跳，触动了百姓们的心弦。可以想象当时的场面，伤心的人们奔走相告，群聚在江边，人人面露痛惜和哀伤。先是有人说出担忧：诗人的躯体可不要被江中鱼虾吞噬，已经满身伤痕的先生，不要在离开人世后再遭伤害。于是一呼百应，大家开始向江中投掷粽子，想以此来喂饱鱼虾，让它们放过沉江的屈原。这种近乎天真的动人场面，就是今日端午习俗的源头。年复一年，五月初五成为一个纪念的节日。端午，来自两千三百多年前中国的世道人心，是中国诗人史无前例，甚至至今也后无来者的大型民间悼念仪式，是华夏先民的精神境界和仁义心的隆重呈现。

两千多年的时光，多少帝王将相湮灭得无影无踪，可是人们没有忘记屈原。这位中国文学史上第一位杰出的诗人，是继《诗经》以后，将诗歌创作提高到山峰位置的伟大文学家。他的作品，在中国文学漫长的发展中，具有无可动摇的巍然之位。当年跳进江水激起的浪花，非但没有很快消失，波纹反倒循环荡漾，一波一波地向外无限延展。汨罗江，从此在中国历史上有了特殊的意义，它的波浪漫延到整个中国甚至世界上有华人居住的大小河流。滔滔江水，淘洗着一个诗人的名字，越洗越洁净明亮，释放出经久不灭的光芒。公元 1953 年，我还没有出生，世界和平理事会在那一年通过决议，确定并纪念世界四大文化名人。这四大文化名人是哥白尼（波兰）、拉伯雷（法国）、何塞·马蒂（古巴），还有一位，就是我们的屈原。彼时，距离屈原在岁月上游的纵身一跳，已经过去了两千两百三十年。

在现实生活中，很多人愿意嘲弄诗人，因为嘲弄诗人没有什么成本，也不必担心有什么后果。我见过、听过太多贬损诗人的事情，说实话，这种群体的刻薄，也不排除是因为看到了某些漏洞。确实有一些顶着诗人名号的人，不堪一谈。但在泱泱中国漫长的历史中，谁能否认有太多优秀的诗人是中华民族的荣耀和底气？至于屈原，更是从无争议，始终高居中国文学史的顶端，稳如泰山，令千秋万代仰望。“逸响伟辞，卓绝一世”。屈原不仅仅是一代代诗人内心深处尊崇的“诗祖”，他的节操和人格，也一直是后世仁人志士们信奉和追求的崇高境界。

辽阔的民间，口碑重于一切纪念碑。看上去草木一样平凡的老百姓，就是具有神奇的能量。屈原的风骨与情操，他的人格精神、盖世才华与赤子之心，被中国人铭记。屈原之死，是为国殇。在他离世的这天，人们纪念他，怀想他，世世代代，已经成为传统。可以说，是民心虔敬地举起了端午，将其变成一个清香沉郁的节日，同时，又不断丰富着其内涵，注入更多的生动和吉祥。深长的纪念生生不息，古老而弥新。

很多年前，我的大学老师，是那么热爱屈原。他为我们讲屈原时，常常忘记了是在上课。他完全沉浸在屈原的博大深沉、睿智和痛苦之中。什么是正人君子？什么是忧国忧民？什么是旷世之作？什么是千古文章？我的老师抑扬顿挫，每一次授课都是那么倾情沉浸。他个子不高，躯体单薄，可当他站在讲台上，就如同有神力附体，《离骚》《九歌》《九章》《天问》……他就像带着我们穿越时空，与彼时正仰观苍穹或痛彻心扉的屈原迎面相逢。记得老师尤其动情地强调：屈原在老迈之后，依然没有放弃年轻时对美好事物的执着追求。他不愧为中国历史上第一位心怀浪漫的大诗人——“余幼好此奇服兮，年既老而不衰。带长铗之陆离兮，冠切云之崔嵬。被明月兮佩宝璐，世溷浊而莫余知兮，吾方高驰而不顾……”

老师半闭着眼睛，我们怀疑，那是他不愿我们看到，他的眼里装进了泪水。

就这样，我们记住了那些诗句——

长太息以掩涕兮，哀民生之多艰……

亦余心之所善兮，虽九死其犹未悔……

路漫漫其修远兮，吾将上下而求索……

神奇啊，两千多年前楚国的风声，就这样悄然吹进了文史楼的教室。一个中文系老师的课堂上，弥漫着中国古代文学的美妙、忧伤和悲壮。一群年轻人被辞章的瑰丽、求索的精神、一种高尚的情怀激动得心潮荡漾。

老师知道我写诗，对我说：“写诗不是一件容易的事，能给你带来巨大的心灵满足，但同时，你也要做好准备，因为你可能会成为一个不合时宜的人。”

我当年并没有真正听懂老师的话，我甚至以为他不大喜欢我写诗。后来我才知道，老师对我的作品很是欣赏。他写信给出版社的老友，希望这位资深的编辑老师，能多关注他的学生。他说：这个孩子未来可期。而这一切，当年，老师并没有告诉我。

我毕业以后，意外地听说老师自杀了。命运之门，有时逼仄狭窄，一介书生，自尊敏感，到底无力穿越。

生活之重，老师他可能不愿也再无力承受，于是，默然选择了告别。

我一下回想起，当年课堂上，老师那充满感情的声音：屈原站在汨罗江边，他对身后的一切，曾经有多么热爱，此刻，他就有多么绝望啊！我的老师，你经历了什么？你的转身离开，让我们这些弟子的心上，罩上一片薄凉。

远离楚国的哈尔滨，是一座仅有百余年历史的北国边城。不像南方，这里没有悠久的历史，也没有端午来临时那些丰富有趣的习俗。但这里毕竟也是中国，中华儿女，焉能不过端午？更何况，浪漫的哈尔滨还奔涌着一条波澜壮阔的大江。端午前夕，一些能干的主妇们就会买来粽叶、糯米、蜜枣或红豆，准备包粽子。有异域之风的城市，街巷里也飘起了粽子的香气。

我不记得我妈妈包过粽子，我认为她根本不会。而我妈托词说："上班太累，没时间包。再说，你们有奶奶，奶奶手巧，我就不用再费事了。"我家的粽子一般都是由奶奶包好，或者亲朋赠送。我的少年时代，我妈倒是从未忘记在端午之前买来那种小女孩儿喜欢的五彩绳和各种好看的香包。端午早晨，刚刚起床，她就会给孩子在手腕、脚腕、脖子上系上五彩绳，戴上香包。她做这些事情时神情专注，每年都要说上一句："戴着啊，吉祥辟邪。"她还叮嘱我们不要随便剪断或抛弃，端午后下第一场雨时，把它们扔进雨里，让它顺水冲走。这略带神秘色彩的习俗让我特别好奇，问妈妈这是什么道理，一向善于回答问题的妈妈比较尴尬地说："反正是从祖辈上传下来的，具体为啥，真不知道。"我因为喜欢佩戴这些五彩绳和香包的感觉，所以，特别不希望下雨。时光荏苒，我后来也在端午这天，给我的小女儿备齐这些。我也如当年母亲那样，在端午的清晨，给我的孩子装扮起来。我还会对从小爱美的女儿多说一句："你看，多好看！"

端午那天，人们习惯早早起来。相约到松花江边，用清冽的江水洗手洗脸（六月初的哈尔滨，游泳还太凉）。人们或安静地坐在江边堤岸上，看日出江景，看朝霞映照下波光闪烁的流水和南北两岸过往的轮船或舢板；或在江边湿地或小树林中采摘艾蒿、柳条。踏青结束，头戴柳条头圈的孩子们，常常是满脸兴奋，一腿露水。人们将采摘回来的艾蒿挂在门上，驱邪辟邪的程序完成。这一天，家家户户的早餐是粽子、鸡蛋。小孩子们还会带着一两枚鸡蛋和小伙伴们相互撞击比赛，看谁的鸡蛋更结实。此前，父母拿出已经买好的五彩绳，缠在孩子的手腕、脚腕上。这一天的市场格外热闹，除了平时的各种商品、时令果蔬，还有一双双巧手制作的形状各异、大小不同的香包，五彩线绳、绒绳，用来驱邪除尘的精制小扫帚，各种粽子、咸鸭蛋、茶叶蛋，以及染了喜庆颜色的红鸡蛋。眼前这一角人间红尘，男女老少，是否有人因端午心生波澜，那是表面上看不出的事情，看得出的，则是一片生机盎然的市井景象。

近年来，随着私家车的普及，端午之前，很多人甚至在头天晚上，就开车到太阳岛或者江边安静地段，野营露宿，以迎黎明。尤其是精力旺盛的年轻人，更是以此释放青春的热情。他们或成群结伴，玩闹嬉戏，或小情侣成双成对，相依相偎，等待端午的日出。初五，天露曙色，他们便是最早在江边踏青的人。松花江两岸，人们在晨曦中洗去尘埃，面朝大江，想各自的心事，也有人吹起口琴或弹起吉他，还有人可能会高歌一曲。热情爽朗的哈尔滨人，以自己的方式，心满意足地度过端午，而后，再回到日复一日的生活中。

老百姓是凡人，凡人的日子多的是平淡，而且有诸多烦恼。一个有来头有故事又带真名实姓的节日，能让人心情舒缓，压力得以释放。纪念先贤，清洗辟邪，这些都符合普通百姓的心思。想想两千多年前那么杰出的圣贤，活着时也处处坎坷，最后，和自己的作品合而为一。这就是人生啊。抚今追昔，老百姓认定，端午是自己的节日。一年中的这一天，吃粽子、踏青、赛龙舟、清水洗尘，端午的这些内容，就是人间烟火里让人有所期待的片段，是忙碌岁月里小小的停顿，是驱邪避灾、自我整理的段落。这个与日常生活自然衔接的节日，来自远古的传说，蕴含着丰富的人文精神，一年一度，释放着带粽叶之香和艾蒿气味的宽慰。

让我与端午渊源深厚的，还有另一个人的名字，那就是萧红。

端午，也是萧红的生日。

野花般清新柔韧的萧红，是我深为喜爱的作家，也是我黑土地上的乡亲。她出生于1911年6月1日，这一天，恰是端午。

关于萧红的书籍、电影、话剧，如今可算是有些热度。曾被冷落忽略的她，开始享有盛名，被誉为文学的洛神。可她活着的时候，仓皇凄楚，就像一片被风抽打的落叶。除了有幸得到鲁迅先生的提携和关照，有过有限的温暖。大多数的时光，她是在兵荒马乱的逃亡和个人生活的跌宕中挣扎、漂泊。被伤害，被欺辱，被辜负，被抛弃……她短暂的一生，伤痕累累，有如一声深长的叹息。

我在一首题为《萧红》的诗里写过这样的句子——

从北向南，个体的仓皇，国家的离乱

她的人间破碎不堪
一直在逃跑，终未逃出厄运
几乎每一次选择伴侣
都是出于急需

苦命者，断肠人
飞过绝境，才华的羽毛依旧斑斓
一盏灯，一支笔
北方的旷野，呼兰河的流水
就在她的手指下
呼吸粗重，延展奔腾

很多年前，我还是“青年诗人”的时候，被邀请去呼兰参加纪念萧红的“端午诗会”。那是二十世纪八十年代，还没有后来大面积的萧红热。呼兰本地，甚至还有人不知道萧红是谁。

她的故居彼时尚未修缮，冷落凄清，好在保留了原初的样貌和气息。在萧红度过童年、少年的地方，我们一行人静静地参观拜谒，心思难以平静。从屈原到萧红，后者当然不能与高山之巅的屈原相提并论。但在古今文人的维度上，他们都是那种心怀浪漫、渴望生命像鸟在云天的人。天赋异禀，命运多舛，一样的生不逢时，生命尽头，都是带着心碎诀别。只要想起萧红的绝笔，就不禁潸然——“我将与蓝天碧水永处，留得那半部《红楼》给别人写了。半生尽遭白眼冷遇，身先死，不甘，不甘。”五月初五，两千多年时间的链条上，一个离去，一个诞生，这种绵延的宿命，让当时年轻的我们唏嘘难过。待到朗诵诗歌时，已有诗人忍不住哽咽。

后来，我当了多年萧红文学院院长。每逢端午或萧红的忌日，我都会和同事、作家朋友，驱车去呼兰，参加一些活动。一年一度的作家班，我们也会带着年轻的作家们去呼兰拜谒。从江南驶向江北的汽车上，年轻人一路上欢声笑语。而车子一进呼兰地界，尤其是接近呼兰河时，大家都会安静下来。萧红的家，快到了。

萧红故居，用萧红自己的话说："那县城差不多就是中国的最东最北部——黑龙江省——所以一年之中，倒有四个月飘着白雪。"萧红的代表作《呼兰河传》，写的就是发生在这座小城、这个院落的故事。在她度过童年、少年的地方，一进故居，首先看到的就是萧红雕像。她多年轻啊，离世时才三十一岁。在修缮过的故园，在萧红纪念馆里，在西岗公园她的墓地（青丝冢），青年作家们默默地参观，神情肃穆。他们是一群热爱文学的人，是如今的青年作家。这位青年女作家的命运，让他们不能平静。他们在此地缅怀她，凝神沉思，以自己的方式，拾取文学的能量。

多年以来，萧红故居、墓园、纪念馆……那些留下她生命痕迹的地方，我可以说是一去再去，不知多少次了。这种循环往复，一遍遍加深了我对萧红作品和命运的认知。同时，在黑龙江各地，我参加过多次让人感动的端午诗会或文学活动。端午的内容越发丰富而苍凉。年复一年的五月初五，积攒了我太多的经历和难忘的回忆。

2024年的端午，我是在哈尔滨度过的（退休后移居他乡）。我的同事小董，知道我回哈尔滨了，特意给我送来粽子："我妈包的。"这句话我好熟悉。我认识他时，他二十岁出头，身高一米八还多，眉眼端正，肩宽腿长，是典型的哈尔滨小伙儿。过去，每次去萧红故居，都是由他开车。如今，小董鬓边已出现白发，是中年人了。想当年，一到端午，总是能吃到小董妈妈包的粽子，雪白的糯米，甜蜜的红枣，粽子紧实正宗，特别清香好吃。没想到退休多年后，回到家乡，还有这份让人感动的惦念。粽子的香甜和人情的厚重，让这个端午更为温暖。

作为中国人，无论你在何处，端午节这一天，你都会想起屈原。你在拿起一个粽子时，会想起这粽子的来历。作为一个写诗的人，我自然会在每年端午都向这位伟大的祖先致敬。而且，随着时令更迭，更生心事和感怀。

传说与现实，往事与古人，茫茫心事，悠悠岁月，每年都有这样的一天：从晨曦开始，华夏大地氤氲在艾蒿和糯米的气息中。

2009 年 9 月，联合国教科文组织正式审议并批准中国端午节列入世界非物质文化遗产，成为中国首个入选世界非遗的节日。这情深意长、最有中国味道的节日，既有形而上厚重丰富的精神内涵，又有特定的食物、植物以及古老东方的款款深情。这个节日，在每一个时代，都有悄然更新延展的内容。时至今日，即便已经增添了许多喜庆欢脱的元素，它仍然深藏着沉郁和敬重。那自古而来的庄重仪式感，永远散发着打动人心的魅力。一种特有的清香和风韵，熏陶、滋养着世世代代中国人的情感世界，抚慰着华夏子孙的心灵。同时，这个节日绵延坚韧的生命力，也源于世世代代中国人骨子里对信仰、骨气、节操与才华的礼赞和传承。

独一无二的端午，是记录中国人心灵密码的节日，高洁深邃，世世代代，让人百感交集。一个节日，连同一个伟大诗人的名字，如浩浩江河之水，披星戴月，恒久奔流。

粽叶飘香话端午

徐　坤

端午端午，“端”者，开头、初始之意；“午”者，中正之谓也。农历端午，宣告着夏天的开始。对于居住在北纬四十度以上地区的人们来说，北方美丽夏季崭新的一页，是从端午开始翻篇儿的。

北方的季节比南方要晚一个或两个节气，尤其东北，农历的五月初五，相当于南方的人间四月天，正是美得不可方物之际。此时，来自蒙古高原和西伯利亚方向的坚硬的罡风，不会再变成倒春寒杀将回来；而打东南边吹来的温暖季风，则裹着湿气和玲珑的桂花香、栀子香气，袅袅娜娜，一夜之间洒落在黑土地上。天空放暖，大地葱茏。田野里绿油油的冬小麦，平原上刚插完秧的水稻苗，在阳光下闪着耀眼骄傲的光芒。一树一树的丁香，一片一片的白杨，苹果花和梨花在远处歌唱。河水轻漾，泛起涟漪，岸边柳树枝条柔顺地直垂到河心，妩媚得像谁家正在谈情说爱的姑娘。

“五月五，是端阳；插艾叶，挂香囊；五彩线，手腕绑；吃粽子，蘸白糖……”儿时的端午更像端午。一连串的游乐活动和舌尖上的记忆，将端午节的文化韵味和情感寄托深深烙刻在一代又一代中国人身上。

物质贫瘠的年代，对于小孩子来说，“吃”是对节日最大的尊重和最深情的惦念。中国传统节日里，除了几个重要的祭祖节日要跟着大人走流程外，小孩子疯狂盼望并且能牢记终生的，是那些有好吃的的节日：春节的大鱼大肉，元宵节的汤圆，端午节的粽子，中秋节的月饼。在小孩子心里，春节、元宵、端午、中秋都是大节。其他那些啥也不吃的节日，就是小节，可过可不过，没啥可吃，毫无盼头。尤其是东北每年过完十月以后，就是漫长的两三个月没有节日、没有盼头的寒冬季节，北风凛冽，大地冰封，没有新鲜的瓜果青菜，没有肉，没有油。地窖里的土豆、白菜，咸菜缸里的雪里蕻，就是普通人家每天的一日三餐。时光漫长，岁月悠悠。老天爷啊！这玉米面窝头、高粱米水饭，加上土豆炖大白菜就咸菜的日子，赶紧结束吧！春节快点来临，端午快点来临，中秋快点来临！那些大鱼大肉、高油高糖、大米白面快快回归！

北方的端午，是个隆重的节日。粽子节多么有魅力！糯米（北方人叫“江米”）可是细粮啊！煮鸡蛋更是稀罕物。有好吃的谁不盼？到了端午这一天，距离春节吃大米干饭和白面饺子已经过去 4 个月零 5 天，距离元宵节吃芝麻馅糯米元宵也已经过去 3 个月零 20 天。舌尖蠢蠢欲动，味蕾蠢蠢欲动，心灵蠢蠢欲动。

盼望着，盼望着，端午来了！粽子来了！

距离端午节还有十来天，我奶奶已经早早筹备起来，开始准备包粽子用的糯米、红枣、粽叶、马莲。糯米是细粮，需要用粮票到购粮站里去买。红枣自己家里有，我两个下乡的姑姑会时不时寄回来乡下土特产——红枣、蘑菇、榛子什么的，奶奶会把红枣储存起来，准备节日包粽子用。只包纯糯米、红枣糯米两种，从来不包肉粽子。肉怎么配跟米放在一起呢？我们北方人的习惯，饭菜绝不混合到一块儿做，饭就是饭，菜就是菜，肉就是肉，都单煮单做，保留各自的特色。不像南方和西北，有蛋炒饭、菜泡饭、羊肉抓饭等。也许是因为我们东北大米太好吃了，本身就是个遗世独立的存在，又香又糯，煮粥时表面上还能漂浮一层米油，我们只吃米饭、不用就菜也可以吃饱。从小到大，每次感冒发烧，我都要求家里人给煮一碗大米稀粥。人守在锅前，静待那碗甜糯糯、油汪汪的米汤出世。一边看着米粒在锅里滚沸，一边将那珍贵的米汤舀出。一碗下去，周身舒泰，神清气爽，胜过灵丹妙药，盖过人间一切珍馐美味。

东北大米就是东北人的信仰。我们决不允许有其他植物、动物尸体跟我们的大米同煮同泡同包。糯米也享受与大米同等的待遇，单煮单包，只因为小孩子喜欢甜食，才放几颗红枣进去，包几个枣粽。其他的，一律是纯糯米粽子，就是让人体验米的软糯、醇香，咬一口弹牙的味道。

当然，还要加上粽叶的翠香和马莲的草香。

临近端午，沈阳城的大街小巷马路胡同里，就已经有走街串巷卖粽叶和马莲草的小贩了。那个年代，包粽子用的粽叶和马莲草，全靠在私人手里贩买。街道合作社里（人们简称为“合社”，就是那个年代的小超市）也有进货，但是质量极不可靠。我奶奶一直都喜欢从胡同小贩手里买，她不愿去合社。合社里的售货员，无论是大姑娘还是中年妇女，都牛气得很，嘟噜着脸，一副高高在上的表情，想要挑点好货得求着她们，尤其那个卖肉柜台的中年妇女，权力大得很，买5毛钱的肉，她看见熟人就给切瘦的，看见小孩去买肉就故意全给切肥的，坏得很哩！合社里的货也不让挑，都是隔着柜台，粽叶一捆一捆地卖，无法保证质量。而走街串巷的小贩就不一样了，个个笑脸相迎，样子谦卑，还有点胆怯和鬼鬼祟祟。毕竟那时候国家还没有改革开放，还没有大规模提倡市场经济，小商小贩平时挣点零花钱都是私下交易，不可以大张旗鼓地买卖，被抓住了是要批判要没收的。

东北地区的粽叶都是芦苇叶。沈阳这边只有远处的盘锦和郊区的苏家屯地区有湿地，生长着大量的芦苇。小贩们多半来自盘锦和苏家屯。他们坐着长途车，拎着大包小裹进城，按着城里亲戚朋友的指点，走街串巷，轻声叫卖。我奶奶听见喊声，在门口喊住小贩，让对方打开包袱，仔细查看粽叶的质量。她要看看叶片的宽窄度，再闻闻叶子香不香。太窄的叶子不能要，包粽子时需要将两张粽叶叠起来裹住糯米，如果叶子太窄则捆扎不牢，糯米容易漏。还要保证是晒干的新叶，没有用过的。邻居老罗家一户小脚老太太为了省钱，把前一年的粽子吃完后，将粽叶洗净、晒干，第二年再接着用。我奶奶坚决反对这种做法，并且对此嗤之以鼻！我奶奶没上过学，一个大字不识的老太太，一生养育了八个子女，她对土地和植物的感情颇深，对自然万物有着本能的热爱，对物候时序有着天然的敏感。所有的阴历传统节日她都过得认真，一个不落，细节绝不马虎。她说："吃粽子就是吃一个过节的新鲜劲儿。必须得是新鲜的江米、新粽叶和新马莲。陈年的草木有个什么吃头！省钱会过日子也不是这么个过法。"

我奶奶对节日的态度，直接影响了我和我妹的三观养成，那就是：敬畏天地众生，热爱万物生长，热衷微小细节。

卖捆粽子的草绳的，是另外一拨小贩，跟卖粽叶的不是一拨人。捆粽子的草绳叫马莲草，不需要湿地那么远的人来卖，附近郊区八家子的村民都可以在田间地头采到，然后进城来卖。你见过蓝色的马兰花吧？走在乡野道路上，会看到路边一丛丛蓝紫色的花朵，非常悦目。马莲草就是马兰花的叶子，一根一根，细长瘦高，最长的能有半米高。马兰花随处可见，房前屋后、田垄上、道路旁，处处开花。等到秋天，马兰花开败了，将叶子割下来晾晒，精心储存，等第二年端午时再拿来捆扎粽子。马莲草韧性好，不易断，用它捆粽子非常合适。同粽子一起煮时，马莲本身的青草香味和粽叶的翠香味一起渗透进糯米里，让粽子更加香糯。这也是我们老祖宗的智慧吧。他们是怎样一遍一遍试验、确认这些植物无毒，可以蒸煮食物一起入口的呢？

不光这些，奶奶还要准备驱邪的艾蒿和小扫帚，编织五彩丝线的香包，用红绳编小手镯，准备给我和妹妹佩戴。奶奶都六十多岁了，她的刺绣和编织手艺还是一流的，家里的门帘、枕套绣的喜鹊登梅和鸳鸯戏水图案，都栩栩如生，色彩艳丽。奶奶那个时代的女人，大都是一身的功夫、一身的本事，是后代人永远都学不来的。

材料都买好了，接着进入包粽子前的准备程序。端午节前一天晚上，奶奶将粽叶和马莲草洗净，分别用清水泡上；红枣洗好，也要泡上；糯米用清水淘洗两遍，不能洗太多次，以防营养流失，然后也要用清水泡一晚上。啥啥啥都要泡上。这也太馋人了！我们小孩子都兴奋期待得一晚上睡不好。

我们最渴望的还不只是粽子，还有端午节早上先给我们每人发的两个煮鸡蛋！鸡蛋啊！也是定量供应，也要用票买的，属于细菜，平时见不着，来客人时才舍得吃的。而到了端午节，每家每户都舍得给小孩子发俩鸡蛋。这简直是狂欢和盛大的节日！那时候，沈阳城里都住平房，有院子，家家户户都养着鸡，有人家里还养羊，挤羊奶给小孩子喝。每到春天，乡下有来卖小鸡雏的，我奶奶都会抓几只来养，母鸡留着下蛋，公鸡留着过节吃肉。这些为数不多的鸡蛋，是提供给全家尤其是我和我妹营养的重要来源。家里平时不会这么大方地给我们吃煮鸡蛋，只有到了端午节，才仪式性地给我们一人发俩，而且得是红皮的鸡蛋，说是讨彩头，保证一年红红火火圆圆满满。如果家里没有红皮鸡蛋，我奶奶就会拿白皮鸡蛋去和邻居家换，1：1.5 的比例，4 个红皮鸡蛋就得给邻居 6 个白皮鸡蛋，老吃亏了！而我奶奶决不认为这样做是吃亏，会后悔，而是坚定值守仪式感，态度从容笃定。她从不让我们带白皮鸡蛋到学校去，一定要选最大个儿的红皮鸡蛋让我们带着，保证我们不被小朋友们比下去。

到了端午节这天，小朋友们得到两个红皮鸡蛋后，都不会马上吃掉，都要带到学校去显摆、比试，举行顶鸡蛋大赛，看看谁家的鸡蛋壳硬，怎么顶也不会破。赢得第一的人就被认为无比厉害，家里的鸡是神鸡。

端午节这天早上，我们都是被煮粽子的香味熏醒的。也不知奶奶是啥时候起床、啥时候开始包的，反正，一阵一阵浓香，粽叶的香、马莲的香、糯米的香、红枣的香，一股脑儿扑进鼻子里，把我们给香醒了。就感觉煮粽子的过程十分漫长，好像不是为煮熟，而是为了放味，一股天地万物的、植物的、独属于端午和夏天的香味，牢牢地把我们擒住，用香气在我们的味蕾里，雕刻时光，雕刻记忆，雕刻传统民俗信仰。

粽子还在煮熟过程中。早上也是不会让小孩吃黏食的。我和我妹每人怀揣两个红皮鸡蛋，手上系着辟邪红绳，书包上挂着五彩丝线香包，蹦蹦跶跶上学去。就看见上午的课堂上，小朋友们都鬼鬼祟祟，兜揣鸡蛋，坐立不安，期待下课，期待放学，期待顶鸡蛋大赛的开始。好不容易，下课铃响，我们一股脑儿冲出教室，来到操场上，掏出兜里的鸡蛋，捉对厮杀，把鸡蛋往一起顶。看谁的鸡蛋壳先破碎，谁就算输。然后再顶下一个选手的鸡蛋。当然，小孩子们不只是希望自己的鸡蛋坚硬不破，实际上在掏出鸡蛋比试时起，就在无形当中炫耀，谁家的鸡蛋个头儿大，仿佛谁家的日子就过得殷实。谁带的鸡蛋个头儿小，那孩子一看，就自觉不敢上前比试了。当然，除了最后一名得胜者外，其他所有孩子手里的鸡蛋都会被顶破。这时大家才算玩够了，发挥了鸡蛋的足够效用，于是才心满意足地开始剥皮儿吃起来。

我本是个孝顺孩子，鸡蛋壳破了，也不舍得吃，用手绢包着，准备回家给奶奶吃。我妹和我在一个学校，她比我小两个年级，是个“饿死鬼”，狼吞虎咽吃完了自己的，就盯住我手里的。没办法，我就只好让给她一个。她三口两口吞掉，结局就是，她伤食了。回家之后，奶奶忙给她找山楂丸吃，那么香的粽子，她却一口也吃不下了。

奶奶是把粽子闷在锅里等我们回家吃的，怕早早端出来会放凉不好吃。我寻香掀开锅盖，尽情嗅着蒸腾的香气，似乎在将有关端午的印记一遍一遍复刻在嗅觉里。是的，多年以后，无论在哪里，只要闻到粽叶、马莲、糯米、红枣的香气，我就能想起老家，想起童年，想起奶奶，想起她老人家的一生勤劳，想起她对节日的虔敬，对传统习俗的认真，对万物的尊重。这些才是我们今天要把传统节日当“节”过的真正意义吧。

异乡和故乡的端午

——制曲、龙船水、粽子及其他

乔　叶

制曲

几年前的一个初夏，我和几个朋友来到赤水河畔游玩。第二天便是端午，就应邀去二郎镇一家著名的酒企参加“端午制曲”仪式。一路都沿着赤水河走，它似乎流得很慢。也曾看到过好几次赤水河，每次看到都觉得它的流速似乎总是这样慢。据说它是唯一没有被开发的长江支流。这真是太好了。

忽然有些好奇：喝白酒的中国人里，有不知道这条河的吗？恐怕没有。这条享誉世界的“美酒河”，每一滴河水，每一道涟漪，似乎都含着酒香。

酒水，酒水，酒便是水，只不过是更特别的水。而原本貌似平常的水进入了酒的程序，也会羽化而登仙。无数次听到关于赤水河的传说：上半年原本浑浊的赤水河，重阳节一到，它就会神奇地回归清澈。而重阳到翌年端午是酿酒的上半程，正是用水的关键之际，需要大量的水来清洗、浸润和蒸煮高粱。翌年端午再到另一个重阳，便是雨季，两岸泥沙被冲刷入河中，河水便会再度浑浊起来，此时酿酒进入了下半程，用水量恰也不大了。有意思的是，这期间的浑水也有妙用，貌似影响了水质，其实只是观感发生了变化，而这对于酒来说依然是一件美事：泥沙给赤水河带来了丰富的微生物和其他物质，成为影响酿酒风味的重要因素，很有价值。

这么看来，对于沿岸的诸多美酒品牌而言，赤水河确实是为它们而生的。美酒与这条河的情谊，是慢慢交下来的。

这样的河，怎么能流得快呢？

在这里，慢的绝不只是河。

粮食是慢的，每年都必得这么种，这么收。

重阳是慢的，一年就这么一次。

端午也是慢的，一年也就这么一次。

一进到二郎镇，我们就闻到了酒香。却也不是纯粹的酒香，而是混杂着其他繁复气息。细细甄别，有的来自漫山遍野的植物，有的来自刚刚成熟的小麦，有的来自被阳光蒸晒着的燠热的雨水，有的甚至来自刚硬沉着的岩石……这一切彼此交汇着，融合着，殊途同归地走向成为酒的道路上。

我的酒量约等于零，这却不妨碍我喜欢酒。红酒、白酒、黄酒、黑啤……酒是有颜色的。相较而言，我还是觉得白酒最神奇。明明如水，如至清的水，喝进口中却如火焰。这是自然的魔术，是大地的魔术，是粮食的魔术，是人与这一切的魔术。

我也喜欢看别人喝酒，喜欢喝酒的氛围，微醺中话题凌乱，想说什么就说什么，乘着酒的翅膀，肆意飞翔。大碗喝酒固然是豪爽的做派，但我更喜欢喝慢酒的风格。如果是我请客，我会很愿意和喝酒很慢的朋友在一起，一小杯，一小杯，慢慢喝。大杯也不是不可以，但也要是一小口，一小口。要吃着花生米，要把花生米嚼得很碎，慢慢喝。朋友最好也是节奏很慢的朋友，当然，他们走路的步子快一点也没关系，说话的语速快一点也没关系，只要他们的心，是慢的，和我的，一样慢。

听酒企的专家介绍，之所以要选在端午制曲，是顺天应时。因制曲的粮食是本土产的软质小麦。这个时节，小麦正值成熟，颗粒归仓之后，便是润粮、粉碎、加入优选母曲、拌和、踩曲、发酵等一系列一丝不苟的严格工序，如同凤凰经历了涅槃，之后的小麦便升华成了高温酒曲。有多高温？专家说，发酵品温控制在62℃～65℃。在端午制曲还有另一种意义的顺天应时：此时已经入夏，正是微生物生长活跃的旺季，这样的制曲方法也能网罗到更多的有益微生物。

微生物是这里的高频词。且听专家用术语如是说：因这里是U形低谷地带，茂盛的植物富含负氧离子，盆地空气流动相对稳定，温热湿润的气候是酿酒有益微生物舒适无比的发育温床，为微生物的缓流和沉降创造了有利条件。他们还说，这里的土壤酸碱适度，有良好的渗透性，非常宜于微生物的长期栖息和微生物群落的多样化演替，而这里特有的红砂石窖池，富含二氧化硅，质地也很利于微生物生长繁殖……简而言之，这里的水土、温度、湿度、草木、粮食、河流、空气等综合成了酿酒所需的一切微生物——酒坛外壳的苔泥，飞翔在曲块上的曲蚊，微风拂过树梢吹舞起的尘埃，山谷间如雾如云的蒸汽，所有难以命名的那一切微小事物，都是它。微生物，这最小的生物，你的眼睛甚至看不见，你的指尖也捏不起，可微有微的力量，一旦成为微生物，它就成了不可改变的微生物。它有它的倔强，有它的坚持。它是不可控的，自有方向和逻辑。

制曲仪式庄重简约，虚话不多，主要环节都是在行动上：敬献新小麦，润粮，粉碎，拌曲，然后就是去制曲车间参观踩曲。制曲车间里的女工们至今还保持着光脚踩曲的传统。真的就是光脚。不是表演。这就是她们的日常。年年岁岁，她们就这么一脚一脚把酒曲踩出来，踩成四周紧、中间松的元宝模样。她们用自己的重量，用自己的汗水，在曲块上工作。曲块如土地，她们似乎是在以踩曲的方式耕耘。又或者说，她们是在以耕耘的方式踩曲。不要速度，不要效率，她们做的，就是要保持，保持原有的经验，原有的工艺，使美酒成为美酒的、原有的一切。

负责技术指导的师傅告诉我，他们也尝试过用机器替代，不行。还想过让工人们穿鞋踩，依然不行。就是要人，必须是人。

多么有意思。酒固然是物质的，可它的核心意义其实在于精神。尤其是白酒，它的凌空蹈虚所蕴藏的审美意味，难以言喻。可这精神的形而上却须由缜密的源远流长的古老技法作为根基，这又是多么辩证的哲学啊。

不由得默默感叹，总有些事物是时间的礼物，这些美好的事物获得了特权：越老越美，越老越好。如老玉，如老瓷，如老汤，在这里，就是老酒。老酒岂止是酒呢？是凝固的岁月，是液体的梦幻，是岁月在梦幻中，是梦幻在岁月中。

暗暗揣测，她们在踩曲的时候是否会唱歌？不，我还没有那么矫情，以为她们会边唱边踩，不过，在内心里，她们也是会有一种韵律吧？那不就是她们的歌？如此便是曲如歌，歌如曲。歌曲歌曲，我真是有些怀疑，歌曲的曲就是从此而来。

屈原。此时此刻，他的名字忽然涌上来。这位与端午渊源最深的伟大诗人，他必定歌吟过自己的诗，他也必定是边喝酒边歌吟的，他写下的诗行如投入历史的粮食，年年端午被制曲。所有的酒香中，若仔细去闻，必定有他的一脉。

龙船水

某年端午时节，我在广西全州。那天午饭后来到酒店大堂，发现天正下着雨，突然很想去看看湘江。

每到一地，只要此地中有江河，我就想尽力去亲近一下。这么著名的湘江，自然是不能错过的。只是，雨似乎越下越大。可是，多么奇怪，雨越大我越想去，越知道不合适就越是想去，就是很想去啊，怎么办？

那就去呗。与会的几个作家朋友——朱山坡、田耳，还有何述强，这三位说陪我去。昨天下午天气晴朗，他们其实已经去江边走过一趟了，这次就是要顺着我的意思。真是好兄弟们。

朱山坡说要换上酒店的拖鞋，这么大的雨，我们穿的都是皮鞋。是啊，自家的鞋子还是要心疼的。于是回房换鞋，对了，还有拿伞。

出了酒店，就叫三轮车。三轮车非常多，可见是最适宜此地的交通工具。四个人，八块钱。车身是大红色的，上面写着“豪华加长版，畅享优生活”。四人上车，两两对坐，聊起了三轮车的昵称，还真是有的一说。我索性发了个朋友圈，征集了个话题，收到的答案精彩纷呈。以“某某子”定调子的是一个系列：三蹦子，三驴子，三马子，电烫子，地奔子。电烫子是因为三轮车长得像个电熨斗，电烫子就是电熨斗。我服了。以 AAB 为模式的是：蹦蹦车，突突车，噗噗猴。有几个特别抒情的称呼还真是让人惊艳，比如湖南人叫的“慢慢游”，深圳人叫的“麻木”——因为会把人的骨头颠簸至麻木，还有一个“柔姿”，是形容这车开起来扭来扭去的姿态，这名字起得这么妖娆，简直堪配琼瑶小说里的女主。洋气的呢，也是很洋气，有的地方叫“踩士”，和“巴士”“的士”是一个系列，还有的干脆就叫摆渡车。天津一位老兄给的幽默答案简直让我们赞叹，他说天津对机动三轮车的叫法是世界级别的，只有提前彻底现代化的城市才能这么叫机动三轮车——狗骑兔子。

说着笑着，就到了江边。有几条船停靠在码头，里面的人要么是在发愣，要么是在打牌。有人起身招徕，我们便应着，讨价还价。每人四十？太贵了。作势要走，船家利落拍板：四个人一百块！得逞的我们嘻嘻哈哈上船，议论着用“四个人一百块”做篇文章，应该也是有趣的。

雨仍下着。朱山坡说，这叫龙舟水。田耳说他老家那里叫龙船水，并背出了出处，是沈从文的《边城》：“初五大清早落了点毛毛雨，上游且涨了点‘龙船水’，河水全变作豆绿色。”眼前的湘江水，还真是纯正的豆绿色。也确实临近端午节，快有龙船了。

发动机的声音很大，我们说话的声音也很大，大得像吵架。

雨突然暴急了，大朵大朵的泡泡开在水面上，溅起来的那一刻，如晶莹剔透的淡灰色花，极淡极淡，因是极淡的，便淡至透明。那么多的花啊，一朵朵开，一朵朵散。远处的水面是明一片暗一片的大团光影，苍苍茫茫，渺然无限。那些山呢，就是泼墨山水画一般。还有那座高耸的塔，是叫雷公塔吗？

静默的时候，我们仿佛都被这情景给震慑住了。

雨又小起来，很快停了。天空出现了蓝色块，太阳也若无其事地出来打招呼了，真是让人没脾气。朱山坡说，他们这里的天气就是这样。他们小时候在田里收稻谷，家里在晒稻谷。一下雨都飞一般往家里跑——得赶快把晒着的收起来。然后呢，雨停了，再打开晒，再去田里收割。一天要反复个两三次，特别正常。

他是北流人。我问他："你们北流的风景和全州差不多吧？"他摇头否认，说："不一样。""哪里不一样？""我们那里没有这么大的江。"

丛林茂密，树木葱茏，潮热的气息，变幻莫测的云雨……以前总觉得朱山坡、林白、李约热等这些广西作家的小说有不可思议之处，现在我都能理解了。他们原本过的就是这样的生活，在外人眼里有魔幻感的一切，其实就是他们的日子。

确实是很大的江。在三江汇流处，江面简直像是湖了。全国有很多三江汇流的地方。两江就没有三江有气势，四江五江似乎又太多了。三江就是刚刚好。三生万物。

江边有很多树，树荫圆滚滚的，我统统不认得。

"这树是什么树？"

"江树。"

“哦——”

“就是江边的树呀。”

这答案。

再靠近些便分明了一些，有很多柳树，也有槐树。但柳树和槐树到这里似乎变了个样子。

船工磨着方向，似乎有把船开到城里的趋势，我们喊他，让他开到更开阔的江面上去。可能在他的经验里，客人们都是要去城里的，像我们这样的不多。

我们要看原始的风景——这话说得好文艺啊。船工师傅内心里不知道怎么想。

天气就这么任性着，大雨，小雨，中雨，还有晴天，轮番切换。晴天的时候可以说是晴空万里——不能说万里无云。云是预备着的雨，是常有的。白云少，乌云多，映着水面，拍出来每张都是风光大片。

河边有人，看着似乎在洗东西，再近了看，其实是在钓鱼。还看到很肥壮的水禽，似乎是鸭子，又比鸭子大，很像是鹅，且不止一两只。后来确认是鸭子，应该是家养的。

江心也有树，长在小岛上。田耳说，像这样土地成分很微弱的小岛，叫作渚。江水涨了，树们就和这渚一起泡在水里；江水落了，树们就和这渚一起露出水面。脚下的土地明明是朝不保夕的，树们居然能长这么粗，这么坚强。真是奇迹。

船缓缓靠岸，我们又开始在江边漫步，打着伞。雨还是下得很任性，一会儿大，一会儿小，一会儿晴天朗朗。田耳讲到篙和桨的用法不同：水深不过一米，适合用篙。水深过了一米，用篙就很吃力，插在水里不容易拔出来，就要用桨。他小时候也划过桨。划桨很讲究技术，有些家伙资质好，对把舵有感觉，给他半小时他就会把了。没办法，天生的。

粽子及其他

回想起来，端午节出门的时候还是少，多还是在家待着。待着做什么呢？好像也是无所事事，吃吃喝喝。

有日记为证。如 2022 年 6 月 3 日，我记的是："端午节，中午煮了一个粽子。天气好热，本来想去味多美买点儿枣糕的，又懒得动了。中午煮了小米南瓜饭，做了红烧鸡翅，炒了蒜薹鸡蛋。晚上炸了小酥肉，炸得越来越好啦，哈哈。”

下面另有一笔：“和姐姐视频了一会儿。真是亲。她又做了条绵绸长裙，绿色的，说回头给我寄来。”

2023 年 6 月 22 日，我记的是：“在家里蹲了一天。把新的小说进行了一些，开心。写了篇短文《姐姐的高定》，开心。做了胡萝卜鸡蛋馅的馅饼，很成功。网购的庞各庄西瓜到了，两箱，八个。吃了一个，很好吃，甜脆。”

《姐姐的高定》里，就写到了 2022 年端午节日记中提到的那条裙子。

2024 年的端午节是 6 月 10 日，也还是在家一天，着重记的一笔是下午去了一趟超市，看到咸鸭蛋就买了几个。因上午刷手机刷到了汪曾祺的文章《端午的鸭蛋》，汪先生如此回忆高邮的鸭蛋：“……鸭蛋有什么可挑的呢？有！一要挑淡青壳的。鸭蛋壳有白的和淡青的两种。二要挑形状好看的。别说鸭蛋都是一样的，细看却不同。有的样子蠢，有的秀气。挑好了，装在络子里，挂在大襟的纽扣上。这有什么好看呢？然而它是孩子心爱的饰物。鸭蛋络子挂了多半天，什么时候孩子一高兴，就把络子里的鸭蛋掏出来，吃了。端午的鸭蛋，新腌不久，只有一点淡淡的咸味，白嘴吃也可以……蛋黄蛋白吃光了，用清水把鸭蛋壳里面洗净，晚上捉了萤火虫来，装在蛋壳里，空头的地方糊一层薄罗。萤火虫在鸭蛋壳里一闪一闪地亮，好看极了！”

自到北京后，发现这里过端午的民风也颇亲切。每每过地下通道的进出口，总碰到有人在卖粽子，有一次居然见到了竹筒粽，便走不动了。这竹筒粽在河南是常见的。每次见到，我也总会买，因喜欢竹子的清香，也喜欢这份趣味：粽子就封在竹筒里，你现吃他现给你取出来。

“要白糖不要？”

“要。”

旁边就是个糖碗，老板便挖了满满一勺白糖，很豪爽地往粽子上淋。粽子是白的，白糖也是白的。粽子的白是米白，微黄色。白糖的白纯净得晶莹剔透。白糖粘在粽子上，像贴了细密的水钻。——其实粽子身上也粘不上多少，大多数糖粒还是又落回到了碗里。

“够不够？”

“再来点儿。”

“得嘞。”老板干脆把粽子放在糖碗里滚了滚。粽子身上的水钻层层叠叠地闪着光。

这下可够了。一口吃下去，唇齿都是糯甜糯甜的。

童年时候，我家从不买粽子。记忆里的粽子都是二姨送来的，她在焦作市轧钢厂上班，生活条件最好，但她也不买，只是自己做。备好了包粽子的修长的竹叶，买齐了江米、红枣和花生，前一天夜里泡上，端午当天早起即包即煮，煮出满满一大锅。煮熟了以后再泡在凉水里冷却，然后分包好，送到各家。她包的粽子又大又饱，饱得像要破出来似的，我总担心会破，但其实从来没有破过。除了粽子，她还会做油条、糖糕和菜角类的油炸吃食。二姨的手艺太好了。

前些年，为了写一部关于乡村的小说，我常去一些村子。有一次恰逢端午，我在一个山村，去小超市问有没有粽子，被老板娘大大地笑话了一番，说："我这店自打开张就没有卖过粽子，不仅是粽子，冷冻食品也就只是夏天的雪糕、冰激凌和冬天的元宵。看城里超市的冷冻柜就知道你们有多懒，饺子、馄饨、葱花饼啥都有，就连油条都能做成速冻半成品，又贵又不好吃，都是钱多给惯的。咱们这边的粽子都是自己做的，你要是想吃，今年我多做些，你就吃现成的吧。"又听我说要去买点儿艾草，更是笑软了腰，她呼啦啦用手臂划了个大圈，说："咱这山里哪儿没艾草，还用得着买？"

如此数落过后，她还真抽空带我去找了艾草。果然处处都是。她又教我区别艾草和艾蒿，说这两样乍一看一样，仔细比对就知道气味不一样，高度不一样，细节更不一样。艾蒿叶子阳面有毛，艾草叶子是阴阳面都有毛，叶面也比艾蒿叶面厚。

那几天里，只要有空，我就去打几把艾草，随手插在哪里都是一束清香。

永远的韩家洲

梅　洁

1

数次回故乡，和家乡的朋友们站在堵河口，远眺静躺在汉水中央的韩家洲，心中便每每升起一种莫名的惆怅和忧愁。

这座被汉水四面围拢的江中小岛，以其两千多年的历史，把古老和神秘一起编织成一帕面纱，雾霭袅袅地笼罩着这片千年的土地。然而，南水北调，将结束这里的一切，包括姓氏与生命的密码，包括千年的纤夫文化，包括古陶、箭镞，包括秦砖、汉瓦……

2009年端午节前夕，我随故乡文化界的朋友金菊、堂根、赵锋等一起登上了韩家洲。

那天，大雨如注，江面雾霭蒙蒙。在村支书的引领下，我们登上去韩家洲的船。船在汉水的江面上，犹如一片飘零的树叶，摇摇晃晃。渡船行驶到堵河对面的河滩，从船上跳下来，我们便踏上了韩家洲的土地。

也就是那一次登临，我们听到了韩家洲人世代传唱的汉江号子，当洲上几位古稀老人为我们唱出那悠长、深沉、高亢、雄浑、粗砺的音符乐律时，我们仿佛走进了一个千年的沧桑、千年的劳苦、千年不衰的生命的创造与传承。

也就是那天，我了解到韩家洲上的109户家庭都姓韩，而且他们固执地认为他们是汉代韩信的直系后裔。虽然他们没有与韩信有关的任何证据，但他们把家族在此地的居住史追溯到了汉代，这不得不说耐人寻味。他们还固执地认为，洲头那座庞大的、高出地面数米的圆土堆是韩母陵。

历史活在历史的典籍里，更活在世世代代生命的传承和记忆里。

同样是在那一天，我知道这千年小岛上世代居住于此的480多人，要因中线调水全部迁出，韩氏家族将全部迁往湖北随县——2009年重新设立的、共和国最年轻的县。

韩家洲在忧伤、愁苦。两千年的家园、两千年的文化、两千年的根脉啊！

离开韩家洲时，雨还在下。乘船过汉江，站在堵河口，回眸再望雨中的韩家洲，我突觉眼前那苍茫朦胧的古岛犹如一位白发千丈的母亲，静静地屹立在江中，为她就要启程的儿女们祈祷平安、幸福。

2

“堵河口，堵河口，年年端午划龙舟，村村有个龙船会，吃会划船祭龙祖。”这首儿歌在堵河口一带已经传唱了千年。

发源于华中第一峰——神农架的堵河，是汉江第一大支流，自南而北在湖北郧阳堵河口与汉江交汇。矗立于汉江之中的韩家洲，正迎着堵河的出口，堵河的名称由此而来。韩家洲四周水线长九华里，故又名九里山，是三千里汉江上的第一大岛。

20世纪丹江口水库蓄水前，湍急的堵河水冲出800里堵河后撞击在韩家洲上，被韩家洲逼着顺汉江倒流，在自西而东的汉江上形成了一段向西倒流的景观。这一景观随着丹江口水库的第一次蓄水而消失。

古老的韩家洲与洲边的村落，如乌家河、堵河口、西流、店子河，都保留着千年的龙舟文化。迄今为止，他们每年端午节坚持自发组织和参与龙舟赛，且村村有龙舟赛组织——龙船会。这是中国端午文化最具符号象征的地域。

韩家洲崇拜青花龙，负责赛事的组织就叫青龙会。龙船会都有一定的财产——龙王庙，龙船房，龙船，木雕彩绘龙头、龙尾等，部分村落至今还留有维持龙船会活动的集体土地和经济林。

每年端午节，龙船会有两大会事活动，一是吃会，二是龙船会赛事。每年端午节当天，各龙船会都要组织吃会活动。吃会，即全体会员中午和晚上聚集在会首家里吃酒席。会首轮流担当，一年一换。会首的职责就是端午节这天请全村人在他家吃饭，再就是保管、供奉好木制龙船、龙头、龙尾。吃会当天，60 岁以上的老人都被请坐上席，以示对老人的尊敬。韩家洲人坚守着传统文化里很珍贵的元素。

端午节前后是庄稼人抢收小麦最忙的时节，然而麦子可以不收，端午节这一天的龙船会不能不举行。

2010 年 6 月 16 日，是韩家洲人在故乡度过的最后一个端午节，8 月桂花飘香的时候，他们就要远迁了。我和家兄特地赶往韩家洲，我们想在那里重温童年的欢乐——汉水边长大的孩子谁没有童年在江边看龙船赛的记忆？

我曾在《寻找家园》里写道：

汉水携带着遥远的神秘，千秋万代地向我诞生的小城飘逸而来，然后极女性地把小城团团围住，小城呈半岛状依偎在汉水的逶迤与润泽之中。

我在河边长大。

真与美、善与想象在河边长大。

“妈，大河从哪儿流来？它又流向哪儿去？”望着迎面漂来又远远漂去的江水，我问母亲。

我想，从那时起，一个纯情女孩就一直站在江边，忧伤地谛听来自河流的一种秘语——无论后来她离那条河有多么遥远……

童年很快乐的一件事就是在农历的五月。每年农历的五月初五都有一个盛大的祭典在江边举行，那是一个节日。节日里，我们胸前挂着母亲亲手缝制的好看的丝线香包，香包里装着清香的艾草，耳根涂抹着掺了“雄黄”药的酒液，然后牵拉着母亲的衣襟，到江边参加祭典。母亲说，江水下边有一个好人，他死了。祭奠死了的，修善活着的……那时，我不懂母亲的话。

我们和母亲挤在人群里，而我们的目光总是很努力地在人头攒动、千舢竞渡的江面寻找我们的父亲——我们的父亲每年都是这个祭典节日里很活跃、很光荣的一员——他总是很健美、很生命地从几百米宽的江面第一个泅渡到江的对岸。

……

2016年端午节，故乡文友、树一样高高细细的书法家景贵社陪同我们前往韩家洲。我们到达时，堵河口、汉江南岸已经人山人海。我们的车子无法前行，不得不下车步行2里多路前往赛事地点。

这时，只见清澈蓝绿的江面上锣鼓喧天、彩旗飘舞、龙船竞渡，沿袭了数千年的原生态龙舟赛在堵河与汉水交汇处、在六月的阳光与水光的交融里快乐举行。

此刻，呐喊声在水上振荡，生命的激情在江面飘拂。

蹲立在岸边、山头、树林、房顶、路边的成千上万的观众，头顶骄阳，欣赏着这场民间原始的赛事，分享着生命本真的快乐。

男人和小孩们已热得赤胸裸背，没牙的奶奶、婆婆们也眺望着江面笑得满面春风。

只有在此刻，所有的韩家洲人才忘却远迁的忧愁，把最后的欢乐沉浸于这片土地。

“送龙”是龙舟赛的最后一道程序，由龙歌手吟唱《龙歌》，船上选手一起和唱，然后由下一任会首从龙船上卸下龙头、龙尾并将它们请回家，接着晚上吃会。至此，一年一度的龙船会方宣告结束。

然而，今年的龙头谁来接？明年的会首谁来任？

龙头放归何家？龙船起坡何处？明年端午节还能划船吗？

站在汉江南岸的码头上，我久久遥望着对岸的韩家洲，遥望江上船上裸着上身、湿透了衣裤的汉子们，回身再看身边韩氏人家的奶奶、婆婆们，一种莫名的忧伤和感激倏忽涌上心头……

到了随县，没有了这岛、这水、这龙舟，韩家洲人将怎样面对？没有了汉江号子，没有了传说和故事，没有了图腾般的盛会，韩家洲人精神里还会深藏怎样的追寻？

3

8 月 29 日，韩家洲人开始搬家拆房。次日，他们将远迁。

韩天兴抱着刚满 3 岁的儿子韩一，和妻子一起搬运货物。妻子的手提袋里装着他们结婚时的照片，他们还特意从家门口挖了一棵春兰，准备带到随县新家去。

韩天兴指着山腰说："两年前，我专门买了一棵葡萄树苗栽在门前，就是为了将来我搬走了，让它自由生长，年年继续开花结果。如果哪天我回岛上，还能找到家……"韩天兴满眼含泪，穿过葡萄架，向着岸边的移民船走去。

韩天海的货物已经搬运完毕，家里只有空空的、古老的土墙和烟熏油燎的椽瓦。

面对山坡上的一片柑橘林，韩天海对身边的包保干部说：“山上有一片柑橘林，往年橘子成熟时，我们不拿出去卖，都把它们藏在地窖里，逢年过节可以品尝自家的果实。今年橘子成熟的时候，我们已不在了，你们可以过来摘一些，要不然就糟蹋了……”韩天海说完，就使劲仰起脖子望天，他是怕眼泪流出来不好看。

时近中午，包保工作队员给移民送去午餐，移民们迈着沉重的脚步踏上过江的船。他们手捧着饭菜，没有一个人开始吃，齐刷刷地抬头望着韩家洲，望着各自的土墙老屋，望着洲头上他们顶礼膜拜的韩母陵，望着岛上的一草一木……

少顷，20 多条装满移民家什的机船一齐开动马达，然后依次慢慢离岸，朝下游渡口开去。机船越行越快，马达轰鸣，破浪而去。江水掀起的波澜，轻轻拍打着韩家洲江岸的崖壁，仿佛是在安慰这片即将孤寂的岛屿。

随着一阵长长的汽笛声，岸边 20 余艘大型铁船满载着 483 名韩家洲移民，一字排开，浩浩荡荡向汉江对岸驶去。

“别了，我的故乡……”

“别了，千年的韩家洲！”

韩家洲从此不再有人烟，江中小岛从此开始沉寂。唯有韩母陵在岛上永远高高地耸立，唯有那白发千丈的母亲在江水中作永远的守望。

两年前，韩氏家族已经着手编纂家谱，搬迁前，他们已经拿到了前六十代的家谱。将来无论走到哪里，从韩家洲走出去的韩氏后人，都能够按照辈分找到亲人。

永远的韩家洲啊……

但愿明年的端午节，他们还能从异乡回来，回来再玩龙舟赛。

端　午

郭文斌

五月是被香醒来的。娘一把揭开捂在炕角瓦盆上的草锅盖，一股香气就向五月的鼻子里钻去。五月就醒了。五月一醒，六月也就醒了。五月和六月睁开眼睛，面前是一盆热气腾腾的甜醅子。娘的左手里是一个蓝花瓷碗，右手里是一把木锅铲。娘说，你看今年这甜醅发的，就像是好日子一样。六月看看五月，五月看看六月，用目光传递着这一喜讯。六月把舌头伸给娘，说，让我尝一下，看是真发还是假发。娘说，还没供呢，端午吃东西可是要供的。五月和六月就呼地一下子从被筒里翻出来。

到院里，天还没有大亮。爹正在往上房门框上插柳枝。五月和六月就后悔自己起得迟了。出大门一看，家家的大门上都插上了柳枝，让人觉得整个巷子是活的。五月和六月跑到巷道尽头，又飞快地跑回。长长的巷道里，散发着柳枝的清香味，还散发着一种让他们说不清的东西。雾很大，站在巷子的这头，可以勉强看到那头。但正是这种效果，让五月和六月觉得这端午有了神秘的味道。来回跑的时候，六月觉得有无数的秘密和自己擦肩而过，嚓嚓响。等他们停下来，他又分明看到那秘密就在交错的柳枝间大摇大摆。

再次跑到巷道的尽头时，六月问，姐你觉到啥了吗？五月说，觉到啥？六月说，说不明白，但我觉到了。五月说，你是说雾？六月失望地摇了摇头，觉得五月和他感觉到的东西离得太远了。五月说，那就是柳枝嘛，再能有啥？六月还是摇了摇头。突然，五月说，我知道了，你是说美？这次轮到六月吃惊了，他没有想到五月说出了这么一个词，平时常挂在嘴上，但五月把它派在这个用场上时还是让他很意外，又十分佩服，自己怎么就没有想到它呢？随之，他又觉得自己没有想到这个词是对的，因为它不能完全代表他感觉到的东西。或者说，这美，只是他感觉到的东西中的一小点儿。

等他们从大门上回来，爹和娘已经在院子里摆好了供桌。等他们洗完脸，娘已经把甜醅子和花馍馍端到桌子上了，还有干果、净水，在蒙蒙夜色里，有一种神秘的味道，仿佛真有无数的神仙在他们看不见的地方等着享用这眼前的美味呢。

爹向天点了一炷香，往地上奠了米酒，无比庄严地说：

艾叶香，香满堂，
柳枝插在大门上，

出门一望麦儿黄，
这儿端阳，那儿端阳，
处处都端阳。

艾叶香，香满堂，
柳枝插在大门上，
出门一望麦儿黄，
这儿吉祥，那儿吉祥，
处处都吉祥。
……

接着说了些什么，五月和六月听不懂，也没有记住。爹念叨完，带领他们磕头。六月不知道这头是磕给谁的，想问爹，但看爹那虔诚的样子，又觉得现在打扰有些不妥。但六月觉得跪在地上磕头的这种感觉特别美好。下过雨的地皮湿漉漉的，膝盖和额头挨到上面凉津津的，有种让人骨头酥酥的爽。

供完，娘一边往上房收供品，一边说先垫点底，赶快上山采艾。说着给他们每人取了一碗底儿。然后拿过来花馍馍，先从中间的绿线上掰开，再从掰开的那半牙中间的红线上掰开，再从掰开的那小半牙上的黄线上掰开，给五月和六月每人一牙儿。他们拿在手上，却舍不得吃。这么好看的花馍馍，让人怎么忍心下口啊。可是娘说这是有讲究的，上山时必须吃一点供品。六月问，为啥？娘说，讲究嘛，一定要问个子丑寅卯来。六月说，我就是想知道嘛。娘说，这供品是神度过的，能抵挡邪魔外道呢。六月说，真的？娘说，当然是真的。六月说，那我们每天吃饭都供啊。娘说，好啊，你奶奶活着时每天吃饭就是要先供的。

甜醅子是莜麦发酵的，不用吃，光闻着就能让人醉。花馍馍当然不同于平常的馍馍了，是娘用干面打成的，里面放了蜂蜜和清油，爹用面杖压了一百次，娘用手团了一百次，又在盆里饧了一夜，才放到锅里用文火烙的。一年才能吃一次，嚼在口里面津津的、柔筋筋的，有些甜，又有些淡淡的咸，让人不忍心一下子咽到肚里去。

接着，娘给他们绑花绳，说这样蛇就绕着他们走了。六月问，为啥？娘说，蛇怕花绳。六月就觉得绑了花绳的胳膊腕上像是布下了百万雄兵，任你蛇多么厉害本大人都不怕了。绑好花绳后，娘又给他们每人的口袋里插了一根柳枝。有点全面武装的味道，让六月心里生出一种使命感。

五月和六月在雾里走着，在端午的雾里走着。六月不停地把手腕上的花绳亮出来看。六月手腕上是一根三色花绳，在蒙蒙夜色里，若隐若现，让人觉得那手腕不再是一个手腕。是什么呢？他又一时想不清楚。六月想请教五月，可当他看见五月时，就把要问的问题给忘了，因为五月在把弄手里的香包。

六月一下子就崩溃了，他把香包给忘在枕头下面了！六月看着五月手里的香包，眼里直放光。六月的手就出去了。五月发现手里的香包不见了，一看，在六月手上。六月看见五月的脸上起了烟，忙把香包举在鼻子上，狠命地闻。五月看见，香气成群结队地往六月的鼻孔里钻，心疼得要死，伸手去夺，不想就在她的手还没有变成一个“夺”时，六月把香包送到她手上。五月盯着六月的鼻孔，看见香气像蜜蜂一样在六月的鼻孔里嗡嗡嗡地飞。五月把香包举在鼻子前面闻，果然不像刚才那么香。再看六月，六月的鼻孔一张一张，蜂阵只剩下一个尾巴在外面了。五月想骂一句什么话，但看着六月可怜的样子，又忍住了。

就在这时，香包再次到了六月手里。六月一边往后跳，一边把香包举在鼻子前面使劲地闻，鼻孔一下一下张得更大了，窑洞一样。五月被激怒了，一跃到了六月的面前，不想就在她的手刚刚触到六月的手时，香包又回到她手里。

嘿嘿，五月被六月惹笑了。这时的六月整个儿变成了一个大大的鼻子，瘫在那里，一张一合。五月的心里又生起怜悯来，反正肥水没流外人田，要不就让他再闻闻吧。就把香包伸给六月。不想六月却摇头。五月说，生姐气了？六月说，没有，香气已经到我肚子里了。五月说，真的？六月说，真的。五月说，你咋知道到了肚子里？六月说，我能看见。五月说，到了肚子里多浪费。六月想想，也是，一个装屎的地方，怎么能够让香委屈在那儿呢。要不呵出来？五月说，呵出来也浪费了。

我可以呵到你鼻子里啊。六月为自己的这一发明兴奋不已。五月也觉得这是一个好主意，就闭上眼睛，蹲在六月的面前。六月就肚皮用力，把香气一下一下往五月鼻孔里挤。

但六月却突然停了下来。六月看见，五月闭着眼睛往肚里咽气的样子迷人极了。那香气就变成一个舌头，在五月的额头上亲了一下。

妈哟，蛇！五月跳起来。六月向四周看了看，说，没有啊。五月说，刚才明明有个蛇信子在我头上舔了一下。六月说，大概是蛇仙。五月说，你看见是蛇仙？六月点了点头。五月问，蛇仙长啥样儿？六月说，就像香包。五月看了看手里的香包，说，难怪你这么喜欢它，原来它成仙了。

做香包讲究用香料。五月和六月专门到集上去买香料。五月说，她要选最香最香的那种。要把六月的鼻子香炸。六月说，把我的鼻子香炸有啥用，我又不是你女婿。五月说，反正香炸再说。

二人乐颠颠地向集上走去。

集上的香料可多了。五月到一个摊上拿起一种闻闻，到另一个摊上拿起一种闻闻，从东头闻到西头，又从西头闻到东头，把整个街都闻遍了，还是确定不下来到底哪一种最香，拿不定主意买哪一种。五月犯愁了。这时，过来了一个比五月大的女子选香料，五月的眼睛就跟在她的手上。五月问六月，你看她像不像是新媳妇？六月看了看，屁股圆圆的，辫子长长的，像。五月说，那她买的肯定是最香的。五月就照刚才那个新媳妇买的买了。

山上有了人声，却看不见人。五月和六月被罩在雾里，就像还没有出生。六月觉得今天的雾是香的。不知为何，六月想起了娘。你说娘现在干啥呢。六月问。五月想了想说，大概做甜糕呢。六月说，我咋看见娘在睡觉呢。五月说，你还日能，还千里眼不成，咋就看见娘在睡觉呢？六月说，真的，我就看见娘在睡觉呢。五月说，那你说爹在干啥呢。六月说，爹也在睡觉呢。五月说，我们走时他们明明起来了，咋又睡觉呢？六月说，爹像是正在给娘呵香气呢。五月说，难道爹也把娘的香包给叼去了？六月说，大概是吧。

突然，六月说，那是我的香包。说着往回跑。五月一跃，像老鹰抓鸡似的把六月抓在手里，说，你走了，我咋办？六月说，我拿了香包就回来。五月看了看六月，解下脖子上的香包给六月，说，我把我的给你。六月犹豫着，没有动手。五月就亲自给六月戴上。六月看见，胸前没有了香包的五月一下子暗淡下来，就像是一个被人摘掉了花的花秆儿，看上去可怜兮兮的。但他又没有力量把它还给五月。六月想，人怎么就这么喜欢香呢？是鼻子喜欢还是人喜欢呢？

然后他们去挑花绳儿。街上到处都是花绳儿，这儿一绺那儿一绺的，让人觉得这街是谁的一个大手腕。六月和五月每人手里攥着两角钱，蜜蜂一样在这儿嗅嗅，在那儿闻闻，还是舍不得花。直到集快散了，他们才不得不把那两角钱花出去。他们的手里各拿着五根花绳儿。那个美啊，简直能把人美死。

路上，六月问五月，你说，谁的新媳妇最漂亮？五月说，你的啊。六月说，好好说啊。五月说，你说呢？六月说，要说，肯定是街的新媳妇最漂亮啊。五月一惊，看着六月，问，为啥？六月说，它的一个大胳膊上就戴了那么多的花绳儿，腔子上戴了那么多的香包，身上有那么多的香料，你说不是它还能是谁？五月把眼睛睁得像铜锣一样，贴向六月的脸，笑了一下，说，怪死了怪死了，你咋会有这样一个奇怪的想法？街咋能娶新媳妇？要是街娶了新媳妇，那该是怎样的一个女子才配呢？六月说，你就配啊，我知道你想配呢。五月哈哈哈地大笑起来。那姐就是这个世界上最幸福的人了。

六月说，那我就是街的妻舅了。五月说，那我们就有用不完的花绳和香包了。

雾仍然像影子一样随着他们。六月的目光使劲用力，把雾往开顶。雾的罩子就像气球一样被撑开。在罩子的边儿上，六月看见了星星点点的人。六月给五月说，你看，他们早已经上山了。五月说，这些扫店猴，还扇得早得很。说着，二人加快了脚步，几乎跑起来。

到了一个地埂下，六月说，这不是艾吗？五月上前一看，果然是艾。一株株艾上沾着露水豆儿，如同一个个悄悄睁着的眼睛。五月看了看山头，说，他们咋就没有看见？六月说，他们是没有往脚下看。五月说，他们为啥就不往脚下看？六月说，他们没有想起往脚下看。五月觉得六月说得对，欣赏地看着六月说，你咋就想起往脚下看？六月说，我本来也想着山顶呢，我也不知道咋就往脚下看了一下。五月说，山上那些人多冤枉。六月说，但我还是想上山。五月问，为啥，这里不是有艾吗？六月说，我想看大家采艾，我也想和大家一起采。五月说，那姐采你看不就行了？六月说，你一个人采，有啥看头。五月说，可是万一路上碰上蛇呢？六月说，我们不是绑了花绳儿吗？我们不是吃过了的花馍馍了吗？五月说，那就到山顶吧。五月想，其实她也想到山顶呢。人怎么就那么喜欢到山顶上去呢？脚下明明是有艾的，却非要上到山顶去。

五月缝香包时，六月就欺负她。噢噢，给她女婿缝香包着呢。噢噢，给她女婿缝香包着呢。五月追着打六月。六月一边跑一边说，养个母鸡能下蛋，找个干部能上县。但五月总是追不上六月，这连她自己都奇怪，平时，她可是几步就一把把六月压到地上了。后来，她发现自己其实是有私心的。她就是不想追上，她只是喜欢那个追。说穿了，是喜欢六月一边跑一边这么喊。羞死了，羞死了。六月跑一跑，停下来，把屁股撅给五月，用手拍拍。跑一跑，停下来，把屁股撅给五月，用手拍拍。五月就真羞了，就装作生气的样子回到屋里，把门关上，任六月怎么敲也不开。六月就在外面给她一遍又一遍地下话，一遍又一遍地保证不再欺负她。五月就好开心。她喜欢六月这样哄她。之前，每当六月欺负她，她总是像猫扑老鼠一样抓住他，拧他耳朵，听他告饶。但现在她不喜欢那样了。她觉得这样躲在门后听六月下话，感觉真是美极了。

上到半山腰，六月就跟不上了。六月说，姐慢点行吗，我走不动了。五月回头一看，笑笑。这时，五月发现雾的罩子破了一条口子，从口子里看去，村子像个香包一样躺在那里。五月的舌头上就泛起一种味道，那是娘捂在盆里的甜醅子。五月想回家了。但艾还没有采上呢，这是一年的吉祥如意呢。五月就叫六月快走。不想，六月索性蹲下了。

哎哟，蛇！五月突然叫了一声，跑起来。六月在后面拼命追。不一会儿就超过五月，跑在前面，并且一再回头催，姐快跑啊。跑了一会儿，五月的腿就不听话了，就索性一屁股坐在路上，喘着粗气大笑。六月回头，看见五月坐在那里大笑，上气不接下气地问，你真看见蛇了？五月说，真看见了。六月说，蛇是啥样的？五月说，就像个你。六月说，才像你呢，你就是一条美女蛇。五月说，你不是说一点都走不动了吗，咋跑起来还比姐快？六月就看见他的心被五月的话划开了一条缝儿。是啊，当时明明走不动了嘛，怎么五月一声蛇，自己反而就跑到她前面去了呢？

哎哟，你看蛇！五月却坐在那里不动。六月装作真的样子跑了几步，回头看五月，五月还是坐在那里不动。五月说，娘说了，蛇是灵物，只要你不伤它，它是不会咬人的。娘说，真正的毒蛇在人的心里。六月说，娘胡说呢，人的心里咋能有毒蛇呢。五月说，娘还说，人的心里有无数的毒蛇呢，它们一个个都董障眼法，连自己都发现不了呢。六月就信了，就在心旦找。找了半天，也没有找到。最后，他发现问题不是有没有蛇，而是他压根就不知道心在哪里。问五月。五月也说不上来。六月的心里就有了一个问题。

娘说香包要缝成心形，心肩上吊三色穗子，心尖上吊五色穗子。一般情况下，每年的香包都是没有过门的“新媳妇”做好了让人送给婆家的。六月家没有没过门的“新媳妇”，就只能是娘和姐自己做了。这让五月六月心里多少有些遗憾。但五月比六月看得远，五月说，其实没关系，娘年轻的时候不也是咱们家的新媳妇嘛。六月一下子对五月佩服得不得了。六月说，是啊，可是她是谁的新媳妇呢？五月都笑死了。五月说，你说是谁的？六月想了想，没有想出个所以然来。五月说，爹啊，你这个笨蛋，娘是爹的新媳妇啊，还能是别人的不成？六月恍然大悟。

经五月这么一说，六月突然觉得娘和爹之间一下子有意思起来。还有五月，今年已经试手做了两个香包了。娘说，早学早惹媒，不学没人来。五月就红着脸打娘。娘说，男靠一个好，女靠一个巧，巧是练出来的。五月就练。一些小花布就在五月的手里东拼拼西凑凑。

但六月很快就忘了这个问题。因为五月真的看见了蛇。六月从五月的脸色上看到，这次姐不是骗他。五月既迅速又从容地移到六月身边，把六月抱在怀里，使劲抓着六月的手，然后用嘴指给六月看身边的草丛。六月就看见了一个圆。姐弟二人用手商量着如何办。六月说，我们的手腕上不是绑了花绳儿了吗？我们不是吃过供过了的花馍馍了吗？五月说，娘不是说只要你不伤它，它就不会伤你吗？六月说，娘不是说真正的蛇在人的心里吗？难道草丛就是人的心？五月说，人心里的那是毒蛇，说不定眼前的这条不是毒蛇呢。这样说着时，六月的身子激灵了一下，接着，他的小肚子那儿就热起来。五月瞥了一眼六月。六月的脸上全是蛇。

就在这时，那圆开始转了，很慢，又很快。当他们终于断定，它是越转越远时，五月和六月从对方身上闻到了一种香味，一种要比香包上的那种香味还要香一百倍的香味。直到那圆转到他们认为的安全地带，五月和六月的目光相碰，然后变成了水，在两个地方流淌，一处是手心，一处是六月的裤管。

娘教五月如何用针，如何戴顶针。五月第一次体会到了用顶针往布里顶针的快乐，把针穿过布的快乐，把两片布连成一片的快乐。五月缝时，六月趴在炕上看。真是奇怪，这么细的一个针，屁股上还有一个眼儿，能够穿过去线，那线在针的带领下，能够穿过去布，那布经线那么一绕一绕，就连了起来，最后变成娘说的“心”。有意思。手就痒了。就向五月要针线。让我也试试嘛。娘说，男孩子是不能拿针的。六月问，为啥？娘笑着说，男孩子要拿大针呢。六月问，啥叫大针？娘说，等你长大就知道了。六月就躺在炕上，在心里描绘那个大针。有多大呢？五月戴的是娘的顶针，有些大，晃晃荡荡的，针就不小心滑脱，顶到肉里去，血就流出来。五月疼得龇牙咧嘴。六月急着给她找布包。娘却没事一样。娘说，这一开始，就得流些血。六月就觉得娘有些不近人情。再看娘手中的针，简直就像是她干儿子一样听话。它在娘手里怎么就那么服帖呢？

山顶就要到了，五月和六月从未有过地感觉到“大家”的美好。每一个人看上去都是那么可爱。即使是那些平时他们憎恶得瞅都不愿意瞅一眼的人。六月给五月说了自己的这一发现，六月悄悄说，我现在看着德成咋就不憎恶呢。五月悄悄地说，我也是。

噢噢，噢噢，你看六月像不像一个新女婿。德成说。大家说，像极了。德成说，还领着一个新媳妇呢，脖子里还挂着红呢。六月有些羞，又有些气，却没有发火。

五月说，我们刚才看见蛇了。地生说，真的？六月自豪地说，当然是真的。地生说，别吹牛了，如果真看见，早尿裤裆了。六月的脸就红了。五月护短说，你才尿裤裆呢，如果是你，说不定都吓死了。地生说，如果是我，我就把它抓了烧着吃。五月说，吹老牛。地生说，不信你找一个来试试啊。

白云说，闭上你的臭嘴，我奶奶说，蛇可灵呢，它能听见呢。我奶奶还说，蛇是不咬善门中的人的。地生问，啥叫善门中的人？白云说，就是一辈子做好事的人家，还不吃肉，不吃有臭味的东西。雨雨说，还有补路修桥的那些人。白云接着说，我奶奶说，那时村子里发生蛇患，人们晚上想方设法关紧门窗，蛇也常常钻到被窝里，有许多人都被蛇咬死了。唯独李善人每晚开着门睡大觉，蛇却从来不去找他。六月说，真的？我奶奶说，千真万确。说着，白云上前拿起六月的香包看。

喜欢就送你吧，六月没有想到自己会说出这么大方的一句话。白云惊讶地看着六月，就像是发现太阳从西边出来了。六月接着说，喜欢就送给你。白云说，真的？五月咳嗽了几声。不想六月还是说，真的。说着拿下来给白云。白云迟疑着接过，有点担当不起的样子，又有点不相信这是真的样子。

噢噢，白云是六月媳妇。噢噢，白云是六月媳妇。

地生和德成拍着手喊。太阳就从六月和白云的脸上升起来了。

爹让六月舂香料。六月拿起石杵一舂，香料就捣蛋地跳出来。五月说，让我试试吧。爹说，女孩子是不能干这个活的。五月问，为啥？爹说，不为啥。五月的嘴就噘起来了。不为啥又为啥不让人舂。爹拿过杵给六月示范。那香料一点儿也不捣蛋了。六月再试，它们还是跳出来。五月说，就那么点香料，都让六月糟蹋完了。爹一边往石窝子里捡跳到地上的香料，一边说，爹刚学时，也是这样，得摸索，说不清的。

六月听爹刚学时也是这样，就大了胆子舂，直舂得香料在石窝子里乱开花。舂着舂着，那香料就服帖了。六月奇怪，当你小心翼翼地舂时，它反倒要跳，可当你不管它三七二十一，不怕它跳时，它反倒不跳了。这一发现让六月激动得头皮一阵阵过电，像是谁伸手一下子把他心里好多窗子都打开了。六月看五月，五月一脸的羡慕。六月就又心疼五月，有些事你是永远不能干的。

突然，六月发现这家里是分着两派的，爹和他是一派，娘和姐是一派。你看，这娘教姐学针，却不让他学。这爹教他拿杵，却不让姐拿。莫非这杵，就是娘说的大针？

五月无望地看着六月舂香料，终于觉得这事和自己无缘，就拿了花布开始缝香包。

随着六月杵子的一上一下，屋子里渐渐充满了香味儿。

雾渐渐散去。山上的人们一点点清晰起来，就像是一条条鱼浮出水面。六月东瞅瞅，西瞅瞅，心里美得有些不知所措。向山下看去，村子像只猫一样卧在那里，一根根炊烟像猫胡子一样伸向天空。娘和爹还在睡觉吗？娘和爹多可惜啊，不能看到这些快要把人心撑破了的美。

不觉间，太阳从东山顶探出头来，就像一个香包儿。山也过端午呢，山也戴香包呢。六月想。再看大家时，大家就像听到太阳的号令似的一齐伏在地上割艾了。六月问五月，为啥不等到太阳晒会儿把艾上的露水晒干了再采？五月说，这艾就要趁太阳刚出来的一会儿采，这样采到的艾既有太阳蛋蛋，又有露水蛋蛋。

这太阳蛋蛋是天的儿子，露水蛋蛋是地的女儿，他们二人全时，才叫吉祥如意。六月奇怪五月怎么把太阳和露水说成蛋蛋，蛋蛋是娘平时用来叫他们的。五月这样一说，六月就蹲下来，拿出篮子里的刃子准备采艾。

但是六月却下不了手。一颗颗玛瑙一样的露珠蛋儿被阳光一照，让人觉得它们不再是露珠，而是一个个太阳仔儿。六月一下子明白了五月为啥要用蛋蛋来称呼太阳和露珠儿。这样，一刃子下去，就会有好几个太阳蛋蛋死掉。

五月说，你发什么愣，还不趁着露珠蛋蛋刚醒来赶快采。六月说，我下不了手。五月问，为啥？六月说，我觉得这露珠儿太可怜了。五月就扑哧一声笑了，我还以为是你觉得艾可怜呢，真是个二愣，这露珠儿有什么可怜的，你不采，太阳一出来，它们也得死，它们就是这么个命。但是它们又没有死，明天早上，它们又会活过来。六月想想也是。接着心里升起对五月的崇拜来，他没有想到五月会说出这么大的道理来。

但六月还是下不了手。五月又笑了，说，如果你觉得它们可怜，你可以先把它们摇掉啊，让它躺到地里慢慢睡去，你再动手啊。六月觉得这个主意好，就动手摇。不想又把六月的心摇凉了。这一摇，让六月看见了一个个美的死去原来是这样简单的一件事。他第一次感到了这美的不牢靠。而让这些美死去的，却是他的一只手。六月看了看他的手，突然觉得它不单单是一只手，它的里面还藏着一些深不可测的东西，是什么呢？他又一时想不明白。但他又不甘心，这分明是我自己的手，怎么连自己都看不明白呢？六月第一次对自己开始怀疑起来。

六月开始采艾。采着采着，就把露珠儿的问题给忘了，把手的问题也忘了。六月很快沉浸到另外一种美好中去。那就是采。刃子贴地割过去，艾乖爽地扑倒在他的手里，像是早就等着他似的。六月想起爹说，采艾就是采吉祥如意，就觉得有无数的吉祥如意扑到他怀里，潮水一样。

一山的人都在采吉祥如意。

多美啊！

娘教五月如何往香包里放香料——先把香料均匀地撒在新棉花上，再把棉花装进香包里，然后封口。娘说，这样香包就既是鼓的，又是香的。六月问娘，为啥要鼓？娘笑笑说，就你问题多，你说为啥要鼓？六月说，叫我姐说。五月说，又不是我问的问题。六月说，鼓了五月女婿喜欢。五月就打六月。娘笑得嘴都合不上了。六月说，我看地地对我姐有意思呢。娘说，是吗，让地地做你姐夫你愿意吗？六月说，不愿意，他又不是干部。娘说，那你长大了好好读书，给咱们考个干部。六月说，那当然。等我考上干部后，就让我姐嫁给我。五月一下子用被子蒙了头。娘哈哈哈地大笑。六月说，就是嘛，肥水不流外人田，我姐为啥要嫁给别人家？娘说，这世上的事啊，你还不懂。有些东西啊，恰恰自家人占不着，也不能占。给了别人家，就吉祥，就如意。所以你奶奶常说，舍得舍得，只有舍，才能得，越是舍不得的东西越要舍，这老天爷啊，就树了这么一个理儿。六月说，这老天爷是不是老糊涂了。娘说，他才不糊涂呢。

等地娘娘把她的女儿全部从艾上收去时，大家开始收刃。六月站起来，看见五月的花袄子被露水打得像个水帘。五月把六月采的艾拿过去，用草绳束了，给他。然后用草擦刃子上的泥。太阳照在擦净的刃面上，扑闪扑闪的。五月翻了一下刃面，那扑闪就到了她的脸上。不知为何，六月觉得这时的五月就像一株艾。如果她真是一株艾，那么该由谁来采呢？六月被自己的这一想法吓了一跳。这一采，不就等于死了吗？可是，大家分明认为死是一件吉祥的事呢，要不怎么会有一山头的人采艾呢？六月又不懂了。

路上，六月看到别人采的艾要比他们姐弟采的多得多，就觉得他们家小孩太少了。

六月突然想到，爹和娘咋不上山采艾呢？问五月。五月说，因为爹和娘不是童男童女。六月问，啥叫童男童女？五月想了想说，大概就是铜做的吧？六月觉得不对，分明是肉，怎么说是铜做的。六月问，不是铜做的为啥就不能采艾？五月说，不知道，爹这样说的，你看，这上山采艾的，都是童男童女。六月的脑瓜转了一下。不对，这童男童女，是没有当过新娘和新郎的人。五月被六月的话惊了一下，回头看路后边的人，发现真是这么回事。看六月，六月的神情是一个等待。五月用一个揽的动作表达了她的夸奖。六月就感到了一种童男童女的自豪和美好，也感到了一种不是童男童女的遗憾。

端午往事

李约热

拉烈街的端午节一般是从节前头一个夜晚开始的。

在此之前的好些天，端午这个节日渐渐成为大人小孩的心事，这样的心事，必须由粽子叶、糯米、肥肉、黑豆或绿豆、铁锅、柴火以及咬牙切齿的决心、左顾右盼的较劲来抚平——这个时节，早春播下的玉米种子破土之后经过两次施肥已经长高，满坡满岭都是郁郁葱葱的玉米林；而水田里的稻子也在拔节抽穗。阳光和雨水交替倾洒，蝉声嘹亮，山花怒放，拉烈街的人们迎来了一年中又一个最能显示“家底”的节日。是的，上半年的收成基本已成定局，端午节一过，马上就是“双抢”（抢收、抢种），这个时候迎来节日恰逢其时——从某种意义上来说，节日是个加油站——不管日子过得好与不好，拉烈街的大人小孩都期待和这个节日迎头相撞。这个季节的风是热的，拉烈街好些人家的自留地里那些平时不起眼的粽子叶在热风的吹拂下沙沙作响——这是收割粽子叶的季节。这些叶片，节日前几天出现在集市上，出现在很多人家的水缸边——这些叶片，得熟悉主人家的水汽才不至于枯萎。平时水缸边不是粽子叶的地盘，而是烤烟叶的地盘，有人抽烟的人家，水缸边经常铺有又脆又黄的烤烟叶。烤烟叶吸了水汽之后变软，被锋利的菜刀一切，嗞，遂成男人女人的唇边之物。进入农历五月，水缸边的阴凉之地，终于等来了粽子叶，不光粽子叶，十斤、二十斤糯米也早已用清水泡好。不光是用清水泡糯米，有些人家还会用上一年留下来的稻草烧成灰掺杂在水里泡糯米，这样包出来的粽子会有浓浓的稻草香，且不容易变质。与此同时，包粽子用的猪肉——一般都是肉猪颈项部位（这个部位的猪肉耐煮）的，拉烈街人称为“槽头肉”的肉品（家境不好的人家会用价钱比较便宜的猪脚来代替）也在一天前用硼砂、酱油、盐腌好；而能让粽子百吃不腻的绿豆或者黑豆也已经被水泡得发软。于是，粽子叶、泡好的糯米、黑豆或者绿豆、腌好的槽头肉、绑粽子用的稻草等一干物品像扇面一样摆在男人或者女人面前。

前面说过，端午这个节日（不光端午节，很多节日）已经成为大人小孩的心事，这样的心事，必须由粽子叶、糯米、肥肉、黑豆或绿豆、铁锅、柴火以及咬牙切齿的决心、左顾右盼的较劲来抚平。现在，这些物品像扇面一样摆在男人或者女人的面前，毫无疑问，这些物品显示了一家人过节的决心，但是尘埃还未落定，喜欢争口气或者不甘落于人后的人家除了咬牙切齿的决心之外，在包粽子这件事上还要左顾右盼。我清楚地记得，节日前几天，人们在路上打招呼，说得最多的一句话就是：今年泡多少斤糯米？一句平常的问候，其中带有“知己知彼，百战不殆”的含义。今年包多少粽子？这在很多人家那里成了一场“暗战”。二十世纪七八十年代的拉烈街，每家每户的大门都是敞开的，家家户户包粽子的时候，只要你从街上经过，不经意地一瞥，哪一家包多少粽子都一目了然。于是你就会看到，好些不甘落于人后的人家（特别是平素与隔壁邻舍有些小矛盾，想在包粽子这件事上“扳回一局”的人家）会调整先前订下的“计划”。为什么会这样？因为根据确切的消息，某某家包的粽子比自己家的要多出不少。于是你会看到，街上卖糯米的地方、卖猪肉的地方，甚至是卖粽子叶的地方，突然就跑来好些个“补货”的人，之所以风尘仆仆，是因为泡米、腌肉需要一定的时间，如果不抓紧时间“补货”，那就来不及了，就要输给别人了。“明战”也好，“暗战”

也好，一阵忙碌之后，咬牙切齿的、心无旁骛的、左顾右盼的“粽子的主人们”安坐家中，粽子叶、肉、糯米、黑豆或者绿豆像扇面一样摆在他们面前，任由他们处置。

他们端坐在矮凳上，双腿并拢，膝盖上方垫着一块干净的土布——肉身成为可靠便利的“桌子”，粽子叶一铺，腿可不能抖，说屏住呼吸是有点夸张，万事开头难的谨慎那是必须有的，因为一碗泡软的糯米即将被倒在叶片上面，若腿一抖，湿滑的糯米被抖落，那是会被人笑话的。粽子叶有大有小，叶子大一点，糯米就多一点，这个时候膝盖上面青色的粽子叶就像一个小小的晒坪，湿漉漉的糯米可不是等待阳光，而是等待一双巧手细细打理。看啊，湿漉漉的糯米被一只手轻轻按压，压出一个凹槽，将切成条的槽头肉填在里面。槽头肉有大有小，大一点的说明家境富裕，小一点的说明家境有些窘迫，更窘迫的连小条的槽头肉都没有，干脆就是砍成小块的猪脚。这些大小不一的槽头肉或者小块的猪脚填在凹槽里，很快就被一把湿漉漉的糯米及黑豆或绿豆覆盖，这只是包粽子的第一步。接下来最考验人的就是怎么包裹怎么捆扎。你会看到，一双手在“晒坪”上轻轻聚拢，按压，“晒坪”上“一座”中间高两头低的“山脉”慢慢成型；紧接着，膝盖上的粽子叶一层一层将“山脉”围裹。你会发现，绑粽子用的稻草或者铁丝或者棉线早就“埋伏”在粽子叶下面，随着粽子成型，这些稻草或者铁丝或者棉线就暴露出来了，这些稻草或者铁丝或者棉线被一双巧手捡拾，缠绕，打结，最终将叶子里的糯米，糯米包裹下的肉品、黑豆或者绿豆捆扎得紧绷绷的。这是今年的第一只粽子，家人们都围过来端详，如果粽子被包得歪歪扭扭，那也没关系，只要包得紧、包得结实，丑一点又有什么关系？这只粽子啪的一声很快被投到铁锅里，只要不裂开就是好粽子，家人一点嫌弃的神色都没有；如果粽子包得有款有型，这只粽子会被全家人从你的手中传到我的手中，最后在“几乖的”称赞声中被投入铁锅。“几乖的”是拉烈街特有的形容词，大多用来形容食物标致的形状，煎出来的玉米馍“几乖的”，打出来的饼“几乖的”，包出来的粽子“几乖的”。

前面说过，拉烈街的端午节是从节前的头一个夜晚开始的。这个时候，整个拉烈街的粽子都被装在铁锅里，大人小孩的心事已经抚平，装着粽子的铁锅被抬到平时用来煮猪食的大火灶上，等待点火。关于拉烈街的大火灶，还得啰唆几句。在我们拉烈街，几乎每家每户都有一个大火灶，大火灶一般用来煮猪食——二十世纪七八十年代之前，家家户户养猪还没流行“生喂”，猪吃的和人吃的都必须煮熟了才行。家里的大火灶，一般都被单独砌，更多的是用湿泥巴舂在一个角落，孤零零的。煮猪食需要用大量的燃料，在拉烈街，煮猪食最常见的燃料是玉米秆、杂草和树枝。小的时候，我上学之余最重要的一个任务是捡猪菜和拔玉米秆。捡猪菜是一年四季都要做的事，拔玉米秆只有两个季节——夏季和冬季。玉米全身都是宝：玉米粒当口粮；大部分玉米秆当牛的饲料；脱了粒的玉米棒和少量的玉米秆当燃料，拿来煮猪食。那么，玉米秆是怎么变成燃料的呢？这得从收玉米讲起。玉米有两种收法：一种是收玉米的人斜挎着一个竹背篓，沿着玉米地，将玉米秆上的玉米棒一个一个地掰下来，撕掉苞衣，扔在竹篓里，这一片地的玉米都掰完了，玉米秆也没有马上被砍掉，而是留待完全干枯，一般都是十几二十天之后再去收割，然后用牛车拉回家里当燃料；另一种收法比较简单，用刀将玉米秆砍下，然后一捆一捆地用牛车拉回家中，还未干透的玉米秆剥掉玉米后被一台粉碎机粉碎成渣，当牛马过冬的饲料。不管是哪一种收玉米的方法，被砍掉的玉米秆最终有三四寸长留在玉米地里，最后由像我这样的孩子去将它们连根拔起来背回家中。所以每到收玉米的季节，半屋子堆的就是这些东西。在煮粽子的夜晚，如果你一家一户地去串门，你会发现，这些燃料越烧越少。当最后一根玉米秆在大火灶里燃尽，粽子熟了，拉烈街上个收获季正式终结，而新的收获季也正式开启。

回到端午节的头一个夜晚。大火灶里的火燃了起来，照亮了“守夜人”的脸。煮粽子一般要持续七八个小时，所以端午节的头一个夜晚，每家每户都有一个负责煮粽子的“守夜人”。守夜人有男有女，有老有少。在拉烈街第四生产队，从街头到街尾，最出名的守夜人有两位：永祥和爱群。永祥没有家眷，家中只有他一个人。端午节的时候，永祥也跟街上的人一样，泡糯米，腌肉，包粽子。永祥在家里“守夜”，他的好朋友小平和白克会来陪他。他们三个是榨油坊的工友，他们一边往火灶里添玉米秆或者树枝，一边喝酒、唱歌，唱的是《沙家浜》里的《困难吓不倒英雄汉》，还改了词：困难吓不倒第四队，四月荒，有米吃……榨油坊是我们最喜欢去玩的地方，我们经常去那里看牛被蒙着眼睛，拉着石头轮子转圈碾压桐果，看永祥、小平、白克他们三个人怎么榨油：拿一根大大的木头撞击架子上的开关，随着一声声巨响，桐油汩汩流出来……那是在白天，到了夜晚，我们可不敢去榨油坊，因为榨油坊后面有很多坟茔，夏天的夜晚，会有很多“鬼火”忽闪、追逐，令人害怕。端午节的夜晚，小平和白克在永祥家陪永祥煮粽子。小平和白克家里的守夜人是他们的老婆，煮粽子不用他们操心。他们三个人坐在永祥家的大火灶前，不停地往大火灶里塞燃料，不停地喝酒唱歌：困难吓不倒第四队，四月荒，有米吃……天差不多亮的时候，喝得半醉的永祥从锅里捞起热气腾腾的粽子，放在火灶旁边摆着酒杯、酒瓶和一些炒玉米粒之类的下酒菜的桌子上，一边用嘴吹，一边用手解开捆在粽子上的棉线，光滑诱人的粽子出现在三个人面前。永祥用棉线“割”开粽子，然后三个人三个碗三双筷子，他们像扒米饭一样将粽子扒到嘴里，熟了！熟了！好吃！好吃！而爱群这个守夜人，跟永祥又不一样，永祥家端午节的头一晚，永远都是永祥、小平、白克一起守夜，爱群家守夜煮粽子，是她和她的九个儿女，从最小的孩子五妹，到最大的孩子阿娇，端午节的头一晚全部陪在她身边，这是拉烈街少有的事情。爱群的九个孩子，轮流在火灶前面打瞌睡，他们宁愿打瞌睡的时候头磕到地上，也不去睡觉，为什么会这样？除了能最早吃上粽子之外，爱群的孩子们还有一个任务，就是在粽子煮熟的时候，哪怕天还没亮透，九个孩子要分头给家中的亲戚送粽子。端午节的早上，爱群家的九个孩子提着粽子分头走街串巷去敲亲戚家的门——没有人比他们更早出现在拉烈街的街头。他们出现在街头的时候，就意味着：端午节来到啦。

问心之日

李元胜

日子如流水东去，永不停留，却又周而复始，回到一年之初，形成一个闭环。

对于我来说，这个闭环有一个隐蔽的缺口，仿佛光阴会在此停顿，有时几天，有时若干年。

这个缺口是一个节日——端午节。

节日本来就像是渡口，或者车站，每个人的光阴之河，会在这些节点交集或共振，让你不那么孤独。很多年里，端午节对我来说，意味着春夏之交，好玩的夏天即将到来，还可以吃到清香的粽子，如此而已。

在1985年的初夏，这个普通的节日对于我突然具备了特殊的意义。

那是我人生的首次跨界之年。工科毕业的我，本该按部就班成为工程师，因为有一个当诗人的梦，我极为大胆地放弃了专业，到重庆日报当起了记者，只因为报社文艺部领导承诺我，熟悉新闻工作后就可以做文学副刊编辑。我总觉得较工程师而言，文学编辑的工作距离诗人近多了。

我接受的工作任务之一，就是为秋天举办的重庆雾季艺术节做采访准备。艺术节邀请到曹禺、刘厚生、张瑞芳等50位抗战期间在重庆工作过的剧作家、艺术家参加，对这个城市来说非同寻常，对媒体来说也非同寻常。

作为一个惴惴不安的新手，我不得不异常勤勉地到市图书馆查阅资料，为自己补抗战期间文艺界的历史课。说来也巧，正是端午节那天，我在一份资料里读到：1941 年的端午节，于右任、郭沫若、阳翰笙、老舍等共同举办了第一届诗人节，主题是纪念屈原，学习他爱国忧民的诗人精神，此后诗人节延续数年，反对内战，争取和平、民主与自由等也成为诗人节的主题。

那一份资料，看得我两眼放光，激动不已。那天离开报社很晚，深夜，从公交车上下来，慢慢走路回家，一路踩着香樟树叶，浓郁的香气让我神清气爽，白天的激动带来的涟漪尚未停歇。

什么样的文学才是有价值的？什么样的人才称得上诗人？我在心中不停地问自己。

尽管从大二起就开始诗歌写作，也发表了一点习作，但我觉得自己不是诗人，因为我所写的只是笨拙的模仿，还没有开始独立的创造，更严重的是，它们和我的精神世界几乎没有关联。

正是端午节的所读所思等因素，促使我做出了影响一生的决定：从零开始苦读，尽快掌握写作规律，一定要写出和他人不一样的作品来——在此之前，不再发表习作。

工科学生的学习方式比较简单直接，文学没有公式，这不要紧，一定有很多类似于公式的铁律隐藏在古今中外的文学名篇中，只要你是有心人，慢慢读，慢慢探索，就能发现。何况，研究文学规律的人和流派也不少，以他们的研究成果来引路，又会事半功倍。

在独自苦读、摸索数月之后，我挑中的引路者是四十年代起在英美盛行一时的新批评，因为这个流派使用的文本分析方法，颇有点理工科的风格——很科学，求实证，甚至，有点机械得可爱。

当时搜罗不到新批评代表著作，我能研读的都是片段或者二手的，但这已经够了。我由此展开了旷日持久的个人细读，其中一个重要的部分，就是我私下命名的“技术性阅读”，即寻找藏于文本中的创作规律，继而进行分析、汲取、试用。

为了确保阅读的深入，我经常挑好一本书，周日清晨带上水和干粮，乘坐公交车，辗转上南山，随便选一条小道，散步读书一整天，黄昏时又辗转坐车回家。有时几小时，就反复拆解一首小诗，看上去寂寞枯燥，其实其中的千山万水、峰回路转让人十分过瘾。

又经过了一个端午节，继而是炎热的夏天，到秋雨绵绵时，我在文本里看到的无数公式仿佛茫茫水汽，回旋在书房里，让我不禁技痒，产生了强烈的写作冲动。

我靠在书架上，停顿近两年后重新写诗（中间只改写过之前的习作），写得很顺畅，毫不费力，而且是我之前从未尝试过的写作——

给

我坐在屋里
手却在大墙的外面
摸寻着这个秋天最后一片树叶

墙外的树
它沉默的时候很像我
它从树干里往外看的时候很像我

它几乎每分钟都在长树叶
我们在一起的时候它长树叶
我们不在一起的时候它也长树叶
但两种树叶绝不相同
这你不知道

你想我的时候它长树叶
没想我的时候它也长树叶
但两种树叶绝不相同
这就我知道

它几乎每分钟都在长树叶
然后把它想说的从树枝上掉下来
落在离我的手不远也不近的地方
就在你向这边走来的时候
那片树叶
落在离我的手不远也不近的地方

1986 年 11 月

这首稚嫩的小诗由内蒙古的《草原》杂志《北中国诗卷》发表，又被《诗选刊》杂志选载，引起了一些文学刊物诗歌编辑的注意，他们开始主动向我这个无名作者约稿。一首小诗竟成了我在中国诗坛的敲门砖，之后的诗歌发表之途一路顺利。

推敲原因，这首小诗的写作，源于我在阅读中的积累，源于对文本后面的诗歌写作规律的不断探索，而出发点，却是由端午节开始的自我追问。虽然不免稚嫩，但有自己的想法和线路。

有此际遇，一年一度的端午节，成了我阶段性的创作总结和自我问心的节点，自然，也就成为我漫长诗歌写作之路上的加油站。

2020 年，我接到一个陌生电话，电话那边用不太熟练的普通话说："老师，你中奖了……"我以为是骗子，直接挂断了，把手机扔到身边的桌子上。那边继续打了过来，我有点好奇——现在的骗子这么执着了？于是又拿起了手机。

“是李老师吧，你获奖了，你的诗歌获奖了。”这次我听清楚了，人家说的是获奖。

“是不是搞错了？我并没有参评什么奖。”这一点我很肯定，不参评已经很多年了。

电话那边有点着急，匆匆地向我解释了一番，说他是汨罗市的，说我去采过风，按评奖规则，采风活动所写作品自动参评。

的确，我去采过风，对我而言还不仅仅是采风，是又一次不可回避的问心。

那是前一年的端午节前夕，我和诗友们共同造访了屈子沉江的汨罗市，在这位距今遥远的诗人的生命终点站纪念他。

汨罗江起源于湖南东北部，经平江县、汨罗市后，与湘江携手汇入洞庭湖。我第一次见到汨罗江并漫步在它的江畔，震惊于它的无边水波，在此之前我一直以为它是条瘦弱的小河。

仿佛有神奇的力量牵引，不管是在江边漫步，船上远眺，还是和诗友们聊天，那几天，总有诗句不经意间飘过脑海，只好悄悄掏出手机默默记录。

在湖南的最后一晚，我把记录的诗句亘温了一遍，很惊讶，所有句子都是自己的触景生情，无一句与屈原有关。

细读了几遍，我发现了一个事实，即这些笔记悄悄回避了此行最大的感触，回避了我在江畔散步时的身心震撼，相比我这段时间偏舒适的写作趣味，这些惊涛骇浪更难以把握和书写。

“这可是个大问题！”沉吟的我不禁脱口出声，还好，房间里并无他人。

如果不是这番细细盘点，我都没意识到，这一年的写作和之前确实有所不同。之前唯恐不难，唯恐不新，遇到没有涉足的陌生区域反而激发斗志，屡败屡战，绝不后退。

过了知天命之年，一不小心，就过上了惯性写作的舒服日子，这怎么行？

第二天，高铁一路飞驰，从长沙出发，经广西、贵州，向重庆，一路山水向后倒退而去。临窗的我，却逆向而行，从眼前的景物，经过长沙、汨罗等市，一直深入汨罗江边，到我身心震撼的那一刻。

词开始聚集，我凝神推敲后，挥手打散。在下一个车站，词又聚集，再被打散……如此循环，终于，有一些词沿着某个脉络，分别形成了树的主干、枝丫和树叶，我无法也不忍打散，于是掏出手机，把它们记录下来。

6 月 9 日，端午节，我放弃了原来计划参加的文学活动，在家里闭关写诗，此行的笔记多达 200 行，而最有价值的几乎全部来自高铁的几小时旅行，来自那些枯燥又困难的回溯、推敲和沉思，这一天的写诗，可谓“挥金如土”，仅仅几首诗，就把有价值的笔记挥霍一空，剩下的被我视为华丽无用的空中楼阁。

无数次在端午节写诗，都不如这一天写得过瘾。写了汨罗江与屈原，再写洞庭湖，写完后，连喝茶都觉得不过瘾了，给自己倒了一杯白酒，然后到露台上慢慢喝，庆祝自己又一次不曾放弃，总算把诗写到了自己的及格线以上。

汨罗江边的屈原

乌云密布，一个读懂了万千雷霆的人
还能有什么别的命运

楚国已到尽头，雷鸣声中
十万伏电流正经过他

也许不止从天而降的不测
还有十万山鬼，十万少司命

借过，借过，十万横世之水
曾经的日月星辰，也要经过他重回九天

汨罗江就是在那一刻变轻的
它跃起，扑向他，成为他的一条支流

2019 年 6 月 7 日

洞庭湖之诗

雨后，有人按住洞庭湖抽它的丝线
那些沉没多年的，由此重回人间

我说的是写作，借一场电闪雷鸣
按住自己的肉身，但是我们还有值得抽取的吗

伟大的事物早已远行
像无形之龙，挣脱湖水的囚禁

汹涌着的我们，是它放弃的幽暗波涛
沉默着的我们，是它脱在岸边的一对靴子

2019 年 6 月 7 日

汨罗江是屈原的人生终点，从这里看屈原，终究是一个倒叙的过程。

而楚国丹阳的秭归，现在的湖北秭归县，是屈原人

生的起点。如果能从秭归的角度、从少年屈原的角度去看他的一生，会不会有什么不同？我经常这样想。

一个普通的楚国少年，成为能发出“天问”震撼人间千年的屈子，这过程经历了什么？发生了什么？

这是很不普通的一生。普通的一生只是小溪流，能从山间密林中偶尔露出点波光就已不容易。而屈原的一生是大河，他收纳同时代的万千溪流，自成万顷波涛……“路漫漫其修远兮，吾将上下而求索”，他毕生都在追问生命的价值、美的价值、理想的价值。而这，发生在遥远的半蒙昧的时代。

当端午节和屈原紧密联系在一起之后，这一天绝不仅仅是某一个人的问心之日。龙舟竞发、粽香四溢的时刻，也是所有人再次确认生命价值的时刻，确认人间情怀价值的时刻。

2022 年端午节前夕，我游历湖北，专程绕道去了秭归。

那一天，暮春之雨笼罩小城，向家坪的屈原祠有如水墨画中的远山一角，我在祠前徘徊良久，仿佛一个近乡情怯的人。无穷的思绪有如烟雨，在脑海里聚散不定。

人生从开始到结束，有如一次云游，有小溪汩汩之游，也有大河浩浩之游。后者可以以一人之力扫荡时代，余音不绝；前者其实也有曲径通幽的生命之美。没有众多的小溪，也就叠加不出奔流的大河。或者说，恰恰是众多小溪的不甘心，才堆积成大河的惊世天问。

所以，我们虽为平凡小溪，也不可因自身之小而放弃“下问心，上问天”的追求，可能这才是屈大夫最希望看到的。

在归程中过了端午节，也写了一首诗纪念这次向家坪之行，嫌写得拖沓，后来又猛删了一阵才定稿。也一并抄在这里：

过向家坪

青石板路深深嵌进广场，仿佛时空交错的证据

仿佛，意外从时代的钢筋混凝土里脱落出来

一条从这里出发的江，一身白衣
经历短暂欢呼，也经历漫长流放

最终，失去波浪，再失去河床
像无枝可依的露珠，只能悬挂在后人的诗句上

此地的悲声，到哪一年才停息？
为楚国定制的未来，已和现实擦肩而过

我来的时候，细雨初停
像解体已久的古国，只剩一点凉意

石板路呈现出金属的光泽
像云游归来的江，疲惫的骨架展开在蓝天之下

2022 年 6 月 22 日

香草味弥漫的端午庆典

海　男

最美的端午节都来自过去，那时候，一切庆典都是缓慢而充满情趣的，五月初五这一天，我们生活的那座小城，到处都是香草的味道。我对于端午的记忆都来自县城的菜街子，就一条三百米长的并不宽敞的小巷，从古到今都是人们购买蔬菜瓜果的地方。两边的店铺都是卖烟、酒、茶、大米和调料的，店铺外就是木架立起的摊位，只要走入这条街，你就可以购买到厨房里所需要的任何物品。

小时候跟母亲在端午节这一天去买粽子，母亲首先看见了艾叶和菖蒲，母亲每一次到菜街子都充满了激情……对于每一种瓜果蔬菜，母亲都可以叫出名字，并有趣地讲出如何烹饪，要加什么佐料，等等。母亲似乎对艾叶和菖蒲的存在充满了情感，她说端午节那一天一定要在门外墙上挂一束艾叶和菖蒲……我问母亲挂了有什么用？母亲有些诡秘地说：“你不是害怕鬼吗？挂上了艾叶和菖蒲，鬼就进不了家门了……”我惊讶地看着母亲说：“这是真的吗？那我们可以天天挂吗？为什么只有端午节才挂艾叶和菖蒲？”

面对我质疑的目光，母亲很认真地说道：“挂一次就管一年了，鬼就不来了。”整条街巷中都弥漫着艾叶和菖蒲的味道。母亲早已经将一束用稻草捆好的艾叶和菖蒲握在手中。我说：“我来拿吧。”清凉的植物来到手中，仿佛果真就具有了一种驱除妖邪的魔力，不过，大白天的，鬼也是看不见的。在我心里，白天是没有鬼的，因为鬼害怕太阳，这些东西也是我从母亲的话里，慢慢悟出来的。

哦，满街的人，无论男女，这一天都是来买粽子、艾叶和菖蒲的。我冥冥中感受到了人们对于仪典的敬畏和欢喜……下一步，我们将去买粽子。母亲说：“时间太忙了，明年我们自己包粽子，我亲自带你去田野和池塘边采艾叶、菖蒲。”这个不经意的承诺，让我对明年的端午节充满了幻想和期待。

其实，最真实的端午节就是今天。有些粽子早已成型了，母亲带我到了一家正在包粽子的摊前，母亲从来都是我人生中最细腻而有情趣的老师，她说：“你想吃粽子了吧！”是啊，我仿佛嗅到了煮熟了的粽子的味道，果然看到一只炉子上的铝锅里，煮熟了的粽子扑腾扑腾的……母亲看了我一眼说：“忍着点吧，我们买新鲜粽子回家去煮，会更香甜的。”我知道，母亲一直勤俭持家，那个年代，手里就那么一点点钱票，都是捂得皱巴巴的，每一分钱都要计划着去使用。

我看见粽叶绿绿的，肥肥的。我想知道粽叶是从哪里来的。母亲告诉我湖边的芦苇荡就是粽叶的宝库，芦苇叶就可以包粽子……哦，摊位上的一位中年妇女正在熟练地包粽子，旁边的水桶里是白花花的糯米，我们看的这家摊位上，每一只粽子里边都会放上一颗红枣，好馋人啊！母亲说："我们回家煮粽子过端午节吧！"走来走去的人们，最终都会带着粽子回家。

母亲提着粽子，我手里拿着艾叶和菖蒲，内心欢喜。回到家以后，第一件事就是将手里握热的艾叶和菖蒲认真地挂在门外墙壁的钩子上。那天晚上，我们每人都有一个用绿叶裹着的粽子，桌上的小碗里还有白糖……哦，这一年的端午节让我们尝尽了甜蜜。到了晚上，我便留意着墙上的那束艾叶和菖蒲（黄昏以后，我还到墙边嗅了嗅植物的香味），进屋以后，我就感觉到一种祥和的气息来临了，因为我相信母亲的话，端午节挂上艾叶和菖蒲以后，传说中的那些妖魔鬼怪就不会来了。节庆以后，等待我们的是另一种生活。时间太快了，转眼又快到第二年的端午节了，我牢牢地记住了母亲的话，离端午节竟然越来越近了，我提醒忙碌不休的母亲说，她说过的，今年要带我去寻找艾叶和菖蒲，我们要亲自包粽子的。

那天，母亲回到家，摘下了宽边草帽，告诉我说，明天恰好是星期天，让我早点起，跟她到乡村就会实现梦想的。哦，这确实是一个小梦想。第二天，鸟语声唤醒了我，母亲肩上背了一只篮子带上我出发了。母亲带我走的都是乡间小路，我们走到了一座池塘边，母亲说："你还记得去年的菖蒲吗？"我眼前出现了同艾叶捆在一起的那长长的叶片，它们在我心灵中是驱邪的植物香草。母亲首先看见了一大片艾草，她走上前俯下身嗅了嗅。母亲说："我们多采点吧，给邻居们也送一些……"母亲先从旁边摘了些树叶枝条，用手卷了卷，就变成了天然的绳子，大自然真是神奇啊。然后带着我开始采艾叶，我们轻轻地将艾叶枝一根根折断，将采下来的艾叶枝条捆起来，放在篮子里，我手上留下了一股艾叶的清香味。在水塘边，母亲很快又发现了菖蒲叶丛，它们也是一大片一大片地生长着。

我们又开始采菖蒲，还看见了一群野鸭在水塘里游泳。突然，我在水边的草丛中发现了野鸭生下的一堆蛋。我把母亲叫过来，让她来见证这个奇迹。母亲说：“今天是一个好日子。”她一边说着一边将野鸭蛋捡起来放进篮子里。在那个凭票据购物的年代，捡到了七八个野鸭蛋，无疑是上苍给予我们最好的礼物。母亲还在篮子里垫了一层层草叶，将野鸭蛋之间也分别隔了草叶，以免它们碰撞损伤。

接下来，我们又在水边寻找到了芦苇丛，雨后的苇草绿得如此光亮。那一天，母亲就这样带我实现了去年的梦想。我们背着篮子里的香草回家后，就开始包粽子——母亲出门前已经将糯米泡在水盆里。亲手制作粽子，使端午节更增加了节庆的欢喜，妹妹们也来参与，摘下的香草还送给了几家邻居。

我亲自捆好了一束艾叶和菖蒲，取下了去年挂上的、早已干枯的那束，新一年的端午节庆，必然要挂上新的艾叶和菖蒲。从这一刻开始，我深信，在未来的一年里，只要墙上挂着艾叶和菖蒲，妖魔鬼怪就会离我们远远的。一种吉祥如意的情感和意念从香草中升起，也许这就是民间过端午节的另一种寓意。

从厨房中飘出了粽子的香味，这一年，我们的端午节还增加了几个绿色的野鸭蛋。上苍赐予我们的礼物，除了品尝之外，更重要的是留在了我们的记忆深处。自此以后，在那座小城，每到端午节，母亲都带着我们到村野间采撷香草，这件事延续了很多年，直到我们出了家门，为了生活和梦想，去寻找自己的旅路。尽管如此，每年的端午节大多数时间都是在母亲身边度过的。

时光飞逝，我们留不住云层的变幻，只有在草木枯竭和萌发出幼芽时，我们才知晓世界像一个人的秘密，从来不会提前为你揭晓谜底是什么。俗世者都离不开长夜漫漫的冥休，只有睁开双眼后看见的太阳，才是新日子的开始。

随同年华不断的增长，我们才知道过去和现在之间，承述的现实和梦想之间，不变的就是那些古老的仪典。犹如墙上挂着的艾草、菖蒲的隐喻，自从童年时，母亲在小城的菜街子给我讲述了端午节香草的神秘之后，每年的端午节我都会起一个大早，到农贸市场去买香草。我知道早市的菜品都是最新鲜的，是刚刚采撷过来的。我循着艾草的香味而去，没错的，艾草的香味是任何花草无法取代的。每一次去买端午节的香草，总会想起在那个夏花开始绽放的日子，我跟在母亲身后去乡野采集香草的美好时刻。那些从乡野之上冒出来的绿色，就像是因为我们的到来，正在热烈地生长。

人们无论有怎样的新潮流生活，面对古往今来的仪典，仍然充满了敬畏和期待。而且，我感觉到现代人过节日要更热闹和奔放，尤其是年轻人更是把节庆过得风风火火。他们在节庆中寻找现代元素，再加上端午节文化的源远流长，人们在追忆着一个叫屈原的伟大诗人，诗人们将端午节称为中国式的诗人节。

粽子的包装和更新演绎了粽子文化。现代的粽子，根据各个地域的物产，其外形和内核都有更新的配置，比如云南生产的粽子，就有云腿粽、鲜花粽、香菇粽等。虽然内核千变万变，但外在的包装始终离不开古老的粽叶。人们喜欢在端午节这一天品尝粽子，各种口味的粽子，不仅仅是美食，也是人们对过去时光的一种缅怀。

我曾去过一座乡寨，参加了他们的端午节活动。村外就是一条小河，妇女们都端着小凳子坐在河边包粽子，亮晶晶的水从膝下流过，水边生长着菖蒲，不远处的山地上长满了艾草，这里的香草要更香一些。村民们说，吃粽子是为了祭祀天上的人，是为了让地上的庄稼更丰饶，所以，在端午节这一天，村里的人都要穿上压箱底的盛装，将煮熟的粽子挂在树上，让天神带走。那天黄昏，村口的每一棵树上都挂满了香喷喷的粽子。

哦，天神真会带走粽子吗？那天晚上，我睡在村民家里的客房中，整个晚上我似乎都在聆听外面的动静。安静极了，仿佛迁移到了另一个星球。我对另一个存在的星球保存着距离和想象，离我很远的星球上是否有端午节？是否能采撷到水边的菖蒲和艾草？是否有糯米和白糖？是否有诗人的位置？这一切都是谜，无法解释也无法找到答案。

第二天一早，我就去看树上的粽子是否被天神带走了。昨天看见的一串串用绿树条捆起来的粽子，依然悬挂在树上。一位长者经过我身边，他似乎看出了我的疑惑，告诉我说，天神已经在昨天午夜将树上的粽子都带走了，留下的仅是粽子本身而已。我开悟了，突然感觉到人世太容易陷入虚空，太容易被虚无世界感动，而我所遇见的这座古朴的村寨，本就是一道温柔的光束。

端午节并不是热烈的节庆，它甚至显得更阴柔一些，犹如女性的肩膀上那条被风拂过的丝绸。很长时间以来，我都在端午节前后，想念那个古代的诗人和那条传说中的江流。我仿佛已经一遍遍用肉身经历过了诗人的磨难，而我是否可以替诗人赴死？亦可以替诗人重生？这是一场更虚无的因果关系，也是端午节的诗学魅力。我愿意去迎接每一年端午节的庆典，这基于从小母亲对我的训导，她那温柔的声调从我出生以后，就像风穿过了我的身体。

在每一年的节庆中，端午节是一个被香草弥漫的日子，每到这一天，无论在哪里，我都不会错过从山间走廊、城郊和空中楼阁飘来的香气。母亲老了，端午节这一天，她仍断断续续地念叨着有没有挂上艾草和菖蒲，有没有买回粽子，等等。我们将煮熟的粽子，还有煮熟的芽蚕豆、大蒜和鸭蛋等端到她面前。这一天，大多数人家都要准备这些可食之物——民间有传说，吃了这些东西可以避邪。是啊，当食物产生了它的意义，人们食用它时就有了信念和寄托。

剥粽叶时，我们都保持沉默，那层层叠叠的绿叶，紧裹着大地的又一食谱，人们食用它后，就感觉到已经过了端午节了。母亲剥粽叶时，目光很安静，我不知道她是否还记得很多年以前，她带领我出发的那个早晨……时光如果仍然停留在那个时间段，那么我们就会一次次地返回原乡。于是，我决定出发，这是又一年的端午节前夕，我真的出发了。

有时候，人只是为了一个最单纯的念想而返回多年以前的地方。我们离开那座小镇已经很多年了，我脚尖上踢过的羽毛毽子早就不见了踪影。在小镇上陪我长大的那些当时的成年人，很多人都已经作古了，另一些人已经认不出我来了。很多年少时的孩子，早已经走出家门，到地球上的另一些经纬度中去生活了。我像一个陌生人，是啊，街景物事早已不再是昨日景象。

仅仅是为了寻找母亲带领我去的那条小路，我都费了很多时间。当时走出镇子有许多条小路，每一条小路通往的都是乡村田野，然而，我却无法再寻找到那一条条小路了。我在小镇外的一条宽敞的路上左顾右盼，猜想着可能是小路被拓宽了，所以便像往常一样走进了田野，我知道顺着田埂往前走，就像在星罗棋布的宇宙中行走，从一条庄稼地上的田埂也能走到另一条路上去。哦，我竟然看见了一群白鹭也在田野上行走，它们并不在意我在它们身边行走。后来，那群白鹭起飞了，但它们飞得并不远，几分钟后就朝下面飞扑而去。就这样，我被白鹭引领着，寻找到了多年以前母亲带我采集艾草、菖蒲的池塘边缘。白鹭就在水边嬉戏，但看得出来，这群白鹭经常在这座池塘边栖居，它们就像回到了自己的故居。

我只是个来寻找旧梦的人，因母亲老了，我替代母亲，也替代我自己，在端午节前夕，前来采撷旧时梦乡中的香草。不远处，有人在耕地，有人在牧羊，有人在打电话，世态变了，但有些古老的东西是不会变的。我从小路走过去时，就已经看见了一片片的艾草，像从前一样，在端午前，这一片片的艾草长得很茂密。

我采集后，又找到了细密的枝条将艾草捆起来，所有这一切都是母亲当年亲手教会我的。

我走向了池塘边缘，哦，很快就看见了像当年一样的菖蒲，依然是一丛丛地生长在水边……我又想起了那个与端午香草有关系的伟大的诗人屈原，我还想起了屈原热爱的那条江，以及他一生在黑暗中所求索的理想生活。我开始采撷，将这些绿色的菖蒲同艾草捆在一起，就能驱逐妖邪。我在追索从幼年开始跟随母亲寻找香草的小路，同时也在追索人生的谜底。

我带着从旧日田野上采集的香草，乘几小时的高铁回到了我生活的城市，走出车站，抱着香草满怀激情地奔向母亲所住的小区。我打开门，母亲像往常一样戴着老花镜在看报，我站在离母亲几米远的地方，我想让母亲嗅到我怀中的香草味……我想，母亲一定会嗅到多年以前的味道的……

母亲抬起头来，我静静地站在三米之外的地方，我怀中的香草味道浓郁地掠过这小小的空间，也自然会飘到母亲身边。这些香草味道，来自许多年以前，母亲头戴宽边草帽带着我走上的那条小路……母亲终于说话了，她放下了手中的晚报，摘下了老花镜，她说："明天就是端午节了，你抱着的是艾草、菖蒲吧！"我走上前，将手中的香草靠近母亲说："是的，明天就是端午节了……"我力图唤醒母亲的记忆和嗅觉。

母亲突然发现了什么，她摘下了我衣服上的一根草茎，轻声说："你去采集艾草了吧……"母亲的目光像孩子一样纯净，这是母亲进入老年以后，最为显著的特征。我说："是的，我到那座池塘边去了，这一次我没有拾到野鸭蛋，但看见了一群白鹭……"母亲说："艾草真香啊！"我说："我明天就把它们挂在门外。"

母亲说："好啊，挂艾草，吃粽子……"我有一种莫名的感动，轻轻拥抱了母亲一下。像当年一样，我将从池塘边采集而来的香草，分了一半送给新邻居，女主人很高兴地说："真好啊，明天就是端午节了。"

母亲撑着拐杖来到门口，看见了挂在墙壁上的香草，她很安心地笑了笑说道："这一年都不会有妖邪了。"我内心有一种无限的喜悦，母亲说的每一句话，都接近禅语，给予我新的力量。自那以后，每到端午节前，我都会乘上列车回到那座小镇，为了一个记忆，有了每一年的往返，更为了回到那座池塘边，看万物复苏的场景，有时在池塘也会拾到野鸭蛋，有时也会看到成群的白鹭迁徙的路线……最终结果，就想亲自采撷水边的香草，献给母亲，也献给这个年复一年的庆典。端午，每一年的庆典，在我们的版图上都会有各种各样的粽子纷纷上市，这是一个伟大的庆典和祭祀活动。

每次当我将艾草、菖蒲挂起来时，正是端午节那一天太阳普照大地的时辰，因为我们有了一个又一个的梦想和庆典，内心就有了怀念往事时的情感。大地上生长的香草啊，每一年，我都会情不自禁地奔向你们生长的山野，每一物都是生命的意义中衍生出的传说。当我欣喜地采集到香草时，我会奔向母亲，奔向一个永远的庆典，我深信世界上所有的节庆都是因生命而创造的，所以，每当端午节到来时，我们品尝着粽子，每一个人都向着绵延的时间致意。

端午记忆，或者生命片段

高　兴

童年，小镇，节日

一个词语，在瞬间激活记忆，通道敞开，再一次回到日益清晰的童年，回到童年中那座隔三岔五就会下起毛毛雨的江南小镇。

那时，小镇真是座小镇，宁静，朴实，没有公交车，也不需要公交车，步行，半个小时，便可以从镇子的这头，走到镇子的那头。路上几乎全是熟悉的面孔。

那时，物质和精神双重匮乏，小镇生活也就显得封闭、单调和灰暗。幸好还有童心、想象和好奇，幸好还有童心、想象和好奇催生出的各类游戏，幸好还有电影和节日，不多的几部电影，不多的几个节日，可以暂时为日常注入某种欢乐和诗意，成为沉闷生活中的缓冲和光照。于是，那个年代，期盼节日，就是在潜意识中期盼某种变化和突破，绝对是小镇上大多数孩童最初的“革命”心理。记忆中，印象最深的三个节日是端午、中秋和春节，它们点缀着江南春夏秋冬四个季节。回想起来，这三个节日又好像有着不同的属性。端午更多的是种味道，属于嗅觉，米和肉、枣、叶的奇妙混合，那种好闻又诱人的香味，鼻子难以抗拒。中秋更多的是幅画面，属于视觉，带点诗意和浪漫，河边，桥上，孩童们一边吃着月饼，一边睁大眼睛，盯着夜空中的明月，久久地，仿佛想看看上面是否真的有月宫，月宫中是否真的住着大人所讲述的嫦娥、吴刚、玉兔和蟾蜍。而春节则是场喜庆大会，是霸气的节日之王，突破所有感官界限，烟花，爆竹，灯会，新衣裳，压岁钱，亲友们围坐在圆桌旁，饮酒，聊天，唱戏，品尝着平时难得品尝到的菜肴，感受着平时难得感受到的欢和喜。

几十年后，读到乡贤顾颉刚先生于20世纪30年代写的文字：“因为一个人在生命的长途中，时时在求安慰，一定要有了安慰才能奋勉地从事工作，不灰心于一时的痛苦；而这种节令的意义是在把个人的安慰，扩充为群众的安慰，尤有重大的关系。”

“把个人的安慰，扩充为群众的安慰’，这句话说得实在精准。先生在特殊时代所理解的节令，对于艰难时世，尤有针对意义。

端午，母亲，厨房

临近初夏，记忆围绕着端午，点点滴滴，形成我的特殊心情。

在江南故乡，端午受到普遍的重视，已成悠久的传统。小时候，每逢端午，家家户户都要包粽子。是节俗，是仪式，也是默契，甚至还像纪律，其中包含着一丝隐秘的、团结一心的意味。孩童无知，并不十分明白端午的含义，只隐隐约约从大人口中听到一些传说，关于伍子胥，关于屈原，关于铸剑造镜、驱邪避毒，关于龙舟竞渡，似懂非懂，只晓得是个古老的节日，节日就有好吃的、好玩的，就能让日子换副面孔，就能看到父辈们开心的样子。一连好几天，初夏的小镇，处处都飘溢着粽子的暗香，空气仿佛都显得亲切和温柔了许多，更不用说心情了。那样的日子，特别喜欢出门，约几个伙伴，在小镇的石子路上溜达溜达，享受享受不一样的气氛。有时，走着走着就走到了大运河边。坐在运河边，望着来来往往的驳船，纳闷它们将驶向何方。

直到长大成人后才意识到，那样的日子，恰恰是母亲最辛苦的时光。母亲最辛苦的时光，都在厨房度过，都与厨房有关，整天忙忙碌碌，进进出出，没完没了。厨房是她的岗位，是她的空间。以至于，很长一段时间，我都有这样的感觉：有母亲的身影，那片空间才能叫厨房；否则，它就不完整，就名不副实，就空荡荡的。

那片空间独立，但不大，也简陋，在天井的那一头，是带屋檐的瓦房。砖砌灶台，水缸，煤炉，一张小桌子和两三个小凳子，就是它的全部了。灶台有两个灶眼，放着两个大铁锅。一个专门用来煮饭。另一个用来炖汤、做菜。灶台里侧堆着高高的柴火。做饭时，架柴火极讲究，架得好，就能控制火候，并延长燃烧时间。母亲先要到里侧，蹲下身子，架柴火，点柴火；等火势稳定，锅热得差不多时，再站到灶台旁，做饭，炒菜，或热饭，热菜；然后，过几分钟，再到里侧侍弄柴火，如此反反复复好多回。真是里里外外忙个不停。

夏天闷热，待在厨房里，实在不是滋味，简直可以说是煎熬。冬天，厨房却是个温暖的地方。我们都争抢着要为母亲侍弄柴火。望着炉膛里燃烧的火焰，闻着渐渐冒出的香味，冬天，于我们，甚至有了童话的色彩。捷克诗人霍朗在其诗作《雪》中这样写道：

子夜，下起了雪。此刻
厨房无疑是最好的去处，

哪怕是无眠者的厨房。

那里温暖，你可以做点吃的，喝点葡萄酒，

还可以透过窗口凝望你的朋友：永恒。

有一天，当读到这首诗的英文版时，我随手将它译成了汉语，好似对上了接头暗号，立即想到了母亲，想到母亲的厨房。厨房记忆，让我一下子贴近了这位遥远的中欧诗人的内心。诗歌消除边界，我相信。这首诗，最该献给天下的母亲们。

粽子，孩童，心意

母亲一行动，我们就进入了端午节奏。于我们，端午从来就不仅是一天，而是一段说慢也慢、说快也快的时光，伴随着期盼和回味，不断地被拉长，随后再聚焦。

为了过端午，母亲提前十来天就得做各种各样的准备。每天都起大早，赶到市集，一一购得中意的粽叶、糯米、红枣、小豆和鲜肉。回到家后，立马钻进厨房，开始清洗粽叶、红枣和小豆，淘洗糯米，身边摆着一只放满清水的大盆，糯米、粽叶、红枣和小豆都需要在清水里浸泡，只是浸泡的时间不同。母亲掌握着种种技巧和秘诀，讲究着每个工序和细节，体现出了专业精神。没错，最早的专业精神，是母亲教我的。还有那暗含诗意的丰富性。若只包一种粽子，不知会省多少事。但母亲不惧麻烦，一心追求丰富，每次都得包好几种粽子：红枣粽子、小豆粽子、肉粽子，还有白粽子。而白粽子是要蘸着白砂糖吃的。孩童们自然最喜欢肉粽子了。肉，切成块状，事先用调好的作料煨上一段时间，然后再包进粽子里。不能用纯瘦肉，得用肥瘦均匀的肉。等粽子煮熟了，肥肉会完全融化到粽子里，只剩下瘦肉，味道之香之美，全写在了我们的表情上，吃得我们只是一个劲儿地欢叫：好吃！好吃！好吃！这样的粽子，我能一口气吃三四个。

母亲每次都要包几百个粽子，往往要连续劳作好几个晚上，然后亲戚朋友、街坊邻居每家送几个。那是朴素的心意，粽子心意，特殊时代特殊的心灵交流。而递送粽子的任务就交给我们几个孩童。一件大受欢迎的事，我们都争着抢着要去完成。一路的赞美和感谢，还有回赠，我们替母亲领受着，为母亲骄傲着。都夸母亲真是心灵手巧，都赞母亲包的粽子就是好吃。回到家，将这些夸赞转告母亲时，便看到母亲脸上绽放的笑。

过节，孩童总是欢呼着迎接。恨不得天天都是节日。永远闪着光的记忆啊！我们之所以怎么都忘不了像端午节这样的传统佳节，是因为这些节日往往给家里带来了特殊的气氛，既热闹，又温馨。而那种气氛里又包含着浓浓的亲情和友情，绝对能滋润孩子以及大人的心灵。离开家乡已经很久了，如今，家乡的年轻人还会不会包粽子？我很想知道。

他乡，独白，幻觉

离开家乡十余年后，独自来到地球的另一端，念念不忘祖国的端午。与谁一道过端午？突然成了个问题。端午，又到端午，当你对着空气说出这句话时，异国的小镇寂静如梦。

急需某种方式，填补一片虚空。上网，阅读，再度潜入母语，许是有效的选择。读端午，读屈原，读传说，读《襄阳风俗记》：

屈原五月五日投汨罗江，其妻每投食于水以祭之。原通梦告妻，所祭食皆为蛟龙所夺。龙畏五色丝及竹，故妻以竹为粽，以五色丝缠之。今俗其日皆带五色丝，食粽，言免蛟龙之患。又原五日先沉，十日而出。楚人于水次迅楫争驰，棹歌乱响，有凄断之声，意存拯溺，喧震川陆，风俗迁流，遂有竞渡之戏。

在异国他乡，望着这一个个汉字，感觉像极了一只只眼睛，随即又变成一张张面孔。大声地念出每一个字，坚信天上或地上有人在听，一定的。是幻觉吗？

屈原的身影闪现，顶着各种各样的头颅。屈原在分身，在异名，分明也是杜甫、苏轼、岳飞、文天祥、王国维、穆旦、哥白尼、胡斯、狄金森、卡夫卡、佩索阿、舒尔茨、曼德尔施塔姆、茨维塔耶娃……他们一个个走来，又一个个隐去，天上随即添了颗星子，你看得真真切切，又惊心动魄。

此刻有谁在世上某处哭/无缘无故在世上哭/在哭我

此刻有谁夜间在某处笑/无缘无故在夜间笑/在笑我

此刻有谁在世上某处走/无缘无故在世上走/走向我

不知何时，里尔克也悄悄走进队列，带来了“严重的时刻”。是幻觉吗？

已在电脑桌前坐得太久，终于不堪凝望的压迫，你关闭电脑，走出屋门，沿着弯弯曲曲的小径，来到空荡荡的街头，企盼在不同的空间舒展一下执拗的身心。可蒙蒙细雨又在渲染一种莫名的情绪。偶然驶过的车辆暗示着某个你难以抵达的归宿。教堂的钟声隐隐传来，哥特式建筑环绕的广场骤然扩大，无边无际，一位美国老人拄着拐杖，颤颤悠悠地走来，远远望去，宛若一个挪动的逗号。五花八门的店铺几乎都已关门。霓虹灯变幻不定的闪烁成为后现代诗中的意象。你在玻璃窗前一次次站定，仿佛在一道道金钱筑起的樊篱前猜测着另一个世界的奥秘。此时此刻，码得整整齐齐的椅子没有一张能让你坐下。唯有纵横交错的街道任你闲荡，可湿漉漉的石子路留不下你的足印，你发现你最终无处可去。

端午时节，在地球的另一端，想给自己留出点时间和空间，去登高，去临水，去踏百草，却猛然发现依然缺少点什么。可你又不清楚到底缺少什么。一只粽子？一杯雄黄酒？一声乡音？一段评弹？

远离，就这样，成为另一种贴近。祖国，在端午之时，竟比任何时候都变得更加具体，细致，清晰。瞬间的领悟："祖国，不仅仅是一个栖息之地，生长之地，祖国是亲人、朋友、同胞、母语、风俗、文化等所构成的一种特殊氛围。此时此刻，祖国就是一个人的端午节。”

地球的另一端，离家园过于遥远的地方，你在白昼流浪时，亲人正在梦中栖息。昼与夜的隔离。拿起电话，又放下，实在不忍心让一声颠倒时差的“端午安康”惊扰亲人的梦乡。你宁可把所有的话语都憋在心里，或抛进空中。

黑海，奥维德，屈原，汨罗江

时空转换，康斯坦察，海边的城堡，成了我的临时栖息之地。窗外，就是白色的沙滩，就是无边的黑海。黑海并不总是黑的。它有时蓝，有时灰，有时白，有时黄，有时金黄，有时浅蓝，有时深蓝，而深蓝到一定程度，便成黑了。全是光的作用。色彩便是光。我常常走到窗前，看那片海怎样变幻着色彩。久久地停留，一时间，身与心都只为海吸纳，只为海存在，渐渐地纯净，渐渐地清爽，仿佛经历一次淘洗，又仿佛完成一次托付。托付给海。

谁又会想到，黑海边，这个看似寻常的地方，却和世界文坛一位源头性的诗人发生过深刻的关联。古罗马诗人奥维德，长诗《变形记》的作者，用布罗茨基的话，一个差点让此后两千年间的诗人“全都失业”的诗人，出生于富裕家庭，曾短期从政，后终究对政治提不起兴趣，开始专注于诗歌创作，因诗成就声名，也因诗触犯了罗马皇帝而遭遇流放的厄运。生命最后的十年就在这一带度过，并将孤寂和苦闷化作不朽的诗篇：《哀歌集》《伊比斯》和《黑海书简》。古时，这片土地名叫托密斯。

在奥维德曾经的流放之地，自然而然地就会想到《离骚》的作者，中国诗人屈原。屈原，同样出身于贵族家庭，同样走过仕途，因坦荡和耿直同样遭遇被放逐的命运，同样将诗歌当作与黑暗抗衡的有效武器，用诗章纾解着孤寂、悲愤和绝望。奥维德坦承：

> 尽管在这里被刀剑之声包围，我仍然
> 尽力用诗歌减轻命运的苦难。
> 虽然没有人能侧耳倾听我的吟诵，

如此却可打发难熬的时光。
所以，我还活着，还能承受苦役，
还没有被忧惧岁月的疲惫吞噬，
都应感谢你，缪斯：因为你给我慰藉，
你让我忧愁止息，病痛缓解。

这其实在某种程度上也道出了诗人屈原的心声。屈原，奥维德，奥维德，屈原，虽处不同的时空，但他们的人生，却有着太多的相似。只不过，奥维德更加柔和，更加懂得变通，尽量远离政治，将艺术当作自己的替代故乡。屈原，更加固执，更加决绝，更加忧国忧民，总是心系故土，甚至将故土当作高于自身的存在，眼见自己的祖国陷入沦丧时，毅然用怀石自沉于汨罗江这一行为艺术，写出了一生最震撼人心的悲壮的诗章。

总有两个镜头在我脑海中不断闪回：奥维德徘徊于黑海之滨，屈原伫立在汨罗江畔。两位诗人时而各自独立，时而又相互重叠，甚至打破时空，打破语言障碍，开始响彻寰宇的心灵对话：

长太息以掩涕兮，哀民生之多艰。
余虽好修姱以鞿羁兮，謇朝谇而夕替。
既替余以蕙纕兮，又申之以揽茝。
亦余心之所善兮，虽九死其犹未悔。

——屈原《离骚》

你只需——以诸神的名义，最值得信赖的那位
翼护着你的荣誉不断增辉——
忠诚不渝地看护我这位放逐者，以免
期盼的好风抛弃我的小船。

——奥维德《黑海书简》

即便在流亡中，悲悯，善良，忠诚，对美的向往，对荣誉的珍惜，依然是两位诗人最看重的心灵追求和诗歌品质。在黑海边的日子里，我曾经不止一次地想象：倘若汉语中的屈原遇见拉丁语中的奥维德，哪怕

仅用声音、眼神和举止交流，他们也完全有可能成为知音。

端午节，几位热情的华侨早早就送来了粽子。请罗马尼亚友人一同品尝，并给他们讲述端午节的起源。种种传说中，屈原传说最具人性光泽和爱国情怀，显然也最能打动他们。“奥维德，屈原就是黑海边的奥维德，更是我们的爱明内斯库。”罗马尼亚友人激动了起来，“我们要是也有端午节这样的节日，该多么美好。”他们感慨。他们提到的爱明内斯库，是罗马尼亚最伟大的民族诗人，他已以永恒的方式，成了黑海边的“永久居民”。

那段日子，一有空，我便会走出城堡，来到海边，来到爱明内斯库的半身塑像旁。那是海边视野最辽阔的所在。站在那里，总有一种幻觉：仿佛就站在海上。爱明内斯库面朝着大海。面朝大海，是诗人爱明内斯库唯一的愿望：

我还有个唯一的愿望：

在夜的静谧中

让我悄然死去，

头枕辽阔的大海，

让我缓缓入梦，

躺在树林的旁边，

在无垠的海面上，

让我拥有晴朗的天空。

我不需飘扬的旗幡，

也不要豪华的棺木，

只愿你们用嫩绿的树枝，

为我织一张温馨的小床。

……

这浪漫的愿望，仅仅属于古典时期，在今日看来，近乎奢侈。世界早已面目全非。宁静也早就被打破。海边，一片喧嚣。尤其是夏天。夏天，是海边的节日。到处的人群。到处的喧嚣。人群纷纷来到海边留影，来与爱明内斯库合影，来与奥维德合影。可一百个人中，恐怕有九十九个已不再读他们的诗歌。唯一的愿望，也就是唯一的孤独。过于喧嚣的孤独。

孤独中闭上眼，再睁开时，黑海竟然就变成了汨罗江，怎么都绕不过去的汨罗江。多么神奇！虽然迟到，可终究还是来到了。一个幸福的迟到者。是诗歌在施展魔法吧。是屈原在散发恒久的魅力和神力吧。

屈原之名，永远都是最有力的召唤。汨罗诗歌文化艺术节，数百名诗人和文人，从四方赶来，集合于汨罗江畔，屈子园中，祭奠伟大的爱国诗人屈原。

正逢隆冬，风，不停地从开阔的汨罗江面上吹来。残留的几片芦苇随风摇曳。偶尔，有三两只水鸟从我们眼前掠过，飞向不远处的湿地。我们全然忘了寒冷，也忘了时间，只是静静地看着江水，听着江水。听江水阵阵的絮语和微妙的传达。听水浪中汹涌的宁静和宁静的汹涌。如同万物，江水自有江水的心灵。因了一位不朽的诗人，汨罗江水的心灵，随着时光的流逝，已变得那么饱满、丰富和博大。总也看不够和听不够的汨罗江水。

出不入兮往不反，平原忽兮路超远。

带长剑兮挟秦弓，首身离兮心不惩。

诚既勇兮又以武，终刚强兮不可凌。

身既死兮神以灵，魂魄毅兮为鬼雄。

我们都听到了，江水在吟诵，屈子在吟诵，带着浓重的口音，坚定和豪迈中深藏着别样的柔情。

那一刻，汨罗江畔，天地之间，所有人，都情不自禁地加入了这场奇迹般的吟诵……

端午的粽子

张学昕

从一月一日的元旦、三月三日的上巳、五月五日的端午，到七月七日的七夕、九月九日的重阳，这些重数节日如同岁时序列项链上的璀璨珍珠，也徐徐回荡着一年节时的内在旋律。刘晓峰在《东亚的时间》中曾这样描述鲜明的内在节奏："与大自然的四季迁化有机地组合在一起，与一个又一个精彩的节日传说结合在一起，为先民的时间轨迹雕上了美丽的刻度。"而处于农历四、五、六月三个夏季月中核心地位的端午，因其气候与收成关系密切，而与春节一同构成古时预卜丰歉的两个重要时期。作为有着悠久历史与丰富民俗的节日，五五相重的端午，有着众多的称谓，例如重五节、五月节、天中节等以时间特征为标志的名称，还有粽子节、龙舟节、女儿节、浴兰节等具有民俗意味的叫法。每个名字后面，都有着异彩纷呈的故事，或者源远流长的观念。从晋时周处的《风土记》中的“仲夏端午，烹鹜角黍”，到宋代陆游的“粽包分两髻，艾束著危冠”，再到清代翁同龢的“绿豆糕甜角黍香”，包孕着一半烟火、一半诗意的“粽子”，构成不同时期、不同地域的人们心中的“有味清欢”。

“楚人悲屈原，千载意未歇。”端午时节吃粽子的习俗与屈原的传说息息相关。刘敬叔在《异苑》中说：“粽，屈原姊所作。”这便将粽子与屈原直接关联。南朝梁吴均《续齐谐记》中记载：“屈原五月五日投汨罗水，楚人哀之，至此日，以竹筒子贮米，投水以祭之。汉建武中，长沙区曲忽见一士人，自云三闾大夫。谓曲曰：'闻君当见祭，甚善。常年为蛟龙所窃，今若有惠，当以楝叶塞其上，以彩丝缠之。此二物蛟龙所惮。'曲依其言。今五月五日作粽，并带楝叶五花丝，遗风也。"屈原作为文化符号，叠加着历史真实和民间记忆。以粽子慑蛟龙的神奇传说，也随着时间变迁增添想象的浪漫色彩。而故事背后，是民众在粽子中所寄寓的对"哀民生之多艰"的屈原，以忠见谤、以信见疑的经历的凭吊和同情。睹物思贤的背后，是生命的温度和关怀的力量。迟子建在《故乡的吃食》中对父亲所讲的"人们包了粽子投到水里是为了喂鱼，鱼吃了粽子，就不会吃屈原"表示怀疑。"我那时一根筋，心想：你们凭什么认为鱼吃了粽子后就不会去吃人肉"，"但我想他一定是个了不起的诗人，因为世上的诗人很多，只有他才会给我们带来节日"。在历史的洗礼中，屈原不仅仅是具象化的个体存在，还成为承载着家国情怀的文化符码。世人"作粽"，不仅是对民间集体想象的呼应与传承，还寄托着追思先人、祈求平安的心愿。还可以注意的是，"竹筒贮米"和以

“楝叶五花丝”作粽，既是粽子的初期制法，也是早期南方稻作民族制作主食的方法。前者在新砍的竹筒中贮米注水，置于火上烤成熟食；后者以楝树叶或菰叶包裹黏米，用线裹扎，烹而啖食。“端阳好插秧，家家谷满仓。”制作粽子的手工艺术和文化传统，不仅寄寓着人们的精神追求和价值情感，还绵延着农耕时期人们顺应天时、遵循自然的生存智慧。

粽子文化在不同朝代的不同演绎，犹如一幅幅烟火漫卷的生活画轴，棱镜般折射出社会的多个侧面。秦汉以前的端午主要以“蓄兰沐浴”为风俗，即以兰汤沐浴来达到驱邪、驱瘟的效果。《楚辞》中有记“浴兰汤兮沐芳”，《大戴礼记》中也记“五月五日蓄兰为沐浴”。汉时的端午出现五色丝、桃印等压胜物。东汉应劭的《风俗通》中记载：“五月五日，以五彩丝系臂者辟兵及鬼，令人不病温。”《后汉书·礼仪志》中记：“以五月五日，朱索五色印为门户饰，以难止恶气。”五色丝、桃印成为当时人们辟恶除瘟之物。魏晋南北朝时期，端午和夏至在习俗上出现合流的倾向。彼时人们采药主要以艾草和菖蒲为主，五色丝在巧手慧心的制作下品类更加丰富。这一时期，角黍成为重要的时令食品。《风土记》中提到“午日，以菰叶裹黏米煮熟，谓之角黍”“以象阴阳相包裹，未分散也”。徐君倩还曾描摹除夕守岁时吃粽子的情景：“酒中喜桃子，粽里觅杨梅。”唐朝端午被看作“角黍之秋，浴兰之月”。粽子也被定为节日食品。《唐六典·尚书礼部卷第四》中记载“节日食料谓……五月五日粽䅉”。此时出现了“百索粽子”“九子粽”“庾家粽子”等多种品类。其中“九子粽”便是用彩线将九个粽子捆在一起，是御赐之物。唐玄宗有诗：“四时花竞巧，九子粽争新。方殿临华节，圆宫宴雅臣。”宫廷宴享时，皇帝常以粽子作为赏赐之物，以示对大臣的亲近与敬重。“射粽”也成为增添玩乐氛围的竞技风习。《开元天宝遗事》中提到，宫中端午时节，会造滑腻纤小的粉团、粽子置于盘中，再制作纤巧的小角弓，架箭射盘中粉团，射中者食之。“渚闹渔歌响，风和角粽香。”生生不息的端午粽香，凝聚着生活的诗意与情感。

翠叶披覆，彩丝裹身。发展至宋代的粽子在制作手艺、选材用料等方面更为讲究。人们往往在四月初就开始进入端午节俗的准备期。孟元老在《东京梦华录》中记载的“端午节物”便以“粽子”为代表，还有“百索艾花、银样鼓儿花、花巧画扇、香糖果子”以及白团等。“自五月一日及端午前一日，卖桃、柳、葵花、蒲叶、佛道艾，次日家家铺陈于门首，与粽子、五色水团、茶酒供养，又钉艾人于门上，士庶递相宴赏。”粽子作为应季食品，常被做成各式精巧的模样。欧阳修《渔家傲》里有“五色新丝缠角粽。金盘送”。《西湖老人繁胜录》中称“角黍，天下惟有是都城将粽揍成楼阁、亭子、车儿诸般巧样”。《武林旧事》中记载，市井中时常“杂植艾蒲葵花，上挂五色纸钱，排钉果粽”。柿干、赤豆、银杏等成为粽子的馅料。“自笑平生为口忙”的苏轼，在诗中曾写过“不独盘中见卢橘，时于粽里得杨梅”。以杨梅入粽在宋代诸多文人笔下都有记录。司马光在《和子渊除夜》中写道：“强取酒卮浮翠柏，懒开粽叶觅杨梅。”欧阳修的《端午帖子·皇帝阁六首》（其二）也记载："彩索盘中结，杨梅粽里红。"张邦基则在《墨庄漫录》中对"粽里杨梅之句"感到怀疑，"今人未见以杨梅为粽。徐公乃守岁诗，杨梅夏熟，岁暮安有此果。岂昔人以干实为之耶。东坡以角黍为午日之馔。故借言之耳"。以"烂樱珠之煎蜜"来"养吾之老饕"的苏轼在儋州时，以鱼干、虾仁、豆子、咸蛋黄等作为粽子的馅料。温一壶诗韵，慢煮粽香，成为众多诗人的日常。宋时吃粽也多蘸白糖，"莫问腕头缠百索，且将粽子吃沙糖"。当时开封还发展出"解粽"的游戏。《岁时广记》中记："京师人以端午日为解粽节。又解粽为献，以叶长者为胜，叶短者为输。"人们以粽叶的长短来赌输赢。端午粽子的仪式表象下，蕴含着种种历史的情境和富有意趣的生命哲思。

元时的端午在粽叶选择方面逐渐突破季节的局限，菰叶之外，箬叶也成为包裹粽子的材料。粽子作为时食，被诸多文献记载。《析津志辑佚》里关于"午节"的风俗条目中列举了香粽。"岁纪"条目中记"五月天都庆端午”时，也提到粽饼和杭米粽。明代端午成为官方休假日。从宫廷至民间，粽子都是端午的必备节食。《大明会典》中礼部关于端午供食的记载里，有“粽子一碟，菜四色”。田汝成在《西湖游览志余·卷二十》中记：“端午为天中节，人家包黍米以为粽，束以五色丝线。”而《月令采奇》中则提及“粽名甚多，形制不一”。“有角粽、锥粽、茭粽、筒粽、秤锤粽、平进粽、菜粽、角黍粽、九子粽。又曰角黍，盖取阴阳尚包裹而未分之象也。又有滴粉团、干团、水团、白团之异，京师以端午为解粽节。”清代，端午与中秋、岁首并称为“三节”。粽子成为祭祀之用品。《帝京岁时纪胜》中记载：“家堂奉祀，蔬供米粽之外，果品则红樱桃、黑桑椹、文官果、八达杏。”粽子也成为人们互相馈赠的佳品。《清嘉录》中提到“市肆以菰叶裹黍米为粽，象称锤之形，谓之‘称锤粽’。居人买以相馈贶，并以祀先”。《燕京岁时记》中也言及“每届端阳以前，府第朱门皆以粽子相馈贻，并副以樱桃、桑椹、荸荠、桃、杏及五毒饼、玫瑰饼等物。其供佛祀先者，仍以粽子及樱桃、桑椹为正供”。火腿粽也成为当时食用的潮流。袁枚在《随园食单》中记录“扬州洪府粽子”的制作方法：“取顶高糯米，检其完善长白者，去其半颗散碎者，淘之极熟，用大箬叶裹之，中放好火腿一大块；封锅闷煨，一日一夜，柴薪不断。食之滑腻、温柔，肉与米化。”粽子的变迁，投射着不同时代具体可感的社会生活。对粽子的历时性巡礼，也意味着对历史体温的感知，以及对文化精神的承继。

延续至今的粽子节俗，在不同的地域绽放着不同的光彩。它既包含着人们对生活的热忱与虔诚，也寄托着平安幸福的祈愿和对美好生活的向往。早期的粽子是将黍米和水包于叶中，煨熟而食。黍米又称糯粟、糜子米，呈明黄色，黏度很大，常用作年糕或者酿黄酒的原料。黍米也称大黄米，旱作谷物。用黍米做出的粽子，黏黏的，甜甜的，口味清淡又散发着谷物的香气。满族的辘轳歌中便有关于大黄米的吟词，即“五斗水五月节，黄米粽子五个枣”。现在的粽子多为江米粽子，用的是乳白色的籼糯米。与适合做酒酿的粳糯米相比，它的米粒是细长的椭圆形，口感也更硬弹。浸泡四小时以上的糯米包出的粽子，在去粽子叶时能看到拉丝的效果，蘸上细白糖，香郁黏滑。我吃过的江米粽子有北京的豆沙粽、西安的蜂蜜凉粽、四川的辣粽、壮家五彩粽、客家灰水粽等。值得一提的是肇庆的裹蒸粽。听说它并非单纯为纪念屈原，更多是以“裹蒸”来寄寓“蒸蒸日上”的美好生活愿望，同时还象征着来年丰衣足食的幸运。“外包冬叶三几片，糯米绿豆放里边，肥肉芝麻作肉馅，裹好扎牢蒸半天”，便是它甘香软滑的奥秘。与竹叶相比，冬叶柔韧，更为防腐。将其裹上当年的绿豆和糯米，加入五香粉和曲酒，用蒲草捆扎成四角山包形，放入大甑或铁桶，用明火煲煮十小时以上，这样便能齿颊留香。别具一格的粽子巧思下是淳朴、安居乐业的生活愿景。

“甜中意，咸欢喜。”在粽子的文化地理中，不得不提的是有着“老底子”的嘉兴粽子。它时常以蛋黄和鲜肉为馅儿，以宽大的徽州伏箬包裹。徽州的粽叶一年一季，开春发芽，梅雨季节时长成“梅箬”。而伏箬便是在盛夏时节所采的箬叶。此时的粽叶，承载着大自然馈赠的阳光、雨露和土地的养分，处于恰好的状态——翠绿幽香，质地柔软。若是肉粽，必须选用肥瘦相间的五花腩和后腿肉，加入黄酒和酱油腌制，与糯米一同蒸煮。糯米中还会加入食用碱，拌入甜润温和的玫瑰糖。这样才能色泽金黄，糯而不糊，肥而不腻。嘉兴盛产糯米，清代嘉兴府知府许瑶光重辑的《嘉兴府志》卷三十三《物产》中便记载了三十余种的糯米。诸如白壳、乌簔、鸡脚、虾须、蟹爪、香糯、陈糯、芦花糯、羊脂糯等。据说嘉兴粽子与善制粽的兰溪人入禾（嘉兴简称“禾”）有关。他们多以弹棉花为主业，淡季时便挑担沿街叫卖自家做的粽子。1921 年，张锦泉在张家弄创办首家五芳斋粽子店。后来冯昌年和朱庆堂也在张家弄开设五芳斋的店铺。三家分别以“荣记”“合记”“庆记”为号，直到 1956 年合为一家。五芳斋粽子，在咸甜适中、香糯可口中，沉淀着嘉兴粽香的悠悠岁月。《舌尖上的中国》中说：“嘉兴人踏实放心的一天，是从一个热腾腾的肉粽子开始的。”

我也曾去这座有着古镇烟火的江南水乡，在软糯咸香的口感中品味嘉兴日子的富足与温暖。月河古街的小桥流水与白墙青瓦，见证着粽子的前世今生。禾城四门的谚语中，也有关于粽子的风景。“北门米脚子，南门大粽子，西门叫花子，东门摆架子。”这是嘉兴的老滋味。

吴藕汀在《药窗杂谈》中提到嘉兴粽子与湖州的关联。“张家弄的粽子，我记得战前最早在望吴桥，沦陷时期在大街上塔弄附近，不知何时迁入张家弄叫‘五芳斋’，已经记不清了。湖州‘千张包’很有名，恐怕就是你说的‘包圈’。这样说起来，嘉兴的粽子，还是湖州‘诸老大’移植过来的，不过发展了，变成了嘉兴的特产。”与嘉兴菱角般形状的粽子不同的是，湖州盛产长条四角形的“枕头粽”，并且坚持着传统的手艺线缠，这样蒸煮能受热均匀、咬劲一致。它还要求文火炖足四小时，将江米的糯性、筋道发挥至最佳。听说地道的湖州人是爱吃且会吃的，秋冬吃羊肉面，春夏吃千张包，闲时来碗青豆茶。在“秋风起，蟹脚痒”

的季节，他们倚靠着碧波三千顷的太湖，以一壶菊花酒，四五只肥美的熟醉大闸蟹，慢悠悠地度过韵味悠长的一天。白先勇的《第六只手指》中，回到台湾生病后的明姐“变得性格起来，世俗的琐琐碎碎，她都不在乎了，干脆豁了出去，开怀大吃起来。明姐变成了美食家，粽子一定要吃湖州粽”。熟谙各地民俗风情的唐鲁孙也曾说到湖州粽子的“流传之广”，旅台人士无不对“精美醇烂的肉粽”有着莼鲈之思。“湖州粽子也是全国知名的，台北卖的烧肉粽除了一部分是台湾口味外，此外像九如一类的饮食所卖的粽子，差不多都是以湖州粽子作号召。”在《饮馔杂谭中国吃》中，他言及湖州粽子在粽叶选择方面的精细，“尤其包甜粽所用的粽叶，最好采用带有青色的新竹叶，吃的时候有另一种清远的幽香”。在《湖州的板羊肉和粽子》中，唐鲁孙还提到茶食店“褚大昌”最初是在夜间河街叫卖猪油豆沙甜粽的。“他做的粽子，糯米拣得精，绝不会掺有沙砾，豆沙洗得细，吃到嘴里甜度适中，不太甜也不腻口。尤其粽子包扎的松紧，恰到好处，糯软不糜，靠近豆沙处不夹生，靠近粽叶处不黏滞，这是别家粽子做不到的。因为生意越做越兴隆，过后又添上板栗鸡肉粽、火腿猪肉粽”，还“训练一批人手，专门包扎甜咸粽子”。我吃过“诸老大”的玫瑰豆沙粽和板栗鸡肉粽。彩色的绳子将它们裹得细细长长。前者用的是绵软的奶油色圆糯米，枣红色的豆沙很细腻，听说打皮澄沙后还会用猪板油炒过；而后者用的是上好的长兴板栗，肉质入口不柴不腻。湖州的粽子有的是精工细作，有的是独具匠心。

然而，我对湖州粽子的熟知并非来自在街头巷尾，以及白墙乌瓦的融会着徽派和江浙风格的建筑中，体悟到的生活的悠闲，而是源自儿时读金庸的武侠小说的记忆。生于嘉兴海宁市的金庸，对江南粽子特别是湖州的粽子情有独钟。在《神雕侠侣》里，他写杨过与金轮国师大战后受伤，被程英搭救。程英裹了几只粽子给杨过作点心，“甜的是猪油豆沙，咸的是火腿鲜肉，端的美味无比，杨过一面吃，一面喝彩不迭”。程英还说：“我家乡江南的粽子天下驰名。”《鹿鼎记》第十七回中，双儿也是端了一盘粽子招待韦小宝。“韦小宝闻到一阵肉香和糖香”，看见碟子中放着的四只剥开的粽子，提起筷子便吃，“入口甘美，无与伦比”。他两口吃了半只，说道：“双儿，这倒像是湖州粽子一般，味道真好。”双儿微感惊异：“你真识货，吃得出这是湖州粽子。”而韦小宝口中咀嚼，含含糊糊地说：“这真是湖州粽子？这地方怎么买得到湖州粽子？”对此，金庸解释道：“浙江湖州所产粽子，米软馅美，天下无双。”丽春院的客人常差韦小宝去买。“粽子整只用粽箬裹住，韦小宝要偷吃原亦甚难，但他总在粽角之中挤些米粒出来，尝上一尝。自到北方后，这湖州粽子便吃不到了。”“米软馅美”的是湖州，“天下驰名”的是江南，这简简单单的节令美食是萦绕于金庸内心的珍馐密码。

“节序重重过，京华物物新。”人们的粽子情结不仅生发于历史酝酿的文化传承和地地道道的吃食口感，更在于其贯连的悠悠往事所触动的内心柔软。“心在千山外”的迟子建笔下的端午，承载的是水袖烟波的故乡日常。“端午节来了。家家户户提前把风干的粽叶泡好，将糯米也泡好，包粽子的工作就开始了。粽子一般都包成菱形，若是用五彩线捆粽叶的话，粽子看上去就像花荷包了。粽子里通常要夹馅的，爱吃甜的就夹上红枣和豆沙，爱吃咸的就夹上一块腌肉。粽子蒸熟后，要放到凉水中浸着，这样放个两天三天都不会坏。”端庄、绵密的文字质地，传递的是迟子建柔情、安稳的目光，那是一个作家对故乡的深邃凝望和抚慰。真实的情愫丝丝缕缕地浸漫于黑土地，裹挟着房屋、牛栏、菜园等生活的气韵，让迟子建关于生命经验的书写，保持着一种“晶亮的文字品格”。苏童抒写的粽子，投射的是心底的一抹明亮与温暖。在《祖母的季节》中，他写道：“我们白羊湖一带的人都包‘小脚粽’，大概算世界上最好看最好吃的粽子。祖母把雪白的糯米盛在四张粽叶里，窝成一只小脚的形状来，塞紧包好，扎上红红绿绿的花线。有一只粽子挂到我的脖子上了，我低头朝那只粽子左看右看，发现祖母包的粽子一年比一年大，挂着香喷喷、沉甸甸的。”而

"去年端午节前后","年近古稀但并不糊涂,直到去世没干过一件糊涂事"的祖母,"坐在后门空地上不停地包粽子,几乎堆成了一座粽子山"。后来 "我在祖母留下的旧粽叶下面出出进进,总能闻到白羊湖边芦苇的清香,春天那个祖母的季节就浸润着这股清香。我料定在每年的端午节,祖母还会将温暖的手伸向我,在我的脖颈挂上那只用红线扎紧的'小脚粽'。我挂着这只粽子跨出家门,走过村弄,在白羊湖一带燕子样掠过。走过春天走过秋天,即使在白羊湖外面的世界里,祖母的粽子也会留下永恒的清香"。在触碰端午与故乡的脉搏时,苏童赋予细腻的感觉以诗性的审美体验,在怀旧的意绪中淘洗着记忆中的生活铅华,确证着情感的温度和生命的根由。

我出生在东北三江平原上的黑龙江佳木斯,那是我国东北部边陲的一个中等城市。记忆里,小时候每每临近端午,我就盼着它能再快一点到来,其实就是想着可以吃到粽子了。记得每年母亲总是会包两种粽子——江米和大黄米的,里面还会掺入大枣等配料。香香糯糯的粽子，沉淀着无数个关于端午的旧时光。母亲包粽子的场景，既是记忆里远去的风景，也化为时不时浮现的心灵驿站。汪曾祺在《端午的鸭蛋》中曾提到“系百索子”，即“五色的丝线拧成小绳，系在手腕上”。我们儿时也常见的，叫作“系五彩绳”，有着祈愿平安的寓意。那时街边还能看到小贩叫卖纸葫芦，把它挂在门上或者家门口树枝上，象征着福禄吉祥。与对鸭蛋情有独寄的汪曾祺不同，每每提到端午，我第一时间想到的还是粽子。原汁原味的粽子，携带着的是生活的踏实与妥帖、朴素与平常。它还有着母亲的气息，有着“家”一般的宁静祥和、安宁温暖，让人心情舒畅、眉目舒展。若是将端午比作一棵历史悠久的老树，那么不同时间、不同地域里形形色色的粽子就如同繁盛茂密的树叶。每个人都能透过一片叶子，找到根脉般的精神故乡。

端午节，自汉代开启的国家防疫日

穆 涛

“端午”中的这个“午”，是十二地支序次里的午。

中国古人的天文观念，以冬至日为一年开始的第一天。这一天阳气由地心上行，因而也称“一阳”，“冬至一阳初动，鼎炉光满帘帏。五行造化大幽微。颠倒难穷妙理”。“新阳后，便占新岁，吉云清穆”。冬至所在月是今天农历的十一月，古人以十二地支纪年，这个月称子月，之后依次序是丑、寅、卯、辰、巳、午、未、申、酉、戌、亥，午是农历五月。端午具体指五月的首个第五日，即五月初五。

古代中国人对五月有顾虑，甚至是恐惧。五月不宜盖房子，“五月盖屋，令人头秃”。五月上任官员的仕途，就此止步，不再高就，“五月到官，至免不迁”。这个月，须处处谨慎行事，“掩身，毋躁，止声色”。夫妻房事也暂停，一些地方有民俗，新媳妇要送回娘家住一个月，叫“躲五”。这个月出生的孩子，男伤父，女伤母。在古代，五月还被称为“毒月”，上中下旬的“五、六、七”日（即上旬初五、初六、初七，中旬十五、十六、十七，下旬廿五、廿六、廿七），合称“九毒日”。古代的这些认识，与对瘟疫的恐惧有关联。五月阳气炽盛，同时阴气滋生，阴阳交争易发瘟邪。“九毒日”，用今天的话表述，叫“瘟疫高发期”。端午，是“九毒日”之首，在汉代，这一天要举行国家大祭祀以驱瘟。把这一天确立为节日，是唐代之后（此说依据马汉麟先生）。这个节日的含义特殊，不是节庆，可以理解为古代的“全民防疫日”。

我说说汉代时候人们对端午的一些认识：

十二地支纪年，从冬至所在的农历十一月开始，“冬至子之半，天心无改移。一阳初动处，万物未生时”。子，对应农历十一月，丑是腊月，寅是正月，卯是二月，辰是三月，巳是四月，午是五月，未是六月，申是七月，酉是八月，戌是九月，亥是十月。

十二地支依据天地时令的大序，有具体的含义和指向，子即“兹”，农历十一月，一阳初动，万物由此发端萌生。丑是“纽”，腊月里阳气上通，阴气固结渐解。寅是“演”，正月前后见立春，三阳开泰，万物衍然而生。卯是“冒”，万物在二月出地表。辰是“震”，三月里，蛰伏的动物苏醒，蠢蠢而动。巳，本义是胎儿，引申为后嗣，人间四月天，生机旺盛。午是“杵”，舂米的木杵，引申为“牾”，抵触、忤逆。“五月，阴气午逆阳，冒地而出”。（《说文解字》）“午者，阴阳交”（《史记·律书》），阴气和阳气交相抵触。未是“味”，六月里万物有成，有滋有味。申是

"神明"，"申，神也。七月，阴气成，体自申束，从臼，自持也"。七月，阴气持重，民俗以此为鬼月。酉，本义是盛酒的器皿，引申为"成就"，"八月黍成，可为酎酒"。戌，本义是宽刃兵器，引申为"灭"，"九月阳气微，万物毕成，阳下入地也"。亥是"荄"，指草根。"十月，微阳起，接盛阴"，"阳气根于地下"。农历十月，阳气收藏于地下，以待来年重生。

午，在一天的时辰里，对应十一时至十三时之间，是最热的时候。在一年中，对应五月，是最热的季节。这个月里，有"夏至"节气，"是月也，日长至，阴阳争，死生分"（《礼记·月令》），夏至，不是夏天到来，而是夏之极致。这一天，白天时间最长，是"阳极"。中国古代哲学讲究辩证法，"阳极"之中藏着"阴变"。这一天，阴气由地心开始上行，称"一阴"，"夏至一阴生，阴动而阳复于静也"（《周易正义》）。"璿枢无停运，四序相错行。寄言赫曦景，今日一阴生。"这一天，阴气上行，与阳气抵触，纷相争扰。汉代的《淮南子·天文训》对五月的概括是："阴生于午，故五月为小刑，荠、麦、亭历枯。”一阴生于夏至，五月已有轻度的肃杀之气，荠菜、麦子、葶苈子等植物枯黄。

五月也称“毒月”，“九毒日”再加上五月十四“天地交泰日”，共十天，是传统认识里的“疫情多发期”。五月，长江流域进入梅雨季，雨多，溽热，潮湿，吃的、穿的、住的、用的易霉变。在黄河流域，蝼蛄（蝲蝲蛄）、螳螂等害虫现身，而且这个季节，北方最怕干旱，旱则百虫生，秋收基本就没有指望了。端午这一天，是“九毒日”之首，从汉代开始，这一天要举行国家大祭祀，用以南方防疫，北方祈雨。“命有司为民祈祀山川百源，大雩帝（祈雨祭祀），用盛乐（祭祀时多种乐器合奏）。乃命百县，雩祀百辟卿士有益于民者，以祈谷实”（《礼记·月令》）。“命渔师伐蛟取鼍（扬子鳄一类），登龟取鼋。令泽人（湖政官员）纳材苇”（湖畔蒲苇）。“命四监大夫，令百县之秩刍（有防疫效用的百草），以养牺牲，以供皇天上帝、名山大川、四方之神、宗庙社稷，为民祈福行惠”（《淮南子·时则训》）。今天的民俗里，仍散落着当年国家大祭祀的一些细节，门前悬菖蒲、艾草，苇叶包粽子，雄黄酒涂于孩子额头、手心、脚心等。《礼记·月令》中“乃命百县，雩祀百辟卿士有益于民者”这句话，指各地的祭祀要因地制宜，多挖掘一些有影响的历史人物，“百辟卿士”，以使祭祀免于形式主义，贴近老百姓的生活，“有益于民者”。端午节与屈原的关联，应该是当年这么挖掘出来的。

古人对天地的观察是细致入理的。五月有“芒种”和“夏至”两个节气，各十五天。每个节气又分为“三候”，候，是时令变化后发生的自然界状态，五天为一候。芒种三候：初候，螳螂生；二候，䴗（伯劳）始鸣；三候，反舌无声。伯劳和反舌是两种鸟，一种开始叫，一种不再发声。夏至三候：初候，鹿角解（鹿是阳物，此时一阴生，遇阴气，鹿角脱落）；二候，蜩（蜩是蝉）始鸣；三候，半夏（一种中草药，生于此时，故名半夏）生。

《礼记·月令》中对五月里人们的行为有具体的规

范和建议，归纳一下，大致有七种：

1.“仲夏之月，其帝炎帝，其神祝融。”五月的主宰，天帝是炎帝，天神是祝融。两位均是火神，居南方。五行属水，主色是赤。

2.“命乐师修鞀鞞鼓，均琴瑟管箫，执干戚戈羽，调竽笙篪簧，饬钟磬柷敔。”上述均为祭祀乐器。“命有司为民祈祀山川百源，大雩帝，用盛乐。乃命百县，雩祀百辟卿士有益于民者，以祈谷实。”

3.“令民毋艾蓝以染，毋烧灰，毋暴布。门闾毋闭，关市毋索。”这些是防疫的具体措施，不以蓝草染布，不烧灰湅帛，不晒布。家门街户多通风，关隘和市场畅通。

4.“是月也，日长至，阴阳争，死生分……毋或进。”这个月，阴阳纷扰，严禁给君主进献嫔妃。

5.“君子齐（斋）戒，处必掩身，毋躁，止声色。”斋，指养斋心，心安是斋。吃素食不是斋，是戒。有些人天天吃素食，但做出的事，比吃生肉的还凶猛，这样就和斋这个字有距离了。“止声色”，指夫妻间这个月暂停房事。

6.“是月也，毋用火南方。可以居高明，可以远眺望，可以升山陵，可以处台榭。”这个月，宜登高远望，但登高先要知自卑。知自卑，戒自大，才有自重，这是中国人的生存哲学。

7. 五月，提醒政府：“仲夏行冬令，则雹冻伤谷，道路不通，暴兵来至。行春令，则五谷晚熟，百螣（蝗虫）时起，其国乃饥。行秋令，则草木零落，果实早成，民殃于疫。”

菖蒲的夏天

李晓君

夏日的绿光，它们像火焰，刺疼了我的眼球。在汹涌而至的大面积的绿色海浪中，呼吸似乎变得激喘。一整个夏天，我睡思昏沉，热浪托举着虚脱的身体，在白昼中下沉……

大地蒸腾起湿热的地气，蚊蚋成群结队地在空中飞舞，我感到皮肤湿热，还有痒，用蒲扇驱打着蚊虫。母亲放下手中的箬叶，拿来清凉油涂抹在我手臂上，但无济于事，我仍然感到奇痒无比。下午的时候，吹来一阵阵凉风，这让我感觉舒服些。我从竹床上下来，摇着蒲扇来到了屋外。厨房的炉火烧得正旺，冒起的蒸汽使铝制蒸锅嗡嗡地响着——那是蒸盖与蒸锅没有完全合缝的缘故——我很奇怪，我家的蒸锅（老家方言叫"罐子"）盖子从来不是平整的，它们在无数次掉到地上后变得凹凸不平。粽子的清香围着我的鼻子打转，诱惑着我的胃口。母亲做的粽子，里面包裹着腊肉、火腿、红枣、花生，加入少量盐，特别诱人。我在屋中无所事事，放下手中的扇子；河滩上应该站了些戏水的孩子。在母亲重新走进厨房的瞬间，我溜了出去。

整个居民区的上空似乎冒着热气，民居（那种红砖房）处在正午日光下的阴影中，地面的反光使墙体荡漾着一层微蓝的紫光。被篱笆隔断的菜地里，大片的绿色失去了清晨的鲜嫩，一层仿佛干燥的白色盐霜蒙在上面。我的周围都是耀眼的、流淌的灼热白光，只有我的影子在尾随我，去往一个莫名的地方。

据老人说，过去端午要挂五色线，小孩戴着它可以避开蛇蝎毒虫的伤害；然后扔到河里，可以让河水将瘟疫、疾病冲走。五月在民间被视为“恶月”，在门前、窗台插桃树枝可以避邪驱鬼，有的人家会用生朱砂写些符咒，譬如“五月五日天中节，赤口白舌尽消灭”之类。书写人口中必须放上硝石才会灵验。

我是在端午节后一天出生的，我想我是受了粽子的诱惑才来到这个世界的。后来看到资料，说粽子也叫“角黍”（《风土记》），大概是粽子被包裹成三个角的缘故吧。粽子现在已非常普遍，在城市的摊点上随时可以买到，但味道远不能与当年母亲包的相比。端午那天，家家户户都在蒸粽子，全县弥漫着粽子的清香。它们的香气混合、渗透在一起，与蒸腾的热气一道深入我们身体的每个部分。

美食的享受对于我来说是次要的，我最感欣慰的是夏季已经到来。居住在河边的孩子对夏天的喜爱自不待言，而我们还可以无所顾忌地光着膀子在巷子里晃来晃去。

河上有桥，会有许多乘凉的人站在桥上，他们或者摇着蒲扇叽叽喳喳地说话，或者看着三两个垂钓的人，等待他们带来惊喜。我对后者的兴趣也很大。只是很纳闷儿，在高高的桥上，目光无法触及黑乎乎的水面，他们如何知道鱼在咬钩？我往往在桥上守候一两个小时而一无所获，因为不曾见他们将鱼钓上来。夏夜的桥上，仿佛一个梦幻的场所，我感觉周围的面影模糊而鬼魅，他们的声音像虫子一样嘤嘤嗡嗡的，我不曾听清一句。

河流上的夜风，带来某种惆怅和忧伤的快感，让人遥想不曾涉足的远方。在这清凉、湿润的夜风的抚慰中，古老的县城在河流上浮起：柏油马路上停着孤零零的马车，两边的行道树全是法国梧桐，这种阔叶乔木，有着苍老的剥落的鳞片般的粗壮树干，疏落的枝叶间，投下广阔无边的暗影；工人俱乐部的橘黄灯火仿佛暗夜的眼睛，它和不远处电影院楼上的灯光形成呼应；邮政局在更远些的十字街头，绿色邮筒伫立在门口，微微张口的肚腹内装满了我永远搞不懂的秘密，玻璃柜台里摆放着不多的新旧不一的杂志，它们的沉静提示着观者对它们的注目和爱惜；邮政局背后的武装部，隐藏在一片茂密的板栗林里，我们常常出没在树下，抬头仰望高高在上的布满针刺的果实。

女人们出现在街上，她们经过你身边时，带来一阵花露水的香味。这浓郁、干爽的香气，让你体内萌生一种既新鲜又陌生的情绪，我之前似乎没有注意到女性的美，而这份初次觉醒的知觉，让我更加惊异于夏天的美丽。无疑，这美的新鲜成分，是由女人带来的。她们穿着裙子，露着胳膊，挺着骄傲的胸脯走在夏天的街上。她们矜持的表情里，不曾遗漏别人目光中投射过来的一丝赞美和敬意。那时，她们流行的方式已经由短发的“上海头”，变成了蓬松的波浪卷发，白色的确良短袖上衣、深色裙子、高跟鞋，是她们夏天惯常的打扮；更年轻的少女们，则喜欢穿连衣裙，走过时，连衣裙被风吹动，像花朵一般饱满地绽放，同时不无细致地勾勒出她们起伏的、柔和的身材。

这是夏天最柔软和粉色的部分，它赋予这个夏日傍晚一种节日般的轻快、愉悦色调，使孤寂、枯燥的生活获得一些生动、轻松的表情。

对于异性的身体，我们这些小孩子已有隐约的意识，女人们脱去了厚重的衣服，她们姣好的身段已经开始吸引我们的眼球。通常孩子们会用一种语言攻击的方式，来表达对一个女孩的喜爱。越在意一个女孩，就越是不断给她挑刺儿，故意对她说一些难听的话。那个年代，关于女人的风流韵事是最敏感、最易点燃人们情绪的话题。

这时，迎面走来一个女人，这个女人，是我家邻居，长得高高瘦瘦、白白净净，大家叫她“白妹”。在我印象中，她是一个极开朗、热情，很有书卷气的女人。她没有工作，常在一些单位做临时工。她的老公在一个煤矿当会计，也是一个看起来很斯文的瘦高男人。他们有三个男孩，最大的与我是同班同学，我们经常厮混在一起。关于美人的最初概念，我通常就会想到她。在我眼中，她是很漂亮的，肯定有不少男人喜欢她；但这些好色之徒，使她的名誉受到了损害。她的名声在我们县城很不好，她被认为是乱搞男女关系的典型。在一个风气依然保守的年代，她的生活和精神受到了很大的压力。她被那些姿色平庸的女人视为肉中刺、眼中钉。她的婆婆其实是个非常厉害的老太太，我常常听到她们家哭哭啼啼的声音，但令人奇怪的是，每次在路上看见她，她似乎都显得很愉快。她对我很好，而我也对她抱有好感。

现在想起她来，我仍然不认为她犯下过多么不可饶恕的罪过。生活中，人们（包括那些受伤害的女人）总是忽略男人在这些事件中扮演着更为重要的角色。男人通常为了逃脱舆论的声讨和道德的责问，最简单的方法，就是把那个女人搞臭，把所有的污水泼在她一个人身上。至今，似乎都没有很明显的改观。

我们是很好的邻居。她的男人，那个老实的、算术很好的人，经常用粉笔在地上出一些算术题给我们做。她的儿子显然遗传了父亲的基因，每次都能很顺利地完成，而我老是被那些数字搞迷糊。

关于白妹的绯闻从来没有中断过，直到我们家从上街搬到城南以后。我与她的儿子也有几年未见过了。

有一次，白妹恰好路过我们家，与母亲亲热地寒暄，看见我，她仍然是那么热情，夸奖我长高了、文静了。而她的儿子，据说已经精神失常，她的婆婆也已去世，她的老公也终于和她离异。他们过得都不好。曾经，她在小县城制造了许许多多的艳事，在通常人的眼里，她得到了报应，就像那些符咒的灵验。一直以来，她的美貌和媚笑对于那些女人来说，不啻是另一种瘟疫。她家的故事，成了大人教育小孩的现实教材，也往往成为女人们规劝男人的良药。

每年端午，家家户户悬挂艾草、菖蒲，是否也暗含着希冀一年家门清静、不受“蛇蝎”侵扰的意思？我早先并不知道，为什么端午要插菖蒲。这是一种寻常的植物，在我们县城的河流、池塘边，比比皆是。菖蒲在屈原那里有另外一层深意，就是美人。是不是因为它的叶片碧绿、修长，惹人爱怜？

我幼稚的脑袋当时自然想不到这么多。长大后读《离骚》，知道屈子的满腹忧愤与坚持“美政”的理想，便遥想家乡以西的楚地，和我们这里风物仿佛。甚至有县里的学者考证，本县是屈原的流放地。“当陵阳之焉至兮，淼南渡之焉如”（《哀郢》），说是陵阳与本地的关系，云云。这自然是增加了县里文化人茶余饭后的谈资，谁也没有当真。我们这个县倒是有个很好听的名字——莲花。屈子在《离骚》中吟唱道：“制芰荷以为衣兮，集芙蓉以为裳。”可看出他对莲花的喜爱，比之宋代周敦颐的《爱莲说》早很多年。

前面说的白妹，是个高中生，算是有知识的人，她来自本县一个叫坊楼的乡镇——那个地方的人说着一口和县城人完全不同的方言，故我们县依口音又分上西和砻西。上西自古出美女。2010 年，县里搞莲花节，请来本县出去的三个世界选美小姐，全部来自上西。白妹的美貌，自然是有着出处的。在当时，我只觉得她好看，若要形容，便想到光洁饱满的莲花。

白妹貌美，又对新鲜事物敏感，喜欢追逐时尚。记得那时男人的穿着普遍是灰色、蓝色的中山装——我父亲有一件那时的中山装，今天还在穿！女人的穿着则是素色衬衫、灰蓝裤子。而那时白妹就喜欢穿连衣裙、白衬衫、喇叭裤。曾经，女人中流行“上海头”——那种到脖子根的短发，发梢小巧地别在耳朵后面，露出精致玲珑的耳朵，显得清爽而不失妩媚。白妹是第一个将长长的麻花辫给剪掉的人，而又总是数她的发型最别致、最好看。后来又流行“波浪卷”，白妹也总是走在最前面，一头大波浪、一件白色或米黄色连衣裙，勾勒出她挺拔、秀丽的身材，朱唇皓齿、长眉秀目，总是显得鹤立鸡群，与众不同。

如果说，那时人人追捧的明星是全国人民的偶像，白妹则是我们县里的明星，众人仰之弥高，梦寐以求。有点像汉乐府《陌上桑》里罗敷的意思。白妹自然无法做到使君前来追求而拒之门外的决绝——因为罗敷手中有着很好的底牌，“东方千余骑，夫婿居上头”，她自然可以藐视使君的荒唐，但并不为之感到难堪；相反，言辞中透露着一种被欣赏、被追求的欢欣。白妹的夫君只是一个小煤矿的会计，虽然长得也算斯文，但毕竟只是一个工人而已，与离上街一墙之隔的县委、县政府大院里的众多“准使君”相比，不可同日而语。

白妹就在大院机关事务局打杂工，起先在食堂——据说，她在食堂上班的时候，许多本来常年在家里吃午餐的男人，挖空心思给老婆找借口，都去机关食堂吃饭，只为了一睹白妹的风姿。一度，这个食堂人声鼎沸，人满为患。之后，白妹在机关事务局做过后勤、出纳之类的临时工，又在县纪委、组织部、人事局、民政局等部门，做过一些拾遗补阙的事情，但是都不长久。

生活作风问题，是那个年代的敏感词。一个女人，如果被冠以“作风不好”的名号，其处境之艰难，是可想而知的。多少年以后，我看到莫妮卡·贝鲁奇主演的《西西里的美丽传说》，惊异地发现，在遥远的亚平宁半岛以南的西西里岛上，白妹重生了。玛莲娜和白妹合二为一，灵魂互通了。

事实上，我们县里的“白妹”不止一个，而是多个。白妹的风光维持一段时间后，就被另一个白妹取代了，男人们的眼球聚焦于新的明星。数个乃至无数个“白妹”，构成了县城的一段段艳史，不被书籍记载，但高扬在男人们欲望的旗帜上。我从童年时，就目睹了美的诞生和毁灭，而这样的事实，每时每刻都在发生。

野　草

王十月

我生也愚，年过五十，始读出大先生《野草》之况味。

此文以“野草”为名，单纯表达敬意，内容与大先生《野草》殊无关系。

此其一也。

我生在长江中游，地处中国内陆湖北省与湖南省交界之处，荆州下辖石首市一个名叫调弦口的古镇。据说此地是当年钟子期、俞伯牙高山流水典故发生所在。调弦者，调弄琴弦也。西晋太康时，地方县志中有载，后被冯梦龙大笔一挥写到了汉阳。故乡人为此耿耿于怀，常有地方文化人想为此翻案，终究没能成。

此吾乡文化人心头之一憾事。

调弦口镇北倚长江，东靠洞庭，夷陵西下七百里，一峰独秀，名为石首山。

石首山今已不存。

又下六十里，有山，山多桃树，桃花开时，灿若云霞，人称桃花山。山上有陶朱公墓，据说当年范蠡、西子隐居于此，亦埋骨于此。

四十五里桃花山，一半为湖北，一半为湖南。北端是长江，南端为洞庭。

我喝长江水、洞庭水长大，会说湖北方言、湖南方言，后到广东三十年，却不曾学会粤语。

我家在长江南岸，因此以江南人自居。

江北是著名的江汉平原，江南多丘陵。

江北有著名的长江故道天鹅洲湿地，过去是白鱀豚保护基地；白鱀豚灭绝之后，人们才开始重视从前不被重视的，相比白鱀豚而言显得丑怪许多的　白鱀豚的乡下穷亲戚——江豚，我们称之为江猪。小时候，每逢变天，成群江豚整齐地跃出水面，故乡人称之为江猪拜风。

这几年，江豚种群得到较好的恢复。

这些可爱的小家伙，被一众“钓鱼佬”称为“长江街溜子”。

从我家走到长江边，冬天需一小时，夏天只需十分钟。

我长大后离开故乡，偶尔春节，或者夏天回到故乡，故乡已没有可以说话的人。

我爱去江边独坐（现在回故乡，则多是和侄儿一起到江边钓鱼）。

翻过长江大堤，大堤上贴着地面长满了密实的、被称为饿蚂蝗的野草。这种野草根系发达，对大堤能起防护作用。它们的表亲和兄弟们，高羊茅、早熟禾、黑麦草、剪股颖等，被种在高尔夫球场和足球场，种在城里富人家的庭院。相比之下，饿蚂蝗更加粗野、茁壮，它们生长在堤岸上，被牛马啃食、践踏，干旱时数月无雨不会死，涨水时浸泡一夏也不会死。

它们是野草。

现在的乡下人比过去的乡下人懒，也不再寸土必争地问土地要口粮，田边地角都成了野草疯长的世界。

我爱这野草疯长的世界，我爱这野草疯长的乡村。

它们无法无天，生机勃勃。

走下堤岸，顺着一条机耕道，两边是开阔的田野。

冬天的田野里，零星种植的是油菜、蚕豆，成片种植的是小麦，偶尔有人家种荞麦。

荞麦、小麦，都带个“麦”字，它们在植物学的分类上并不沾亲带故。

小麦是禾本科小麦属，而荞麦是蓼科荞麦属，荞麦和辣蓼才是亲戚。

荞麦开白色的花，辣蓼开粉红色的花。

吴昌硕、齐白石都喜欢画辣蓼，红艳的辣蓼，再添一只黑色的蛱蝶。他们都没有画过荞麦。估计他们没有见过荞麦。按说齐白石在湖南乡下时应该见过荞麦，也可能，他觉得荞麦不入画。

纵横的阡陌和紧挨着阡陌的沟渠，将田野分割成规整的方块。

阡陌两边整齐地种着修长的意大利杨树，远远望去，像田野的仪仗兵。

肩羽和腹部纯白、背羽闪着蓝光的喜鹊在树上聚集，或者在阡陌上跳跃，发出响亮的“嘎嘎嘎”的叫声；沟渠边上的野生植物因土地湿润格外蓬勃。

冬天，满田野成群的寒鸦。

卡夫卡在捷克语中，就是寒鸦的意思。

我知道这个知识点时，已经离开故乡十年。

我对故乡的记忆，更多集中在野草疯长的五月。

端午节前，我会和姐姐们去芦苇荡打苇叶。

五月，苇子两人高。修长的苇叶宽不过二指，两三片叠在一起才够包粽子的宽度。

故乡人吃纯清水粽，除了糯米，再不放别的。三片煮过的苇叶，剪了前面的尖，剪了后面的托，手巧的妇人，包细长的羊角粽。羊角粽长约一拃，状如羊角。年轻一点儿的，大多只会包短角的斧角粽。相较之下，羊角粽因其细长，粽叶的香味进入糯米更充分，更香。尤其前面尖角处，微微透着淡青，蘸白糖，鲜美无比。我吃过天南地北各式的粽子，还是故乡的清水粽最好吃。

此事不接受反驳。

清水粽的清香，靠的是苇叶。

离江边远一些的山里，用箬竹叶包粽子，没有苇叶的清香。我故乡的人，觉得山里人可怜，没吃过真正的粽子。清水粽不用配料，是为保持苇叶的清香，连系粽子的细线，也是从野外割来的——修长的蒲草。

儿时在乡下放牛，看小人书《孔雀东南飞》；稍长，读汉乐府《孔雀东南飞》，读到“君当作磐石，妾当作蒲苇。蒲苇纫如丝，磐石无转移”时，觉得格外亲切。

身边的田野，田野里的野草，原来和遥远的焦仲卿、刘兰芝有了关系。

端午那天清晨，就着露水，家家去割几株最肥硕的艾蒿、菖蒲，挂于大门两侧，一直挂到艾蒿、菖蒲变枯。菖蒲弃之，艾蒿束之高阁。夏天蚊虫叮咬，或起皮肤病，或肚子痛，用采自端午这天的艾叶煮水，或外洗，或内服。新生儿“洗三”，也用采自端午节这天的艾叶煮鸡蛋，剥蛋壳，又将鸡蛋在艾叶水中湿润，在婴儿全身细细滚过，据说可除胎毒。

端午节那天，去田间地头、山脚林边收割夏枯草。

一年的纸、笔、橡皮擦，全靠这天收的夏枯草换钱。

那时夏枯草多，盈盈一握高，开浅紫色的花。现在，我的故乡已无夏枯草。大约除草剂使用太过之故。不仅没了夏枯草，故乡现在也没了蛙鸣，夏夜没了萤火虫，当然，水里也没了烦人的蚂蟥。

我的《烟村故事集》中有一篇《夏枯》，现摘录开篇如下：

> 夏枯的生命很短，短到只有一个春天。春来时绿，春去时黄。夏枯的身上有些悲情色彩。前子的身上也有悲情色彩。他有些像夏枯草。自然，这只是他的想法，他这样的年龄，能把好端端的日子过出无端愁绪来。
>
> 牛蒡解肌薄荆翘，
> 丹栀斛玄夏枯草；
> 疏风清热散痈肿，
> 牙痛颈毒皆可消。
> ……
>
> 前子坐在湖边的土坡上背《汤头歌》，背了一会儿，头就痛起来。他不喜欢背《汤头歌》，不喜

欢父亲的职业，不喜欢生养他的烟村。烟村无边的水域是牢笼，总有一天，他会逃离这鬼地方。

初中毕业辍学，家里人曾想送我去学中医。那时，我还没听过“不为良相，便为良医”这句话。前子有我的影子。《烟村故事集》写于二十年前，如今我已过了知天命的年龄，重读旧作，感慨不已。

花有重开日，人无再少年。想想心境不免有些悲凉。

故乡大多数的野草，我都叫得出名字，灰灰菜、水葱、水生鸢尾、菖蒲，还有千屈菜、梭鱼草、黄花草、荠菜。三月三，蛇出山。吃荠菜煮鸡蛋可防蛇咬。这话不科学，但我们都信。野芹菜有特殊的香味，似乎只有湖北人爱吃，外地人吃不惯。在广州，正宗湖北菜馆里有野芹菜；广州的湖北人多，海珠区聚集着十多万湖北人，他们从事服装生产相关的工作，或者是为这十多万湖北人提供生活服务。花叶芦竹、香蒲、泽泻，这些是我后来才认识的。荆州的乡下，是植物的王国，野草的乐园，水鸟的天堂。

我喜欢它们，这些野草。

这是我的童年，是我生命开始的地方给我的丰厚馈赠。

我在少年时并不喜欢这些。

穿过植物招摇的田野，再翻上一道比长江干堤纤瘦得多的子堤，子堤下是在风中哗哗作响的芦苇，芦苇像大海的波浪起伏，东一汪、西一汪，亮晶晶的水，一群长脚白鹭在浅水处寻食小鱼，一只灰鹭立在水中不动。芦苇荡尽头是毛玻璃一样碧绿的长江。我有时会疑惑，儿时的记忆中，长江一直是浑黄的，何时变得清澈如许？听说自三峡修了大坝，江水慢慢就变绿了。当然，这是冬天时的情形，夏天，过了端午节就开始涨水了。长江的水没过芦苇，直接到子堤岸边。1998 年，江水撕开了这道纤细的子堤，淹没了长满庄稼的田野，直接涌向长江干堤。后来长江干堤和子堤之间的开阔地带就不再种庄稼，成了一大片荒原，成了野草的王国和野兔、野鸡、野鸭的乐园。

我在十五岁时，割过一个冬天的芦苇。

长篇小说《不舍昼夜》中，王端午割芦苇，是我真实的生活再现：

他有理由骄傲，他胜任了烟村最强悍的男人都不敢轻易挑战的苦活，两个月，他坚持了下来。在割穿整个芦苇荡，推倒最后一排芦苇的那一刻，他望着眼前在寒风中浩荡东去的长江，他觉得自己是了不起的；他认为，他连这样的苦都能吃，这辈子，再没有什么闯不了的关。后来，他回看自己的人生展时，看到这一幕，苦苦一笑，他笑自己真是太年轻，不知天之高，不晓地之厚，不知道人生中肉体的苦最简单，也最容易挺过去，而灵魂中的孤独、无助、绝望，那种挖心自噬、无以言说的痛，那种年复一年、日复一日的自责，那种无休止的绝望才是真正的苦。再长的芦苇荡总有割穿的一天，而西西弗斯永生无法将石头推上山。他终将会如那推石头上山的西西弗斯，明知无望，依然要做徒劳的奋斗，付出无用的激情。可是当时，十五岁的王端午天真地以为，他经受了两个月的考验，就算是尝尽了生活的苦。他终于不再压抑自己，冲着凛冽而浩荡的江风发出饿狼一样的嚎叫，然后四仰八叉地倒在长满了枯草的荒原上，他不知道是该哭，还是该笑。他望着阴沉的天，天空密布铅云；他听着呼啸的风，风卷起浑浊的浪花，将轻雾凝成冰珠撒向空中……

在广州，我有一处长满野草的秘密花园。

花园是离我住处不远的一片烂尾的工地，也不知烂尾了多少年，仿佛从我到广州，这工地就在。工地周围被围墙围了起来，围墙上画着社会主义核心价值观的宣传画，如果不留心，很难注意到围墙内是烂尾的工地。

来来往往的人们行色匆匆，大约没有人会去留意这些。

那时我正写《不舍昼夜》，写得累了，出去散步，绕着围墙走一圈，发现有道小铁门开了道缝，侧身挤进去，豁然开朗，旧楼拆除后的废墟长满了齐腰深的野草。

走入野草中，野艾与狗尾草的清香扑鼻。

像发现了新大陆，我开始兴致勃勃地分辨那些我能叫得出名字的野草，叫不出名字的，就掏出手机拍照识别。看见有顶着小紫色花球的，以为是蒲公英，拍照一查，原来不是，是一种叫泥胡菜，别名剪刀草、石灰菜、绒球、花苦荬菜、苦郎头、糯米菜的植物，有消肿散结、清热解毒的功效，还可以做凉菜，包菜窝窝。

几株苘麻。小的时候，我和小伙伴会剥了苘麻的嫩籽吃，觉得是难得的美味。

苘麻下面匍匐着的，是开着紫花的饭藤子花，这是我记忆中的名字，一查，学名叫野旋花。在围墙靠北面的角落里，一大片虎尾草，这是我熟悉的野草，但在我的记忆中，这种野草似乎并没有名字，拿出手机扫了才知道，原来这种野草叫虎尾草。还有牛筋草，这是家乡最常见的野草，原来学名也叫牛筋草。我拍了许多野草的照片，九图一轮，发了几轮朋友圈。

最意外的收获，是我居然扫出了虎耳草，这名字真形象，果然像小老虎的耳朵。

据说虎耳草的花语是坚贞的爱情。

汪曾祺在《星斗其文，赤子其人》的末尾这样写道：“沈先生家有一盆虎耳草，种在一个椭圆形的小小钧窑盆里。很多人不认识这种草。这就是《边城》里翠翠在梦里采摘的那种草，沈先生喜欢的草。”

沈先生喜欢的草，不知他的“三姐”张兆和是否喜欢。

写作《不舍昼夜》期间，广州许多地方封锁了，这处长满野草的工地，就成了我散心的固定之所，以至于，我一度曾想将这部书定名为《野草》。

我将每种植物都拍了照，没想到这片不过十来亩的城中荒地，除了前面说的泥胡菜、苘麻、野旋花、虎尾草、虎耳草和牛筋草，我还拍到了狗牙根、拉皮草、车前草、猪笼草、小飞蓬、扛板归、酸模、鬼针草、火炭母、鳢肠、饿蚂蝗等几十种野草，最最意外的是，我还拍到了一丛水稻。

诗人杨克在东莞遇见了一小块稻田，曾写出他的名篇《在东莞遇见一小块稻田》。

我不是诗人，我惊讶的是，在这钢筋水泥的城市丛林中，这样一小块荒废的土地，只要一段时间没有被人类打扰到，就会生长出这么多的野草。

> 野草，根本不深，花叶不美，然而吸取露，吸取水……

按照过去写文章的格式，行文至此，该上价值观了。

我写野草，不为别的，只是觉得，这野草是我，我是这野草。或可大而化之，这野草是“我们”，“我们”

是这野草。我不做野草的颂歌，从来不歌颂苦难，我只是想写一写故乡，写我熟悉的记忆中的野草。写作近三十年，我写下了那么多打工人的故事，那些失败者，那些怀着梦想的理想主义者，我写他们梦想的破灭，更写他们的坚韧。

如果此文一定要有象征，那么，在故乡的野草和在广州城中烂尾工地的野草，或许就是象征。一块废弃的工地，只要强大的人类不去打扰他们，不去安排他们，不去折腾他们，不去扭曲他们，他们就会蓬勃生长，生机勃勃，甚至，会在这城市的废墟中，长出一株茁壮的稻子。这种野草，或者还有一个名字，王端午，此又其一。《说文字解》：“端，物初生之题也。上象生形，下象其根也。”此又又其一也。

五月端午日头红

葛水平

一、五属阳数

五月里，五端阳

采艾蒿，插在房

屈原溺，汨罗江

在北方地区，在老一辈口口相传的传统观念里，五月初五端午日，一直被视作不吉的毒日。民间对此深信不疑，认为在这一天出生的男孩，其成长过程将充满坎坷，难以顺遂地长大成人。哪怕侥幸能长到与门楣等高的年纪，也会给父母带来克害，危及长辈的健康与运势。为此，从孩子呱呱坠地起，家人便会四处寻求破解之法，如佩戴五彩绳，在孩子的衣物上缝朱砂包等，试图消解这一灾祸。

民间历来有“恶五月”的说法。

白昼在大地的腹地萌生，夜晚又止于它的尽头。当我们尝试溯源端午节，首先跃入心灵视野的，是“端”字所蕴藏的深邃奥秘。汉语言文化恰似一座古老且神秘的迷宫，“端”字静静地镶嵌其间。在浩如烟海的辞章典籍里，“端”背负着开端、初始的寓意，宛如一道隐秘的文化符码，携着独特韵味，渗进民族文化的脉络。

时节更迭遵循自然规律，这一宏大法则在前，人类的行为随后展开。端午作为特定时节，承载着先人的智慧与对自然的敬畏。古人以地支纪月的方式，巧妙地将时间与自然万象紧密相连。正月，阳气如破土的新芽，在凛冽的寒风中悄然萌动，对应地支寅，恰似万物开启生命的奇妙旅程；二月，春风宛如灵动的画笔，肆意挥洒，为大地勾勒出一幅生机勃勃的画卷，此为卯月，寓意着草木挣脱寒冬的束缚，向着光明蓬勃生长。循着这一井然有序的脉络，走至五月，便与地支中的午欣然相遇，因而五月又被称为午月。

在阴阳学说的广袤天地里，“五”属阳数，它象征着生命的磅礴律动，以及永不言败的向上力量。诸多文化元素相互交织，共同编织出一张绚丽多彩的别称网络，端五、重五、端阳、天中、重午、午日等称谓，宛如夜空中熠熠生辉的繁星，点缀着这张网络。

华夏大地幅员辽阔，不同地域的文化如繁花般竞相绽放，又赋予了端午节别样的诗意名号。在一些地方，人们质朴地称其为“五月节”，直截了当地点明了节日所处的月份；也有“艾节”的称呼，源于端午时节家家户户挂艾草的古老习俗，艾草独特的清香，宛如一首悠扬的古曲，为节日增添了几分古朴而醇厚的韵味；

“夏节”这一称呼，则敏锐地捕捉到端午处于炎炎夏日的时间特征，一声清脆的蝉鸣，预告了夏日的到来。

我们回溯古代文明的深处，会发现数字与五行学说宛如一对孪生兄弟，紧密相连。每个数字都按照五行的严密逻辑，被精心雕琢、巧妙安排。“五”位居数字的中心位置，如一座巍峨的山峰，承载着平衡与和谐的神圣使命，撑起整个文化的苍穹。一年之中，农历五月初五，两个五相互重叠，在古人深邃的智慧里，这象征着中上加中，极大地强化了“五”所蕴含的中心地位。于是，端午节又被赋予了“天中节”这一典雅的名号。古人用十二地支计时，将一天划分为不同的时段，午时，恰如白昼的心脏，太阳高悬天际，散发着万丈光芒，照亮了整个世界。而“天中”这一抽象而神秘的概念，又常常以“五”作为具象的象征。种种文化要素相互印证，宛如一首和谐的交响曲，在岁月的长河中回荡，使得端午、重五的说法，如同深深扎根的古树，在人们的心中愈发根深蒂固。

二、采艾草

故乡的清晨是和缓的，像一层纱幔的雾气，在慢慢撩开的同时，腾升展露。梦一般逐渐显露的过程中，大地时节的变化，显得从容淡定。我还记得五月端阳时，我娘领我去一个叫宇峻山的高处用镰刀割艾，在家门前的铺首上插艾，避五毒。艾药香的端阳节，在我精神的午后让我欢愉、心安、美好。

若干年前，铁匠送我一把由他锻打的镰刀，小巧玲珑，很适合用来割草。我一直喜欢镰刀敦厚温良的样子，不知为什么，我一看见它就想到了割艾。母亲用麻绳捆好艾草，坐下来歇息的时间中，我瞭望着故乡。母亲教导我，活在人世间，要明白大地和藏于其间平凡如草根一样结实的道理。我知道得仍然很少，但此生我在大地所给予的养育里，抱定了要信任简单平常的东西。

悠悠华夏，千年流转。当温润的五月熏风，穿过青砖黛瓦间的古老街巷，当它亲吻着江南岸鲜嫩的菖蒲，催熟了汨罗江畔翠绿的粽叶，一缕悠悠艾草香，便悄然在千家万户的门楣间晕染开来。插艾草，这一承载着千年记忆的端午习俗，宛如一根坚韧的丝线，从历史的幽深处穿梭而来，精心编织起华夏民族的传统记忆。

插艾习俗的源头，诸多传说纷至沓来。在唐朝末年，战火纷飞，黄巢起义军一路攻打到河南邓州一带。一时间，百姓惶恐不安，纷纷拖家带口踏上逃亡之路。在混乱的人群中，一位妇人背着侄子，手牵幼子，脚步踉跄。深受触动的黄巢，低声叮嘱妇人："快回家，在门楣插上艾草，义军见了便不会进犯。"妇人满心感激，依言而行。此后，插艾草避灾祸的做法，如同蒲公英的种子，在民间生根发芽。尽管这只是传说，却真实地反映出百姓对和平的无限渴望。

民俗是民间俗事，是有规律的生活节奏。插艾草蕴含着极为深厚的文化内涵。端午时节，气候闷热潮湿，蚊虫肆意滋生，疫病也随之横行。在故乡缺医少药的年代，智慧的古人凭借对自然的细致观察与丰富的实践经验，从植物中发现了艾草独特的药用价值。将其插于门楣之上，就如同为家宅筑起一道坚固的防护墙，阻挡病气入侵，护佑家人健康平安。与此同时，这一习俗还成为人们追思先辈的特殊方式，通过代代传承的仪式感，让家族文化与精神得以延续。将端午节前割下的艾草结成辫，晒干后吊挂在房檐下，在进入冬日前，艾草是农家屋子里夜晚抵挡蚊虫的催眠曲。

记忆是抹不掉的，更多的时间里它在与人有意作对，固执地将人想忘掉的东西在黑暗中放大和强化，让你永远挥之不去。

想起陆游在《乙卯重五诗》中写道："重五山村好，榴花忽已繁。粽包分两髻，艾束著危冠。"短短几句，勾勒出一幅鲜活的端午民俗图，我们仿佛看到诗人头戴艾束，身着节日盛装，与家人围坐一堂，共度佳节的温馨场景，字里行间洋溢着对生活的热爱。在民间艺术领域，如剪纸、刺绣等作品中，艾草的形象随处可见。艺术家们用手中的剪刀与针线，赋予艾草独特的艺术生命力，使其成为民俗文化的标志性符号。

随着工业化与城市化的浪潮汹涌而来，传统节日的氛围在现代社会的喧嚣中逐渐消散，插艾草等古老习俗也面临着被遗忘的危机。不少年轻人对端午的印象，仅仅停留在香甜的粽子上，对插艾草背后的文化价值几乎一无所知。在高楼大厦林立的城市中，寻找一片自然生长的艾草愈发艰难，这一传承千年的习俗，正面临着严峻的传承困境。

文化的传承，有时用肉眼无法看见，就像风的颜色，它本身和所留存的东西蕴含着精神。门楣上的艾草，精神的风可以把骨头吹得苏醒。

三、用草解毒

恶五月期间，故乡人一天即将结束的傍晚，家中女主人喜欢用草熬制一锅饮品，多用金银花、菊花、蒲公英等具有清热解毒功效的草本。在一些老人的传统观念里，这些草本还能调和气场，有助于调节个人运势。此外，秉持戒杀放生的理念，也被很多人视作化解灾祸与病痛的有效途径。芒种时节，正值阴阳二气激烈相争、死生分判的关键阶段，从农历五月初一芒种前后开始，持续禁戒一个月，成为许多地方延续至今的传统习俗。在此期间，如果能够克制自身欲望，做到节制色欲，身体便能更好地适应季节变化，有望远离各种疾病的困扰，维持身心的健康状态。

传统典籍记载，仲夏时节，万物蓬勃化生，人们在此时应避免过度受热、大汗淋漓，也切勿在夜晚露天睡卧，否则极易诱发恶疾。从中医理论来讲，五月气候逐渐温热，人体肝脏经气已有所衰弱，神气运行不畅，火气渐盛，水力渐衰。此时，应当通过补肾助肺、调理胃气，来顺应节气的变化。

在饮食上，人们应该减少酸性食物的摄入，增加苦味食物的食用量，借此滋养肝脏、补益肾脏，稳固精气。起居方面，应早睡早起，避免过度消耗体力，还要戒除荤腥。身处“恶五月”，常泡饮清热解毒的饮品，既能让身体维持良好状态，在传统观念里，还能调节运势。

今人每多腰腿酸疼，颈肩酸麻，四肢无力，背心发热，咳嗽不止，时而头昏头痛，时而眼花眼痛。秋冬则恶寒怕风，手足发冷；春夏则喉疼目红，腹痛闭痧。正当年壮之时，乃见种种不足之症，推原其故，无不因未能节欲而来。其为病也由渐而深，由微而著，初虽所患尚小，久则酿成大病，不可不畏死而谨守于先也。多欲伤生，断非药饵能补，好色者恃药以恣欲，此亡身之本也。草根树皮之品，万难益髓填精，其能滋补者，不过偏阴偏阳，藉以流通气血，及气血既亏，虽药石亦无从补救。古云“服药百颗，不如一宵独卧”，慎无恃药可补身。

寻常花草，日常物事，一些些逸出，一些些荫幽，一些些深情，花语心影，缱绻醉意。生活中许多养眼的物事，养心，养情，养命中的俗事。草本的质地，是用语言形容不来的。草本有夕阳的寂静之境。往事在回忆里，有什么心事搁在心里了呢？我还记得端阳，妈妈为我做的肚兜，一个香囊挂在上面，艾药味儿的香，如今妈妈已步入晚年。秋天了，光照的草地露珠烁烁。沁河岸边老屋里的那女子和我说：不要跟夏天说话，只看大地上植物抒情。

四、诗人节

端午，在史籍中最早见于晋人周处《风土记》：“仲夏端午，烹鹜角黍。”端午这天的活动主要是吃粽子，赛龙舟，挂菖蒲，插艾叶，熏苍术、白芷和喝雄黄酒。

小时候见过一次晒龙王，因天旱，庄稼都焦煳了。龙王光裸着上身被抬出来。燃艾香，跪拜，敲锣打鼓，念催神咒。龙王长着龙头人身子，在太阳光下暴晒三天，三天不下雨，龙王回庙穿衣，仪式结束后龙王依旧是一尊泥胎。祭祀龙王的实用性很强，平时冷落小庙无甚供品，只有天旱要雨才风光一时，而且是恩威并用。不过端阳节时，民间并不知道有屈原这个人，只知端午节时送瘟神，有的地方端午节这天要去拜龙王，是不是龙王霸占了所有水域，瘟疫的通道只能顺水而去？

清代以后，故乡的龙王庙就少了，龙都上了柱子，盘龙绕柱，或上了屋脊，所有庙宇的屋脊上都烧造了琉璃，让它们享受人们拜佛求神时的香火，也保护了庙宇不受水灾。

吃粽子和赛龙舟是为了纪念诗人屈原，今人叫“诗人节”。

屈原出身于楚国贵族，和楚王一样，芈姓，但楚王是熊氏。该姓出自黄帝颛顼系统的祝融氏；芈姓族群从商代迁徙至南方楚地，当传到熊绎时，因功受周封于楚，遂居丹阳（也就是现在湖北宜昌）。这就是屈原的故乡。

春秋初期，约公元前7世纪，楚武王熊通的儿子因被封在“屈”这个地方，故史称屈瑕，他的后代就以屈为氏了。楚王的本家中，和屈氏家族类似的，还有春秋时代的若敖氏和薳氏，战国时代的昭氏和景氏。昭、屈、景是楚国王族的三大姓，屈氏从春秋前期一直延续到战国后期，一直处于楚国的高层，这个家族可谓经久不衰。屈原曾任三闾大夫，据说就是掌管王族三姓的事务。

屈原既是楚王的本家，当时叫作“公族”或“公室”，那么他和楚国的关系，当然也就不同一般。屈氏子孙如屈重、屈完、屈到、屈建等，在楚国都曾担任过要职。到了屈原这一代，屈氏当大官的人不多，只有屈原和后来被秦国俘虏的大将屈丐。据屈原《九章·惜诵》诗句“忽忘身之贱贫”，可知当时这个贵族家庭已经衰落。

楚国大夫屈原因为政治立场获罪，在流放途中，他听到了秦军攻占郢都的消息后，感到万念俱灰，于是仰天长叹，纵身跳入汨罗江。江上的渔夫及岸上的老百姓听说屈原投江自尽的消息后，从四面八方纷纷赶到江边，他们拿来粽子、鸡蛋等投入江中，有些郎中还将雄黄酒倒在江中，他们认为这样可以药昏蛟龙水兽，使屈原的尸体免遭伤害。不过，端午节早在屈原之前几百年就已形成，只不过人们为了纪念屈原，在节日中增加了一个新的仪式。

民间认为“恶月恶日”在一定程度上给人们的生活带来了一定的厄运，应该与历史人物被传说成是死于“五月五日”有关。

《荆楚岁时记》里说：“五月五日竞渡，俗为屈原投汨罗日。”还有《会稽典录》当中也记录了曹娥父于五月五日“迎波神，溺死，不得尸骸”。此外伍子胥和介子推等人物都曾经被说成是五月五日死亡的。这样一来，在人们的心目中，五月为恶月，五日为恶日、死亡日。

《诗经·大田》中有“与其黍稷”“以享以祀”之语。《风土记》中有“仲夏端午，烹鹜角黍”的记载。道教定农历五月初五为“地腊”，这一天，要以香汤沐浴，以驱逐瘴气、祭神祖、保平安。

也有人认为，古人为了表达对粮食的崇敬而在端午这一天包粽子以示庆贺，文化只是后人的杜撰。

尽管我们有可能对最初和最后的事物仍然一无所知，但我们在端阳节会想念一个人，并获得了诚实如一的坚守，这也许就是文化的意义。

端午（汨罗）之约

邢军纪

贞元二十一年（805）春天，德宗皇帝驾崩，太子李诵继位，是谓顺宗。

“咚——咚——”

湖南郴州衙门前的大鼓敲击起来，撞击着人们的耳膜。当众百姓围拢而来时，衙前早有几排官员在此候命。其中就有阳山县令韩愈和临武县令张署。

此时，远在千里之外的顺宗李诵，实际上正通过他所信任的韦执谊、王伾、王叔文主持朝政。而他却在龙床上苟延残喘，忍受着风疾给他带来的极度痛苦。德宗病危时，正值他患病，口不能言，身不能行，别的皇子皆侍医药于父皇，“独上卧病不能侍”。德宗弥留之际，思念太子，因不得见而“涕咽久之”。想想大唐权力之巅的父子二人在权力交接之时不能见面，即使相见也只能无语凝噎，该是多么痛苦和悲惨的事件呀！

但悲苦之事正在逐步升级。

登基之前，身为太子的他踌躇满志。他常常与王伾、韦执谊、王叔文等深夜长谈，有时甚至通宵达旦。他向王伾学书法，向王叔文学下棋，这些都是非常正当的理由，即使外人知道也难以诟病。在这样的掩护下，一个围绕他的政治小集团已然形成。还有王叔文与交好的刘禹锡、柳子厚等人参与谈及的诗文话题，也深深吸引他的心神。对于将临的朝政，李诵的思路已经清晰，比如宦官问题，宫市问题，藩镇问题，中央与地方问题，等等，这使他一登基就有除旧布新的气象，赢得了上下一片喝彩。但顺宗渐渐发现自己的身体非但没有好转，反而慢慢木质化，那种枯朽的感觉正在步步逼近，从四面八方包抄而来，不日就会占领他的心脏。当他发现这样的事实后，他看到了未来尽头死亡的纹理。

这才是真正的人生悲苦。

佛说人有八苦，身为帝王亦不能幸免，他不仅要饱受病痛之苦，还将面临别离之苦。而尚不入八苦者还有知行分裂之苦：他的头脑越清醒，身体的支配能力就越糟糕；他的思想越丰富，他的肢体选择就越单一。他的思想和身体处于严重的对抗之中，结果就是两败俱伤，万念俱灰。

他眼睁睁看着王叔文他们像打了鸡血般亢奋，却不敢告诉他们将临的事实。他知道，这些改革将会在时间中发芽、分蘖、抽穗，却永远不会开花、结果。

就在顺宗心意徊徨之时，韩愈的两个文友——刘禹锡和柳子厚跟着王叔文也进入了王朝的权力中心。他俩进入了礼部，均为六品职官，相比正在郴州衙前阶下候命的韩愈，可谓平步青云，风光无限了。

作为同事，韩愈与刘禹锡、柳子厚都曾为察院职官。刘禹锡和柳子厚均为贞元九年（793）进士，之后又登博学宏词科，柳子厚授集贤殿书院正字，刘禹锡授太子校书。与韩愈比，二人都是仕途通达一帆风顺。刘禹锡是洛阳人，祖地与河阳相邻，可谓隔河相望。而刘禹锡的诗名早就蹈河过江，不胫而走，韩愈早在长安应考之时就与之订交。而柳子厚与韩愈的交往，则完全是以文会友，相互吸引，后来柳子厚就任中央文馆职官时，二人有过交集。和韩愈同荐为监察御史者共有十人，史料中称这几人属“时同官中名最著者”，“最著者”中尚有张署和李方叔，韩愈均与之交厚，而且成了终生的朋友。

唐代御史台分为三院，其中监察御史属察院，职掌“分察百僚，巡按郡县，纠视刑狱，肃整朝仪”（《唐六典》），品秩低而权限广，颇似今日之整肃部门的巡视员。

正是这“分察百僚，巡按郡县”的责任心，害得年富心盛、不谙世事的韩愈被贬阳山。

那日上朝，韩愈见刘禹锡骑着他的小白马从雾霭里钻出来。刘禹锡因为睡眠不足，眼泡有些浮肿。但他明亮的眼睛里仍然燃烧着昨夜的激情。他曾服侍过太子读书，并从太子处认识了常去服侍太子下棋的王叔文。这些天，他又介绍了柳子厚给王叔文认识，他们一见如故，相谈甚欢。刘禹锡早给韩愈说过要与王叔文结友这件事，因事不凑巧，均未成行。韩愈想，禹锡的直肠子是存不住事的，他又要说去见王叔文这件事了吧？

果然——

“退之兄，昨日我和子厚兄找你，门人说你刚去刑部审理公案了。叔文兄对仁兄的才华非常欣赏，说还要把你推荐给太子呢。”

“有劳贤弟，代我感谢叔文仁兄，说退之定专去拜看他……”

正说着，浓雾里闪出一群衣着褴褛的饥民，向韩愈、刘禹锡围拢而来。

刘禹锡礼貌地支开了他们，帮韩愈解了围。他用很神秘的表情凑近韩愈说：“你一定讶异，乞食者连要饭也不会了吗？时间、地点都不对头，为什么呢？”

韩愈也觉得蹊跷：“是啊，贤弟知道个中因由吗？”

“昨晚我们还议论此事，乞者不只是要米要粮，更是要官家为民请命，现在朝政凋敝，奸人当道，不顾生民死活，大旱之年仍不减岁赋。退之兄，作为监察官，我们真应该下去巡察一番，把真实情况向朝廷禀报……”

“事不宜迟，早朝之后，你我结伴下去巡察如何？”韩愈感到事关重大，有些急不可待。

“我和子厚兄已被吏部调用，要协助博学宏词科考呢。”刘禹锡不无遗憾地说。

这时，张署和李方叔从后面赶了过来。

二人闻说，便约好散朝后即刻行动。

韩愈就这样一人一骑向长安县乡下而去。

正是秋末，满目憔悴。沿路多遇饥民塞途，韩愈只得绕野而走。大约多半个时辰，韩愈来到一个村庄，他下马询问，却见一些农人正在伐树拆屋，惊问其故。农人们垂泪道："夏秋歉收，无粮缴纳，只得变卖房、树后以缴官家赋税。"又往里走，见一群人正忙着出殡，七零八落的白色中，草席下的一袭绿色十分抢眼。走近一看，死者竟是一个身穿官服的老人。韩愈更加惶恐了，便问其家人。死者的儿子拭泪说，他的父亲乃朔州治下的阳高县令，告老还乡后本想颐养天年，哪想家乡几年来一直旱涝不均，连年遭灾。他的父亲在任清正廉洁，回来两袖清风，没有丁毫积蓄，遭此灾年，加上岁赋日重，家里妇孺又多，竟至病饿而死。去世前，为了交税，老人嘱咐把棺材卖了，说身上的官服就是最好的棺木……韩愈听得心酸，一个县令之家尚且如此，普通农家在苛政之下如何存活？

走村串户，一片凄凉。往年此时，春麦应该播下，田里应是一片青葱了，但现在却无人耕种，人为饿殍，种田何用？《唐律》第一百七十条规定："诸部内田畴荒芜者，以十分论，一分笞三十，一分加一等，罪止徒一年。州县各以长官为首，佐职为从。"若按律令，"不耕谓之荒，不锄谓之芜"，这等事从县到村户都要治罪打板子的，而现在，人们充耳不闻、视而不见，完全置律令于度外，只有对生命完全绝望的人才会置若罔闻。

韩愈回到京城，将所见所闻写成奏文《御史台上论天旱人饥状》：

右臣伏以今年已来，京畿诸县，夏逢亢旱，秋又早霜，田种所收，十不存一。陛下恩逾慈母，仁过春阳，租赋之间，例皆蠲免。所征至少，所放至多；上恩虽宏，下困犹甚。至闻有弃子逐妻以求口食，坼屋伐树以纳税钱，寒馁道途，毙踣沟壑。有者皆已输纳，无者徒被追征。臣愚以为，此皆群臣之所未言，陛下之所未知者也。

臣窃见陛下怜念黎元，同于赤子。至或犯法当戮，犹且宽而宥之，况此无辜之人，岂有知而不救？又京师者，四方之腹心，国家之根本，其百姓实宜倍加忧恤。今瑞雪频降，来年必丰，急之则得少而人伤，缓之则事存而利远。伏乞特敕京兆府，应今年税钱及草粟等在百姓腹内，征未得者，并且停征，容至来年蚕麦，庶得少有存立。

臣至陋至愚，无所知识，受恩思效，有见辄言，无任恳款惭惧之至。谨录奏闻，谨奏。

次日早朝，韩愈将与张署、李方叔联名的奏文上报朝廷。结果——“天子恻然，卒为幸臣所谗”，三人同时被贬，“俱为县令南方”。

韩愈被贬为阳山县令，张署被贬为临武县令。阳山乃岭南之北，临武在湘之南，因两地相距不远，二人便结伴南行。把左迁流放与贬官之旅当成山水之游，是当时官场中人的一种释怀方式。唐人中诸多诗文多出于陆上、水上，这种今天看来颇似旅游文学的作品，其纸页实际多为血泪浸泡。

韩愈对这样的行旅似不陌生，大历十二年（777）随兄南贬，其路径与此何其相似乃尔！那时韩愈尚不更事，不知大哥何样心情，而今“中使临门遣，顷刻不得留。病妹卧床褥，分知隔明幽。悲啼乞就别，百请不颔头。弱妻抱稚子，出拜忘惭羞”。双足一踏南山，耳畔妻儿哭声顿起，岁嶶寒凶，雪虐风饕，泣血之感油然而生。于是，韩会的面容再次鲜明地呈现出来，再看遗留其上的表情，这使韩愈一下子读懂了仁兄设置的所有暗码，那淡然若素的外表下，是一波又一波的锥心之痛呀！流徙贬官，无非让臣子吃尽苦头，加以惩戒，使之俯首帖耳，不再做忤逆圣听之事，这大概就是皇帝发明此方的动机。殊不知，作为臣僚，冒死犯谏，对于一些人来说，似乎是他的宿命。韩愈求仕，千苦万辛，甚而低身隐忍，为后人清士所不齿，但凡讥刺者，均是书斋语，识见偏颇也。求仕为官，与隐士出世，只是两种生活态度，出世可以养心，为官可以养命，本无分厚薄。反正普天之下，莫非王土，人在其间，绝清如伯夷、叔齐，已弃世而去，余之便无超圣，只留相对的尊严和风骨。而为官之人，有人官前如鼠，而当官之后，对生民欺压凌辱，其状如虎，这种状况，当然应该摒弃讽讥。而如韩愈者，官前如仆，甚或其状如奴，但官后为民立命，赴汤蹈火，甚而不惜丢掉项上乌纱，即使族中有例，仍前仆后继，这种状况，再计较前嫌，不仅缺少厚道，实在也是条缕不分，一塌糊涂了。

或许历史就是这样一塌糊涂吧。有人就怀疑韩愈这次被贬与王叔文、刘禹锡、柳子厚有关系——

宋人蔡启《蔡宽夫诗话》云："退之阳山之贬，史不载所由，以其诗考之，亦为王叔文、韦执谊等所排尔。"

葛立方也在《韵语阳秋》中云："阳山之贬，伾、文之力，而刘、柳下石为多，非为李实所谗也。"

这个疑问，似乎也来自韩愈。

那天早上的雾霭，总在他心中弥漫。还有刘禹锡那张脸。他有着一双明亮的眼睛，乌黑闪亮的头发从冠里垂下一绺，在苍白的面庞上晃动着。他在说话，没用洛阳话，用的是吴中软语，喷出的气流是那绺头发晃动的原因。事情就这么凑巧，刘禹锡的性格是个大男孩的样子，他是存不住事的，他和柳子厚，特别是和王叔文在一起，竟然谈起关中大旱，他和柳子厚为什么不下去巡察呢？是不是他们借故躲开，故意诱引自己，难道这是他们设计的圈套吗？他们为什么料定我一定会直言奏报呢？可见他们早在暗中窥伺自己许久了！还有与王叔文的关系。几番谋面不成，确实是阴差阳错，难道他由此心生芥蒂，将自己作为异己而排斥吗？刘、柳微言下石，但手握权柄的却是王叔文与韦执谊。或许这一切布局，均是王、韦所做，刘、柳不过是他们手中的棋子吧。既然如此，为何又累及张署和李方叔呢？想想或许这正是权术者的可怕之处，为了不让自己察觉，故意把三人一并处理……

迷雾重重……

因此韩愈在诗中写道："……同官尽才俊，偏善柳与刘。或虑语言泄，传之落冤仇。二子不宜尔，将疑断还不……"

在落难途中，韩愈怀疑起自己的两位好友，似乎也不是无妄之猜。谁让一切都是那样凑巧呢？但即使如此，韩愈也或可觉二人是无心之失，是将自己的言论传到与自己有隙的人耳中，才酿此阳山之贬的……

那么，“或虑语言泄”，确定无疑的并不是这次大旱之言，因已有明文具报。那么，还有什么言语得罪了他人呢？韩愈想来想去，突然想起，与柳、刘谈论的还有宫市之议。

唐中期，宫市日炽。《旧唐书·张建封传》中有关于宫市的详细记载：“时宦者主宫中市买，谓之宫市，抑买人物，稍不如本估。末年不复行文书，置白望数十百人于两市及要闹坊曲，阅人所卖物；但称宫市，则敛手付与，真伪不复可辨，无敢问所从来及论价之高下者。率用直百钱物买人直数千物，仍索进奉门户及脚价银。人将物诣市，至有空手而归者，名为宫市，其实夺之。尝有农夫以驴驮柴，宦者市之，与绢数尺，又就索门户，仍邀驴送柴至内。农夫啼泣，以所得绢与之，不肯受，曰：‘须得尔驴。’农夫曰：‘我有父母妻子，待此而后食；今与汝柴，而不取直而归，汝尚不肯，我有死而已。’遂殴宦者。街使擒之以闻，乃黜宦者，赐农夫绢十匹。然宫市不为之改，谏官御史表疏论列，皆不听。”

张建封曾在觐见德宗时极言宫市之害，似做过详细调查，使德宗差一点儿取消宫市。因此举牵动宦官们的利益，遂指使财政官员以宫市解决千万数就业为由游说德宗，使德宗复转意，不再提取缔之事。然宫市之害，世人皆知，白居易之名诗《卖炭翁》就是写宫市之祸的。它的主要弊病是交易不公平，破坏商业规矩，强买强拿，巧取豪夺，给老百姓造成极大危害。真正的忠义节烈之士无不激斥宫市祸国殃民，还有人为此而献出生命。

韩愈曾追随张建封，从感情上讲，他对张的主张当然是拥戴的。而宫市确实害民，从他为民立命的为官准则上，他也不能袖手漠视，他很可能在御史台的会议上发表过取消宫市的意见，或是私下里跟柳、刘二人聊过有关宫市的闲言碎语，讥讽过与此有关的大臣和宦官，而柳、刘同样义愤填膺，或者写过取消宫市的文章……或许王叔文向柳、刘询问过御史台众人的情况，柳、刘便把当日韩愈的碎碎念开玩笑似的向王叔文说了。而王叔文内心也是反对宫市的。但他是个策略家，他给德宗或给太子，或给杜佑、李实、韦执谊言说时，是不会直接说出自己的真实想法的，而会假言代之，假人为例，把不相熟不相近的韩愈给说出来，以此试探他们的态度。这对王叔文来说，抛出韩愈，只是一个策略，一个说法，或如一个措辞，但在德宗心里，对韩愈就是一个评价；在杜佑那里，就是一个不快；在李实那里，就会引为仇视。因此，当韩愈的奏文《御史台上论天旱人饥状》呈现在他们面前时，朝廷上的蝴蝶效应就出现了：把韩愈等人贬之南方——对韩愈这些人来说，就成了命运！

不论何解，韩愈现在成了贬官。

万千思绪，随江流上下沉浮。因此他写了《赴江陵途中寄赠王二十补阙李十一拾遗李二十六员外翰林三学士》这首诗。

途中，愁绪与思绪纠结，失意与诗意相偕。再过汨罗，少时唱诵屈原诗篇的情景如在眼前，而此番贬官，韩愈对屈原的理解就更加深刻。

他在《湘中》诗里写道：

猿愁鱼踊水翻波，自古流传是汨罗。

蘋藻满盘无处奠，空闻渔父扣舷歌。

屈子因受人落石，才有汨罗之灾，自己情状，与此何其相似乃尔！

思绪回来，这才见一只瘦削的影子躺在自己脚下。这个影子的长相韩愈见过，那是御史台得旨那天，听说自己因言获罪，刘禹锡与柳子厚前来送别的时光。

刘禹锡含泪拍着韩愈的肩膀说：“退之为进，退之为进呀！”

柳子厚红着眼圈道：“我看了舆图，先过汨罗，再涉湘江，岭南之北就是阳山了。人生风险，或可不久我等也会步兄后尘。若我有这一天，当年端午这日，兄请在汨罗江头等我。”

韩愈不知道该说什么，低头无语。就在这个辰光，他看见嶙峋的自己流体般淌入刘、柳的影子，在地上欢快地舞动起来。

刘禹锡道：“汨罗江入湘以来，九曲八弯，逆势而上，最后流入洞庭。它之所以这样，似乎就是为成全那个叫屈原的人。而我却说，洞庭水系遍全湘，何处不是汨罗江？我研究过左迁贬罪路径，但凡南移，岳阳是必经之地，我们在岳阳楼上聚首可好？”

“咚——咚——”

州府的大鼓又响了一通。

韩愈肃立着，将自己站成了一截木头。张署是个和善的人，他与韩愈比肩而立，如粗壮的竹笋。日上三竿了，南国的太阳开始烤人，张署是最先吃不住的，他用河北话骂了一句：“奶奶的熊！”接着说道，“赤日炎炎似火烧，来朵黑云有多好。”韩愈正在紧张，新皇即位，大赦天下，被判死罪的免去死罪，狱中罪犯一律减刑，流放迁官酌情量移。似韩、张这样的贬官，依例可向内地县府回溯。只是这样一来，自己会量移到什么地方呢？是湘中长沙，还是洞庭汨罗？听见张署嘟囔，韩愈也笑道：“头上常有黑云飘，用到它时却没了。”

正说笑，却见湖南观察使杨凭、郴州刺史李伯康走上高台。杨凭在长案上点燃香烛，又面北行三拜九叩大礼。礼毕，便手捧圣旨，当众宣读圣谕。只听一长串各地贬官的名单念过，却没有韩愈和张署的名字。

二人的神色不禁凝重起来。

人群散尽，韩愈和张署还呆立在原处。见杨凭已走，李伯康悄悄踅过来安慰道：“名册上既然没有二位，按例就在此地候命，这样也好，端午将到，二位可游历山水，亦可给我机会，向二位兄台请教诗文了。”

那就向北好了。

刘、柳之影在韩愈心中晃动。

郴州有北湖，湖上荷田田。李伯康推了公干，一连几天，在湖心亭置酒款待韩、张。

是日晚宴，李伯康让手下为二人上了一种黑椒酒。这是一种很像中原人喝的“雷茶”那样的酒。中原人把谷米、芝麻和艾蒿等用石磨碾成粉状，然后加水煮沸待客。而这里是把波斯的上好黑胡椒碾碎，再佐以石榴、姜片、莲花、竹叶的汁液，放在当地最好的稻花香米酒中搅拌混合，然后加热而成。难为李伯康想得周详，他招来一班十五六岁的酒女现场演示，从选料、配料到制作，石磨声声，娇喘吁吁，歌之舞之，纤纤素手，红唇皓齿，湖水荡之，明月撩之。

知道韩愈的遭际，李伯康耳语道："兄台不必烦恼，据报，朝中又闻新变，旧秩又回，王叔文、韦执谊等已被革职。此等形势，想必十天半月后，兄台或可就能踏上北归之路了……"

韩愈不由得心中一惊。他惊讶的并不是被世人看成了王叔文的对立面，而是柳子厚的预言来得如此之快！

韩愈喝了一杯又一杯。

此时此刻，此地此景，偌大的北湖，宛若上天洒落的一颗泪珠。他就浸泡在这泪珠之中。古人有"卞和泣玉"之说，他们——刘禹锡、柳子厚，还有张署和我韩退之，就是这枚泣玉上最璀璨的眼泪。

他举着酒杯，晃动着杯底浓郁的汁液。它源自中原古烧，里边盛满了远古风月。尧舜千钟，孔子百觚，子路尚饮百杯，古之圣贤无不能饮。“岑夫子，丹丘生，将进酒，杯莫停。与君歌一曲，请君为我倾耳听。”这种微辣微辛既甘又涩的汁液仿佛精灵，以乡音缭绕的诉说方式进入口腹，给了他前所未有的认知高度，仿佛瞬间心神澄澈。

此间乃楚地，举目尽楚人。史传楚人卞和献玉，三代始成。为献玉，楚厉王刖了他的左脚，楚武王则刖了他的右脚，待楚文王时，他怀抱璞玉，于楚山之下哭了三日三夜，泪尽而继之以血。王闻之，令工匠剖之，始得稀世之玉，遂命名其为“和氏之璧”。文人逞才，颇类献玉，以得君王赏识为最。然凤凰台上凤凰稀，长安不见使人泣，命运比卞和还悲哀者大有人在。卞和不是文人，却在厄运面前来得壮烈，砍了左脚，又伸出右脚，就是不去自决。因为不屈而活要比宁死不屈勇敢得多。而屈子与卞和相比，显然文弱许多，虽然纵身一跃，成就了千古美谈，但终不能让世人得见其锦绣怀抱与宽阔胸襟，与坦腹盘膊之侠烈之士相比，还是少了几分英武成色。

这楚人酒杯中得来的感悟让韩愈颇为受用。既来之，则饮之，以山谷为酒杯，以峰峦为把持，以江河为琼浆，但愿长醉人不醒。

这时，韩愈突然想到了汨罗之约。对呀！子厚何以提出要在端午见面，难道不是要学屈子的行状，奋身一跃，成就大唐美名？不行！我要马上制止他，给他说说今日新得的识见……

于是他冲着远处翩翩人影大喊：“子厚——子厚——”

丝竹声立时缠绕过来，几个酒女云涌而出。刚才频频为韩愈斟酒的女子拉着韩愈唱道：

草树知春不久归，百般红紫斗芳菲。
杨花榆荚无才思，惟解漫天作雪飞。

韩愈醉眼蒙胧，见女子一身素洁，只是明眸里闪出千般颜色，不觉心动。他忘了刚才的念想，叫住女子，声音飞出时，把自己吓了一跳。

“丫丫，这是谁家的酸词，难道说的是我和张大人吗？”

女子一笑，露出雪白的牙齿。她平静地注视着韩愈，并不解释。

“‘杨花榆荚无才思，惟解漫天作雪飞。’这是在讥刺我没有才华，张署大人不够英俊，所以我们才天涯飘零是吧！”

张署正和一位女子做射覆游戏，见这边喧哗，也走过来笑闹：

“我宁可和韩大人换个说法，我没有才华，韩愈大人不够英俊……”

“好了，也可说韩愈不够英俊，张大人没有才华，只是这样一说，你我却真是少了本钱，一无是处了！”

韩愈说着向墙头镶嵌的铜镜瞄了一眼：多时躬身山野，斑驳镜中人竟两鬓微霜，双颊深陷，须眉苍苍；去岁今载，连掉几颗牙齿，说话跑风，喝水忌冷，俨然老者貌；只是两眼如火，有光焰在燃烧，仍然有青春之魂。韩愈心中闪过一缕悲凄，但顷刻就翩然而逝，脸上仍堆着笑。

席间哄笑一团。

女子重又抱起琵琶，说：“奴家再唱一支酸词如何？”

韩愈被逗乐了，这个女子呀，心里就觉得和她相近得很。

已分将身著地飞，那羞践踏损光晖。

无端又被春风误，吹落西家不得归。

“哎呀，这词写得更可恶，让我们无端离家也就罢了，偏又让人不得归，着实可恼！”韩愈端起一杯酒走到女子跟前，“罚你一杯酒！”

女子伸出纤手接过，素面朝天，一饮而尽。韩愈居高临下，惺忪中发现，女子眼里竟泪花闪动。是酒呛之故还是真知诗意？若触景生情，却也真让人怜爱，所谓红颜知己，还真不分出处。

于是下来和女子吃酒。

这才知道女子叫柳絮。柳絮自小被卖与当地酒家，竟不知出处。因长得清丽可人，便得文墨才艺培养，待到及笄之年，俨然已是郴州当垆名媛了。

韩愈说："我与张兄一路唱和，有百首之多，何故挑选我的旧作？"

柳絮眉目含悲道："因妾心事与此相通，便不舍而歌……"说着，竟又漾出泪花。

韩愈在心里念道："柳絮柳絮，岂不正和飞雪相似相通？雪在冬天里，漫天飘飞化水成泥，柳絮在春天里飞翔舞动落泥为尘，虽不同时节，却有相同的命运，且都是'吹落西家不得归'，真如柳絮所言，果是与这女子心有灵犀呀！"

再看柳絮，已是楚楚动人了。

韩愈诗意兴然，借着烛光，挥毫题于壁上：

几岁生成为大树，一朝缠绕困长藤。

谁人与脱青罗帔？看吐高花万万层。

酒至夜半，韩愈醉了。

第二天，韩愈睡了半日，醒时已是日上三竿。欲起更衣，只觉头沉身软，冷汗浇淋，气喘吁吁。张署见状，忙通报李伯康，找来当地郎中看诊，竟是疟疾。众人一时哄乱，疟疾乃夺命重疴，若有疏忽，就会死于非命。见韩愈病重，李伯康又特意交代酒店老板，让柳絮来端茶煎药伺候韩愈。

谁知竟病了半月，哪还有端午之约？

韩愈每天欲死欲活，热时汗水如注，竟能浸湿柳絮玉袖；冷时又几重罗衾，即使有柳絮拥怀也难驱寒。多亏了柳絮照顾，韩愈的衣被天天如水洗一般，昏厥后屎尿不禁，她便天天晾晒涮洗；南方梅雨连连，她便架火炙烤，烤干了被褥，却又湿了她的衣衫。有时，见官舍无人，韩愈昏睡，柳絮就会打来一盆热水，在室内一角换下内衣，吹灭烛光，摸黑把身子擦了，再换上干爽襦衣。如此三番，总有疏忽处，有时听见呻唤，疑为病得吃紧，竟光裸玉体，泥一脚水一脚地扑上来，抱住韩愈询问，服侍完毕，又继续自己的活计，宛若夫妻般不拘。初时韩愈并不留意，待意识稍稍附体，形如偷窥，月光如烛，见体贴入微的妙人一丝不挂，玉山倾覆，然却一脸母性的光辉，并无男女设防，便不禁暗自惭愧且异常感动。人病了，情无病。等病后半程的时候，韩愈的魂魄已经安顿，但他仍故技重演了几回，不明就里的少女以为韩愈就要死了，抱住韩愈哭泣不止。这个时候，所有的一切都不存在了，没有年龄，没有尊卑，没有秩序，没有色彩。

只有男人和女人。

韩愈问："为什么要这样哭？"

柳絮羞涩了，脸红着说："我也不知道为什么这样哭。但我知道谁会这样哭。"

问得紧了，柳絮才吞吞吐吐地说："在我们南方，女人就是这样哭汉子的……"

韩愈诗《谴疟鬼》记述道：

屑屑水帝魂，谢谢无馀辉。
如何不肖子，尚奋疟鬼威。
乘秋作寒热，翁妪所骂讥。
求食欧泄间，不知臭秽非。
医师加百毒，熏灌无停机。
灸师施艾炷，酷若猎火围。
诅师毒口牙，舌作霹雳飞。
符师弄刀笔，丹墨交横挥。
咨汝之胄出，门户何巍巍。
祖轩而父顼，未沫于前徽。
不修其操行，贱薄似汝稀。
岂不忝厥祖，靦然不知归。
……

韩愈病愈之后，柳絮也没有回去。

杜甫先生过端午

龙　一

天气和暖，时近端午节，笔者想起了杜甫先生，想到他那首《端午日赐衣》，想到开元、天宝盛世，想到安史之乱几乎毁掉整个大唐王朝。这首诗创作于唐肃宗乾元元年（758），从诗中看来，杜甫当时的心情挺不错。

其实，安禄山和史思明发动叛乱的这几年，杜甫的经历一言难尽，直到平叛形势终于有了转机。至德二载（757）九月，唐军收复西京长安，唐肃宗十月二十三日驾返西京大明宫，十一月杜甫得到消息，当即离开在鄜州避难的家人，赶回长安赴任。在杜甫艰难的一生中，担任左拾遗应该是他最想要的生活，也是最接近他的人生理想之时，为此他极其努力，可惜的是，他既不懂朝廷，也不懂朝政。

在谈杜甫过端午节之前，我们先了解一下杜甫在长安的日常生活。几百年来，有许多人考证杜甫担任左拾遗时在长安的居所，考据过程很烦琐，这里就不多谈了，比较合理的结论是杜甫在“西京长安万年县朱雀门街东第三街昭国坊”赁屋居住，其中一个间接理由，便是50多年后，同样担任左拾遗的白居易也曾居住于此。只是笔者以为，白居易住在昭国坊时官任太子左赞善大夫，与王维担任的太子中允相仿。虽然白居易有诗《昭国闲居》云：“勿嫌坊曲远，近即多牵役。勿嫌禄俸薄，厚即多忧责。”但他是正五品的官员，四邻也多半是高官宅第，这种地方，不是杜甫能够租住得起的。

笔者感觉，杜甫居住的地方应该比昭国坊更靠近东南方向的曲江池，类似于修政坊或青龙坊这种几乎没有官员宅第且颇多废弃寺庙的地方，因为这些偏僻荒败的街坊内，房租必定便宜。

杜甫的一生都很贫穷，这一点读者早便知道，但他贫穷到什么地步呢？

天宝十四载（755），43 岁的杜甫初入官场，担任从八品下的右卫率府胄曹参军，他赶往奉先县看望家人，“老妻寄异县，十口隔风雪。谁能久不顾，庶往共饥渴。入门闻号咷，幼子饥已卒”。像他这样一位“生常免租税，名不隶征伐”的官员，居然能让儿子饿死，他有多么贫穷便可以想象了，至于那些税赋徭役沉重的平民百姓的生活，就更不必说了，所以他才感叹“抚迹犹酸辛，平人固骚屑”。不幸的是，他不单穷困，还运乖时蹇，探亲期间恰恰赶上安禄山发动叛乱。这一年，他没能与家人一起过端午节。

天宝十五载（756），杜甫回京参加平叛，五月又不得不出京去安排家人逃避战乱。这期间他听闻长安已被叛军攻陷，唐玄宗巡狩蜀中，唐肃宗在灵武即位，他便急忙赶往灵武投奔朝廷，结果中途落入叛军之手，被押回长安。这一年，他又没能过上端午节。

至德二载（757）的四月，杜甫从长安城西面的金光门逃出，脱离叛军的羁押，翻山越岭走小路，步行一个多月前往凤翔。五月十六日他终于见到唐肃宗。“麻鞋见天子，衣袖露两肘。朝廷愍生还，亲故伤老丑。涕泪受拾遗，流离主恩厚。”这便是杜甫左拾遗官职的发端，从八品上，比旧职高半级。左拾遗属于位卑权重的供奉官，每日上朝，其职责包括讽谏和荐举人才，比起原来的参军之职尊贵得多，唐肃宗对杜甫算得上是有赏拔之恩了。“虽乏谏诤姿，恐君有遗失”，于是杜甫开始荐举人才，同时不停地上书给皇上，对朝政提出自己的意见。或许是因为他工作太过积极，只干了三个月，便被皇上“墨敕”放了探亲假。“顾惭恩私被，诏许归蓬荜。拜辞诣阙下，怵惕久未出。”他没感觉到朝廷或许是嫌弃他，只知道皇上于他有恩，居然给他放假探亲。当然了，流离中的朝廷也必定没有差旅费给他，当他空着两手回到家中的时候，“经年至茅屋，妻子衣百结。恸哭松声回，悲泉共幽咽……老夫情怀恶，呕泄卧数日。那无囊中帛，救汝寒凛栗”。这一年的端午节，被他在躲避叛军、投奔朝廷的路上错过了。

近年来网上有人怀疑杜甫的贫穷，那么，我们先查证一下他的“工资条”。据《新唐书·食货志》和《唐会要》记载，从八品上的官员每年给禄米大约 60 石，俸料钱每月大约 2500 文，职分田二顷只能收租，每年大约能得粟米 20 石，就是说，即使是在太平年月，这份收入也养不活杜甫的 10 口之家。更何况，杜甫任职是在安史之乱最严重的时期，他在凤翔的时候估计是饥一顿饱一顿的，俸禄就不提了，即使是他回到长安之后，怕是也不能领到“全俸”。况且，开元、天宝盛世的时候，长安米价通常是每斗 15 文，而杜甫回到长安的乾元元年（758），米价每斗数百文，所以，他入不敷出是正常的，寻找最便宜的地方租住也在情理之中。长安居大不易，历朝历代都是京城房租贵如虎，租屋居住的开销占杜甫收入的比例应该不小。

长安城南北长 15 里 175 步，如果杜甫住在青龙坊或修政坊，他每日上班需要经过包括东市在内的 10 或 11 个街坊，距离将近 15 里。他是官员，穿着从八品的深青色官服在大街上步行上下班，实在是有失官体，为此必须得有所乘骑。于是问题来了，杜甫这么穷，他养得起马吗？我们目前找不到具体资料，只知道他偶尔有机会骑“官马”，多半时间是向邻居借驴，或是委婉地向朋友“借马”。这些情景都在他给朋友毕曜的诗中写得清楚明白。《逼仄行赠毕曜》：“逼仄何逼仄，我居巷南子巷北……自从官马送还官，行路难行涩如棘。我贫无乘非无足，昔者相过今不得。”这位毕曜兄想必与杜甫住在同一街坊，而且家中有马，现在杜甫的官马已经被收回了，他只好找朋友借马。“实不是爱微躯，又非关足无力。徒步翻愁官长怒，此心炯炯君应识。”杜甫曾经步行上朝，上司为此很愤怒，感觉杜甫把上司的脸都丢尽了。借马的理由还有“东家蹇驴许借我，泥滑不敢骑朝天”。平日借驴乘骑还没什么，但每月的朔望朝会是去见天子，西京的朝官全部到场，他若是骑驴上朝，怕是会丢皇上的脸。“辛夷始花亦已落，况我与子非壮年。街头酒价常苦贵，方外酒徒稀醉眠。速宜相就饮一斗，恰有三百青铜钱。”顺便说一句，你我都不年轻了，若您能理解我的难处，借给我马用，我请您喝酒。

《新唐书·食货四》记载：“乾元元年，京师酒贵，肃宗以禀食方屈，乃禁京城酤酒，期以麦熟如初。”辛夷花落后便是四月，恰逢唐肃宗禁酒，杜甫为了借马，居然冒违禁的风险请毕曜饮酒。当然了，京城的人情世故历来婉转繁复，或许这“三百青铜钱”并非酒钱，而是不便直言的租马费用。这位毕曜兄时任秘书省司经局正字，是位正九品的小官。据杜甫在《赠毕四（曜）》中描述：“才大今诗伯，家贫苦宦卑。饥寒奴仆贱，颜状老翁为。”虽然毕曜也贫穷，但他在长安有家人，有仆从，而且有马，显然比杜甫会过日子。

杜甫上班的大明宫在长安城北侧，长安的街道宽阔平直，他骑马由南向北，经过占地两坊的东市一直走到北城墙，向西一转便是大明宫前街。然后他经过东内苑，进入丹凤门和延政门之间的望仙门。望仙门内是下马桥，大小官员都得在此处下马，而且不论官马私马，马匹由仆从或跟马人牵回，大明宫内不设“停马场”。接着杜甫步行往北走，西侧是左金吾仗院和左朝堂，东侧是东内苑的围墙，他穿过昭训门和含耀门，再折而向西，经过史馆和安文馆门前，最后向北进入他供职的门下省。实话实说，杜甫如果骑马上班，在大明宫内每日往返步行将近一万步，如果徒步上班，还得再加上 15 里，真的挺辛苦。

笔者以为，在门下省上班的这七个月，应该是杜甫一生中感觉最光彩的时段，因为他原本就“穷年忧黎元，叹息肠内热”，现在皇上给了他机会，让他参与到朝廷政事中来，他“许身一何愚，窃比稷与契”的贤臣理想终于有机会实现了。

从诗中可以看出，这段时间杜甫的心情很是不错。首先是他有机会开眼界，长见识。每月朔望两次朝会在大明宫的正殿含元殿举行，卯正二刻，阳光刚刚登上含元殿的瓦顶，杜甫便会站在殿前广场东侧的龙尾道末端，身穿深青色葛布旧官服，静候“鸡人报时”，朝会开始。他的职务隶属门下省，朝会站在左班。

关于朝会，乾元元年（758）春天发生了一件很出风头的事，中书舍人贾至写了一首七言律诗《早朝大明宫呈两省僚友》。贾至隶属中书省，正五品上的级别，穿浅绯色官袍，朝会站在右班龙尾道的最上层。他的这首诗之所以让人心生感动，引发关注，是因为人们经历了安史之乱和两京陷落等乱离悲苦之后，大唐王朝终于重回正轨，含元殿的朝会成为再造盛世的象征。“银烛熏天紫陌长，禁城春色晓苍苍。千条弱柳垂青琐，百啭流莺绕建章。剑珮声随玉墀步，衣冠身惹御炉香。共沐恩波凤池上，朝朝染翰侍君王。”诗中所言正是当时人们最怀念的色彩，最期待的盛况，如今终于重现，心情难免激动。贾至将这首诗呈送给中书省和门下省的同僚，引发的是唐代文化中最可赞赏的风尚——诗歌酬唱。

与贾至同样站在右龙尾道的岑参，是杜甫在凤翔时与其他三名官员联名举荐的人才，如今担任中书省右补阙，他的“和诗”中有两句诗眼特别精彩：“独有凤凰池上客，阳春一曲和皆难。”这一次唱和的诗歌只流传下来四首，最为出名的是太子中允王维的《和贾舍人早朝大明宫之作》，颔联与颈联至今依然是名句：“九天阊阖开宫殿，万国衣冠拜冕旒。日色才临仙掌动，香烟欲傍衮龙浮。”不是大手笔，绝写不出此等大国气象。

杜甫是在七言律诗上有突出成就的诗人，他的祖父杜审言便是初唐的重要诗人。“诗是吾家事，人传世上情。”在作诗这件事上，杜甫不必谦虚，他的颔联和颈联最为精准：“旌旗日暖龙蛇动，宫殿风微燕雀高。朝罢香烟携满袖，诗成珠玉在挥毫。”杜甫在七言律诗上的重要成就，便是在格律上可守亦可失，以守律为根本，以失律为技巧，以个人的兴发感动为第一。这四首唱和诗在中国诗歌史上极其重要，它们表明七言律诗这一体裁已经成熟；同时，这也是诗人们经历了国家巨大变故之后，终于重见大唐辉煌时感情充沛的表达。

下面我们谈谈杜甫的工作。杜甫对左拾遗这个职位的重视程度我们前边谈到过，笔者相信他是在全心全意为人生理想而工作，为此他的心中充满欢愉之情。《宣政殿退朝晚出左掖》：“侍臣缓步归青琐，退食从容出每迟。”从这两句诗中便能够直接感受到，杜甫的内心深处有多么满足，而这种满足来源于他的工作。

杜甫没有考中过进士，给唐玄宗献上“三大礼赋”之后，他才赢得了一次单独考试的机会，但唐玄宗并没有给他合适的职位，为此他极其珍惜唐肃宗对他的赏识。刚刚回到长安就职时，他便作《题省中院壁》：“腐儒衰晚谬通籍，退食迟回违寸心。衮职曾无一字补，许身愧比双南金。”结合杜甫的身世，笔者总是觉得，他在此处表达的是一种倔强的济世精神，哪怕工作困难，哪怕知其不可为，他也一定要为之，这与他“窃比稷与契”的贤臣理想很是相符。为此他对自己的要求极为严格，白天他会很细心地“避人焚谏草，骑马欲鸡栖”。有时晚上在门下省值夜班，他会“不寝听金钥，因风想玉珂。明朝有封事，数问夜如何”。

他在长安担任左拾遗只有七个月，工作上尽心竭力，这应该来源于他“葵藿倾太阳，物性固难夺”的人格根本。可惜的是，他的工作并没有得到上司和同僚的重视，而且他的朋友很少，这一时期的唱和送别诗作也不多，说明他在长安其实很孤独。

笔者在这篇小文中不是要总结杜甫的忠君爱国思想和现实主义诗风，而是想了解杜甫到底是怎样度过乾元元年（758）这个端午节的。

前边我们说过，杜甫已经好几年没能正经过端午节了，这次也一样，一是因为他的家人还在鄜州乡下，二是因为他这个穷京官必定负债累累，过节如过关。“朝回日日典春衣，每日江头尽醉归。酒债寻常行处有，人生七十古来稀。”从诗意上看，他的《曲江二首》写得别有寄托，但从杜甫的现实主义诗风来讲，他的贫穷也是真的。这两首诗显然写在春末，此时他早已经将冬天和春天的衣服典当了，而且他还用“酒债”转喻其日常生活的饮食不周，“开门七件事”多半要靠赊账支撑。

中国古代的日常生活中多半是“熟客买卖”，赊欠取用、定期还账的商业模式大约在秦汉时期便有。农民集中还账的时间多半是秋收以后，京城官民集中还账的时间多半是“三大节”之前。所以，杜甫过端午节时，无可逃避的一件事情就是还债。那么，这算是杜甫人生中最困苦的时期吗？不是，这一年其实是他人生中最适意的一年，因为他终于有了相对稳定的收入，不必像三年以前那样，过着“朝扣富儿门，暮随肥马尘。残杯与冷炙，到处潜悲辛”的日子。再有一点就是，端午节在初夏，天气和暖，若是在冬季，“不爨井晨冻，无衣床夜寒。囊空恐羞涩，留得一钱看”。这种日子想想都可怕，但杜甫大半生都是这么过的。

当然了，对于杜甫来讲，乾元元年（758）端午节最重要的一件事情，是皇上恢复了大唐惯例，端午节给官员“赐衣”。在唐代，衣服是很贵重的财物，做一件官袍得花费杜甫三四个月的俸料钱，他身上的那件深青色麻布官袍，还是初任左拾遗时皇上赏赐的，因为他觐见皇上时已经“衣袖露两肘”了。

为此，杜甫开心地创作了一首五言律诗《端午日赐衣》：“宫衣亦有名，端午被恩荣。细葛含风软，香罗叠雪轻。自天题处湿，当暑著来清。意内称长短，终身荷圣情。”这件细麻布的官袍又轻又软，内衬居然是蚕丝织就且轻薄透气的“罗”，穿上它，脖颈处能感觉到丝织物的清凉。

这件赐衣对杜甫的意义不仅是“荷圣情”这么单纯，以笔者对杜甫的了解，他必定是要联想到大唐王朝如烈火烹油般的鼎盛之时，希望那番光景能够重现，就像他在诗中回忆的“龙武新军深驻辇，芙蓉别殿谩焚香。何时诏此金钱会，暂醉佳人锦瑟旁”。

唐代端午节的风俗与今天很相似，官员放假一天，人们吃竹叶包裹的名叫“角黍”的粽子，雅称“碧筠粽”，还有一种叫“粉团”的甜点很出名。唐代端午节，人们也会划船竞渡，应该是在曲江池吧，距离杜甫的住处很近，放假的日子他到池边饮酒，吃角黍、粉团，顺便就能观看划船比赛。

唐肃宗会不会来到曲江池观赏竞渡？应该不会，因为那是太上皇唐玄宗喜欢的活动。唐肃宗要做中兴之主，国内的叛乱完全平复之前，他不便如此。那么，他会不会像太上皇那样在端午节宴请辞章之臣，分韵作诗呢？应该没有，到目前为止，唐肃宗只留传下来三首诗，皆为獭祭之作，不值一读。

乾元元年（758）的端午节，73岁的太上皇帝唐玄宗正住在他年轻时的“潜邸”——兴庆宫。作为太上皇，他身处嫌疑之地，应该不会像开元、天宝年间那样，在节日里招集词臣，设宴赋诗吧。但笔者手边恰好有一首唐玄宗的《端午三殿宴群臣探得神字》的五言排律，不知道是哪一年写的，我们不妨读上几句：“四时花竞巧，九子粽争新。方殿临华节，圆宫宴雅臣。进对一言重，遒文六义陈。股肱良足咏，风化可还淳”。唐玄宗的诗作确实是帝王口吻，可惜的是，他自己连诗中所言的一小半也没做到。

杜甫这一生，并没有梦想成为皇上的“股肱之臣”，他的理想是“致君尧舜上，再使风俗淳”。可惜的是，这个理想太难实现了，端午节后一个月，他便被贬官出京，从此再没能回来。值得庆幸的是，虽然杜甫的政治理想没能实现，但他为理想所做的观察、行动和思考全都记录在他的诗里，他的诗歌理想实现了。

那年端午，和父亲的瓷

李　浩

北方的五月，炎热的气息已经渗入，它像一种不常见的易碎品挤在早晨的微凉之间，有些摇晃。那天的太阳也有些摇晃，至少在我的眼中如此，我追赶着骑车要去学校的父亲，可他把我丢在了半路上。他有他的理由，奶奶给出的理由是，我父亲有事儿。而且，他还要赶集，在集市上买碗。“别哭啦，哭什么哭！今天端午，给你包粽子吃！”

粽子并不能化解我的委屈，它变成鱼也不能。我的委屈如同一根尖锐的鱼刺，卡在喉咙那里。那时，我还小。那时，我的母亲和奶奶都还在这个世上。

榆叶上有光，伸展开流淌在叶脉里的苦味儿。嗡嗡的蜜蜂

围绕着枣花，变幻的姿态让花影生动。

两株枣树，只有纷忙的蜜蜂可以交换，它们的斑点几乎相同。

四只奔跑的毛绒玩具在相互追逐，那样烂漫，幼稚——

奶奶的鸡雏太小，暂时，还不能成为她想象的银行。

榆叶上有光，光的下面是大片阴影，慵懒的黄狗只肯摇动尾巴

驱赶偶尔的苍蝇。

那只黄狗是柱哥哥家的。可它，天天都来我们家，

懒懒地趴在树荫下面，一待半天。我们并不喂它，这是我奶奶所禁止的，她说不是你家的狗你是喂不熟的，而且所有的狗都是贼，它会乘你不备，叼走你养的小鸡。“你可给我看紧了它！”

那天我委屈着，奶奶的话根本进入不了我的耳朵。如果我没有记错，在奶奶说过之后，我甚至还故意凶恶，“把它们都咬死吧！癞皮狗！”我甚至丢了一块什么东西，朝着那四只“玩具”。很明显，它们先是受到了惊吓，然后又兴致勃勃地冲向我丢过去的东西，一起去啄。“总想和我对着干，总是对着干，让你上东你偏上西！气死我这个老婆子你就安心啦！看你长的都是什么心眼！”奶奶的话里，有着指桑骂槐。前天，她刚和我母亲吵过架。一向，我母亲都不肯成为省油的灯，她怀揣着一本厚厚的“斗争哲学”——这可是她说的。

毕竟是端午，毕竟是节日，毕竟是她们婆媳“战争”的间隙，那天的唇枪舌剑适可而止，没有继续。她们在忙碌，准备枣、米、水和苇叶。在摆不摆供桌、是不是要烧纸的环节上，两个人又有了分歧，我母亲坚持，这个节，就是吃粽子，这个节，原来是纪念一个叫屈原的诗人的，吃粽子就够了——“你懂什么！还烧纸，别烧香引出鬼来！”母亲的话语里有着故意的鄙夷，配合着轻微的摔打——奶奶做出妥协。她颠着小脚，去呼唤跑到柴堆下面的四只小鸡。它们隐藏着。一，二，三，四。

“它们怎么都像是公鸡？怎么挑来的？”母亲对着空气。她抖了抖空空的面袋，白色的粉尘纷纷扬扬。

……时间有些漫长，主要是，我被按在家里不许出去，做作业，帮助她们干活儿。树哥哥来叫我，四叔来要水桶说是南河有很多鱼，守轩奶奶她们提着篮子来串门，她们要去赶集，想多叫几个伴儿……不行，不行，不能走，我被禁锢了起来，在这点儿上，母亲和奶奶竟然出奇一致。“你父亲跑了，不干活儿，他倒是有心眼！一家子，都是些好吃懒做的人！”母亲有些愤愤，而奶奶也当然有着不甘：“就是就是，别学你爹！光知道躲，躲，屁也不放一个！快，看看苇叶泡好了没有。”

包粽子的过程……我所负责的是，浇水，为她们包好的粽子缠上线。时间过得太慢，而这些工序又那么枯燥。坐在有霉味的树荫下，我被越来越强烈的炎热晒出了细细的油儿。终于，最后一个。我的腿是麻的，腰都直不起来了——至少，我这样表演给她们俩看。可她们依然是漠视，她们，在做接下来的活儿。

……柴有些潮，南风回旋，把烟塞回我们的鼻孔

呛出的泪水和屈原无关，和端午的江水无关，和委屈无关

和煮熟的粽子也无关，沸腾的热水断掉了它们成为鱼游走的幻想

下面，则只有等待。等待有一股枣的甜味，端午应当

能够感觉。那时，我的父亲和他携带的瓷器，都还在路上

是的，我的父亲和他携带的瓷都还在路上，柱哥哥带来消息，他中午不回来吃了，在街上遇到了熟人。“这个人，真是没心没肺！还等着他的碗呢，家里的碗，都让这孩子给摔光了……”“我没摔，碗不是我摔的！”我过来插话，冲到院子里，但他们都没有注意到我。柱哥哥叫他的狗，那只软塌塌的狗终于立起了身子，它的背部又塞进了丰富的骨头。“走，回家去！”“你就在这儿吃吧，饭也熟了，都是现成的。我们包的粽子多。”“不了，不了。”“你家没包粽子吧，拿几个去，也给孩子尝尝。”“不了不了，家里做好饭了。包饺子。今天是什么日子？”

又有了我的用武之地。“是端午节。今天，屈原跳江啦。”

……我之所以记得那个端午，是因为在那个端午发生的事。我记得，大约下午三点，我父亲才回来，他喝醉了。他是骑车回的，而且没有忘记任务，在后车架上带回了六个盘，八个碗。它们也醉了，叮叮当当地响着，却还不碎不裂。父亲扭得厉害，然而他不肯下车，即使在即将进门的时候，即使在推开门，路过门槛的时候——“作死啊，下来！碗都摔啦！看你喝得那样……”父亲并不恼，要在平时——他竟然还笑着，笑容把他的脸撑得通红，露着被烟熏黄的牙——“看我的。”

又一阵叮叮当当，他竟然真的把自行车骑进了院子，耍杂技一般，保持着危险的平衡——“没事儿，没事儿。”他拍拍车架上的碗，“很结实。”父亲还在笑，不知道这个节日里怎么包含了那么多的喜庆，而且，几乎所有的喜庆都给了他。

“快把车子支好，把碗拿进来！”从另一扇门里，奶奶探出头来，“看你喝的，八辈子没见过酒啊！长点儿出息好不好！”

一向暴脾气的父亲依然不恼，这很不像他，不是他。端午那天回来的是另一个父亲，他的脸上堆着太多太厚的笑容，“不急不急，”他推开我母亲，不许她靠近自行车，“你知道，今天我遇到了谁？”

我母亲没有兴趣猜测。她关心的是碗和盘，她需要把它们从危险中救出来，而我父亲则一遍遍地阻止。这时，他从怀里拿出了一张报纸。“你看看，上面写的是什么！”

报纸上能写什么，母亲依然没有兴趣，不识字的奶奶当然更没兴趣。她们，关心的是碗，是瓷，是自行车上的易碎品，是花了钱的，奶奶的“银行”还实在太小，现在指不上。“爱是啥是啥，”母亲竟然把父亲递来的报纸打在地上，“给我让开！把碗打了你就别再吃饭！被你糟蹋的还少吗！”

突然有了好脾气的父亲依然笑着，只是，他有着莫名的固执，坚持不让我母亲、奶奶靠近他背后的自行车。“儿子，过来，我考考你。”

“过去，”奶奶使出眼色，“把绳子解开，把碗给我放屋里去。”

然而，我也被禁止靠近。“你不用管它！”好脾气的父亲看着我，“知道今天是什么日子吗？”在得到回答之后，他又问：“为什么叫端午节？有什么讲究，你知道吗？”——要在平时，他是绝对不会和我谈这些的，尽管他是教师。他有一个严格的理论——父不教子。平时，在他面前，我得到的通常只有两个字，一个是“滚”，一个是“屁”。

我期期艾艾，无法给予他认可的回答，母亲和奶奶的补充也无法让他满意，“什么叫老祖宗传下来的，哪个节不是老祖宗传下来的？吃粽子，只是风俗，那你说，过年就是吃饺子，吃饺子就是过年？”那天，我收获了一个酒后的父亲，一个滔滔不绝的父亲，一个旁若无人的父亲。这不同于以往。分明，我的奶奶和母亲也被震慑住了，她们，竟然没再打断他，也没再试图靠近。

父亲说，纪念诗人屈原只是一种说法，当然，这是最重要的说法。屈原在五月初五那天投江。那条江叫什么？叫汨罗江。屈原为什么要投江？因为得不到楚王的信任，他可是个大忠臣。做人，要忠，要孝，要仁义（母亲突然插话：“‘破四旧’的时候你怎么不这么说，那时候，就你和老四起劲儿。”）。还有一说，端午是龙的节日。还有说法，说五月青黄不接，是恶月，而五日则是恶中之恶，所以这天要驱邪，吃粽子，喝黄酒。南方的粽子和我们的不同，他们的多是咸的（奶奶说：“瞎说，咸的怎么吃?”），而且还有肉粽。他们用的是竹子叶（这点儿，我母亲和奶奶都认同，她们的意见很少如此一致）……

父亲说着，越说越多，话题也由节日、粽子脱离开去……他的口里，有一条倒悬的河。说着，父亲开始手舞足蹈，跳着难看的、摇摆的“舞步”，他的酒醉竟然引来邻居的围观——“看，你们看报纸！你们看，上面有我的……”

父亲伸着手，他端着自己的笑容向前，脚步有些踉跄——“看，看好我的小鸡！”奶奶的呼喊为时已晚，父亲的大脚落下去，踩在一只“毛绒玩具”上，那只“玩具”在他脚下只剩两条细细的腿。

父亲愣了一下，他盯着自己的鞋子，似乎想不出多出的那两条细腿是从哪里来的，它怎么就粘在了自己的鞋子上。“快，快抬起脚来！”奶奶还在喊，收敛起笑容的父亲真的抬起了脚，他甩了甩，又甩了甩，试图把这两只多余的脚甩下去，试图，把一只小鸡的消失和自己撇干净——

然而，这一次，只有一只脚着地的他再也无法控制自己的危险平衡。何况，肚子里还有六两不停翻滚的酒。我的父亲，他摔倒了。

他摔倒了，随后是后面的自行车，随后是自行车后架上的瓷器们。那些瓷器，上面本来描绘着大体一致的花纹，然而随着我父亲的摔倒，它们不再一致。有的碎片上有花瓣，有的有一段茎、一两片叶子，更细小些的，只有一道淡蓝色的划痕，不知道它原来曾经是花瓣、枝干、叶子还是别的什么。我父亲，摔得一片狼藉。

他摔得一片狼藉，一侧的黄狗跳起来，叫着逃出了院子——不知道它是什么时候来的。

“你自己看看，你自己看看，一天天事儿也不做，光知道喝酒，光知道玩儿，让你干一点儿事儿都不够你拉脸子的，都不够交你手工钱的，摔吧，打吧，都别过啦，过得啥劲儿？看看有什么能砸的都砸了吧……”

我们家的暴风雨又来了。它的到来，不受端午节日的影响，不受光线的影响。它，说来就来。

后来，我知道，父亲那天遇到的是杨方亭和刘建国，他们一个在县文化馆工作，一个在沧州市报社工作。那天的报纸上，发表了我父亲的一首诗。后来，我知道，我父亲那天为了表示答谢，他喝了太多的酒，并拒绝由别人送回。他总是要面子，一直如此。后来，在端午节的事件之后，我奶奶和我母亲之间的关系更为紧张，直到奶奶搬出我们的院子，和四叔一家住在一起——那首歌唱祖国的抒情诗也是我父亲一生中发表过的唯一一首诗，那天他的全部举动也就可以理解了。我在长篇小说《镜子里的父亲》中，对这段情节也有描述。就这样，端午，和我父亲带回的瓷，紧紧地联系在了一起，当然，也和破碎。

对诗和诗人的纪念，是瓷器的脆响，一只雏鸡被挤碎的腹腔和血

还是鱼形的粽子，带着游动的幻觉？

是一场宿醉，和摔倒的酒瓶们一起，趴着，躺着，袒露着

挫败，失意，结着茧的疤，并将它们想象成断行的诗？

是翅膀或羽毛，还是，像我父亲那样，堆起笑容

坐在日常的尘土里？……